surprising 놀라움

빵이라면 당장에
먹어줬을 텐데

프랑스에 처음 와서 가장 많이 들었던 말이 바로 '싸 데빵'입니다. 도대체 무슨
말인지 만나는 한국 유학생마다 마치 비밀스러운 주문처럼 '싸 데빵'을
외쳤습니다. 처음에는 무슨 빵 이름인 줄 알았죠. 그러나 싸 데빵, 그거 빵 이름이
아니더군요(프랑스어로 빵을 'pain'으로 표기하고 발음은 우리와 똑같이
'빵'이라고 합니다). 프랑스어로 싸 데빵ça dépend은 '~에 달려 있다'라는 뜻으로
영어의 'depend on~' 정도에 해당한다고 할 수 있습니다. 예를 들어볼까요?
"내일 우리 피크닉 갈 수 있을까?"라고 질문했을 때 "싸 데빵"이란 짧은 대답에
'그야 날씨가 어떠냐에 달려 있지'라는 긴 뜻이 담겨 있고, "이 서류 통과될 수
있을까?"라는 질문에도 "싸 데빵"이란 한마디에 '그야 서류 받는 공무원에게 달려
있지'라는 뜻이 담겨 있습니다. "나 내일 시합에서 1등 할 수 있을까?"에도 "싸

데빵"이란 한마디로 '그야 네 점수에 달려 있지' 라는 뜻을 전할 수 있지요. 아무튼 '싸 데빵' 이란 단어가 이토록 다양하게 사용되는 것에 무척 놀랐던 저는 체류증을 신청하는 시청에서 고무줄처럼 탄력적으로 적용되는 싸 데빵이 가공할 만한 위력을 발휘한다는 것도 그리 오래지 않아 알게 되었습니다.

그곳은 불쌍한 유학생들의 애환이 서려 있는 곳입니다. 체류증 신청을 위해 하루를 다 바치고도 다음 날 또 가야 하는 경우도 있습니다. 서류를 모두 준비해 갔는데 이거 준비하라, 저거 준비하라, 이게 미흡하다 해서 몇 번이고 거절당하는 일이

많으니까요. 그래서 체류증을 신청하러 시청에 갈 때는 며칠 전부터 긴장 상태에 돌입합니다. 시청 직원이 무슨 질문을 할지 미리 예상 질문을 작성해 대답할 내용을 치밀하게 준비하지요. 때로는 그 내용을 어학원 선생님으로부터 교정받기도 합니다. 그리고 드디어 운명의 날 아침 한 손에는 불한사전, 다른 손에는 한불사전을 들고 꼭두새벽에 집을 나섭니다.

시청에 도착하면 엄청나게 길게 늘어선 줄의 맨 끝에 섭니다. 그러곤 하염없이 기다립니다. 일반적으로 4~5시간은 기다려야 합니다. 오랜 시간 지루하게 기다린 끝에 겨우 차례가 되면 드디어 서류를 제출합니다. 서류를 받는 창구는 4~5군데. 그중에는 잔소리 없이 그냥 서류를 통과시켜주는 천사표 직원이 있는가 하면, 이것저것 트집 잡아 인내심의 한계를 경험케 하는 악마 같은 직원도 있습니다.

얼마나 위세가 당당한지 모릅니다. 웬만하면 착해 보이는 직원에게 서류를 내밀고 싶은데 그게 또 맘대로 되지 않습니다. 누가 착하고 누가 악질인지 벌써 소문이 나 서로들 착한 직원앞에 서겠다고 들이미는 통에 심신이 연약한 저는 그만 밀리고 말았습니다.

어쨌거나 서류가 무사히 통과되어 체류증을 손에 쥐는 것이 유학생들의 소박한 꿈일진대, 체류증을 쉽게 받을 수 있느냐 없느냐는 전적으로 어느 직원을 만나느냐, 그리고 그 직원의 그날 기분이 어떤가에 달려 있다고 할 수 있습니다. 이웃 나라 독일만 해도 합리적이고 원리 원칙을 철저하게 지키는 나라여서 안 될 일이 된다거나 될 일이 안 되는 경우가 별로 없습니다. 하지만 프랑스는 독일과 많이 다릅니다. 안 될 일도 측은지심을 자극하면 되기도 하고 될 일도 기분 나쁘면 안 되기도 합니다. 상관이 통과시키라고 하는 서류라 할지라도 일개 창구 직원의 심사가 뒤틀리면 그 서류는 영원히 통과되기 힘들어집니다. 그야말로 진정한 '싸 데빵'의 나라입니다. 프랑스에서만 경험할 수 있는, 일부 기이한 현상으로 나타나기도 하는 싸 데빵, 저는 싸 데빵 없는 한국이 좋습니다.

여기서 웃지 못할 이야기 하나!

|

유학생들 사이에서 일명 왕언니로 불리는 경상도 아주머니 한 분이 있었습니다. 프랑스어도 경상도 억양으로 얼마나 유쾌하게 하던지 주변 사람들에게 웃음을 선사하는 분이었습니다. 그 왕언니가 한번은 시청에 볼 일이 있어 며칠 전부터

그에 대한 대비로 수선을 떨더군요. 물론 발음 연습도 엄청나게 열심히 했고요.

드디어 그날이 왔습니다.

왕언니는 매우 긴장하며 시청에 갔습니다. 그러나 오후에 잔뜩 우울한 기색으로 돌아왔습니다. 도대체 무슨 일이 잘못됐을까, 우리는 궁금했습니다. 알고 봤더니 이런 일이 있었더군요.

시청에 간 왕언니, 시청 직원 앞에 서서 그 직원이 말을 꺼내기도 전에 얼른 자신이 외운 문장들을 쫙 읊조렸습니다. 혹여 직원이 먼저 말을 꺼내면 자신이 못 알아들을까 봐 선수를 친 거죠. 왕언니의 일장연설이 끝나고 한참 동안 가만히 듣고만 있던 프랑스 시청 직원이 왕언니에게 한마디 했는데, 그게 무슨 말인 줄 아십니까?

"아~ 여기, 영어 할 줄 아는 사람 데리고 올게요. 잠시만 기다리세요~!"

"@#$%^%^&*#$%^&? ㅜㅜ;;"

애써서 외운 프랑스어 문장이 그 직원에게는 당최 알 수 없는 묘한 언어로 들렸나 봅니다. 영어에 서툰 직원은 당연히 그 말을 영어일 거라고 넘겨짚고 영어 할 줄 아는 사람을 데리고 오겠다고 했던 것입니다. 한 명은 프랑스어를 못하고 다른 한 명은 영어를 못하는 급까칠한 상황이었습니다.

유럽
고등학생들은
방학 때
현지로 가
그 나라
언어를?

2000년 프랑스 리용에서의 삶이 제 인생의 첫 번째 해외 생활이었습니다. 불어

공부도 리용에서 했습니다. 리용은 수도인 파리에서 동남쪽으로 약 500km

떨어진 공업 도시입니다. 학생 비자를 받으려고 알리앙스 프랑세즈Alliance

Francaise라는 어학 기관에 1년 치 학비를 내고 공부를 하기 시작했습니다.

알리앙스는 한국에서도 꽤 많이 알려진 어학 기관입니다.

수업은 오전 9시부터 10시 30분까지 1시간 반 동안 한 차례 진행되고 30분간 휴식

후 11시부터 12시 30분까지 두 번째 수업이 진행되었습니다. 보통 어학원은 한

학급에 10~15명의 학생이 수업을 듣습니다. 그러나 여름이면 1~2개월 단기간에

프랑스어를 배우기 위해 인근 나라에서 학생들이 몰려들어 반마다 정원을 초과해

어학원은 북새통을 이룹니다. 한번은 키가 매우 큰 오스트리아 여학생과 단짝이

되었습니다. 굉장히 어른스러운 데다 타인을 배려하는 태도가 무척 맘에 드는

친구였습니다. 그 여학생은 휴식 시간이면 항상 푸른 사과 한 알을 사각사각 베어

먹고 사과를 다 먹고 나면 반드시 담배를 한 대 피웠습니다. 어느 날 그 친구와

한창 얘기를 나누다 전공이 뭐냐고 물었습니다. 그러자 고개를 살짝 갸우뚱하더니

의아한 목소리로, "나? 고등학생인데! 왜?"라고 되묻더군요. 저는 한국에서

대학원까지 마치고 간 터라 나이가 꽉~ 찼었거든요. 저는 그 여학생이 대학을

졸업했거나 그렇지 않다면 적어도 고등학교는 졸업했으리라 여겼습니다.

외모로는 아이 딸린 아줌마라고 해도 믿을 정도였으니까요. 그 친구는 제가 자기

또래인 줄 알았다나요?

당시 함께 수업을 들었던 학생 중 기억나는 사람이 또 있습니다. 수려하고 멋진

외모로 반 학생들의 인기를 독차지했던 이탈리아 남학생이었습니다. 알파벳

M자를 무척 독특하게 썼던 그는 어학원에 올 때마다 멋진 오토바이를 타고

왔습니다. 외모는 순정만화 주인공 같았죠. 큰 키에 늘씬한 몸매, 길게 기른

부드러운 금발 머리, 푸른 눈동자, 멋있는 가죽 재킷, 게다가 반짝거리는 흰색의

럭셔리한 헬멧을 벗고 머리를 살랑살랑 흔들 때는 정말이지 영화나 만화 속에서

금방 톡 튀어나온 것처럼 보였습니다.

그런데 그가 자꾸 아줌마인 제게 작업을 거는 겁니다. 전 제가 예뻐서 그러는 줄

알고 좋아했는데 나중에 알고 보니 그 반 모든 여학생에게 다 그랬다더군요. 몇

살이냐고 서로 물어보다가 까무러치는 줄 알았습니다. 그 녀석도

고등학생이었습니다.

두 번이나 속고 나서 함께 공부하던 학생들을 쭉 둘러보니 그제야 여기저기
고등학생으로 추정되는 아이들이 눈에 들어오더군요. '아~ 유럽의 고등학생들은
방학 때 자신이 배우고 싶은 언어를 이렇게 현지에 직접 와서 배우는구나' 라는
생각이 들자 우리나라가 섬나라처럼 느껴졌습니다. 삼면이 바다로 둘러싸여 있고
북으로는 건널 수 없는 금단의 땅이 가로막고 있는 한국에서 자란 제가 국경
통과하기가 옆집 가기만큼 쉬운 유럽 대륙의 분위기를 어떻게 알 수
있었겠습니까.

서양은 꽉   채우고

동양은 슬쩍   비우고

나는   헷갈리고

0과, 0층, 0살, 우리에게는 정말 낯선 말입니다. 어떻게 교과서에 0과가 있을 수

있으며 건물에 0층이 있을 수 있단 말입니까?

하루는 어학원 수업 시간에 사람이 어머니 배 속에서 아홉 달 만에 나온다는

선생님의 말에 제가 손을 번쩍 들고 "열 달 아닌가요?"라고 용감하게 이야기한

적이 있습니다. 어떻게 인간이 모태에서 열 달씩이나 있느냐고 받아치는 선생님의

말에 제가 재차 반박하기에 이르렀고 서로의 주장을 굽히지 않는 지경이

되었습니다.

"너희 나라 사람들의 임신 기간은 소 임신 기간(거의 열 달에 가까움)과

비슷하구나!" 선생님은 선생님대로 이해 불가능을 선언했고 저는 저대로 이해를

포기했습니다. 결국 우리는 인종이 달라서 임신 기간도 서로 다르다는 결론에

도달하게 되었죠. 그러나 나중에 알고 봤더니 서양인이든 동양인이든 사람은 누구나 약 280일, 만 9개월 만에 태어나더군요. 이것을 서양에서는 9개월이라 하고 동양에서는 10개월이라고 합니다.

나이 문제만 해도 서양에서는 아기가 태어난 후 만 1년이 지나야 한 살이라고 하지만, 동양에서는 아기가 태어난 그 순간부터 한 살로 치죠. 건물도 그렇습니다. 프랑스에는 '레드쇼세rez-de-chaussée'라고 하는 0층이 있습니다. 그러니까 프랑스식 4층은 한국식 5층이 되고, 한국식 11층은 프랑스식 10층이 됩니다. 부르는 층수가 다르다고 해서 높이가 달라지는 건 절대 아닙니다. 단지 다르게 부를 뿐입니다. 프랑스에서 한국인들끼리 대화할 때면 무척 혼동됩니다. "우리 집은 5층이야"라고

꽉 채우기를 즐겨하는
서양인답게 그들은 나이든 개월
수든 꽉 채워 세기를 좋아합니다.
그와는 대조적으로 동양의
정서는 약간은 비어 있는
상태이며 여유를 두고
반올림하기를 좋아합니다.
비움의 영성과 일맥상통합니다.

하면 한국식으로 5층인지 프랑스식으로 5층인지 모호할 때가 있거든요. 한국 사람들끼리니까 한국식일 것 같기도 하고 프랑스 건물이니까 프랑스식으로 말한 것 같기도 하고. 교과서도 그렇습니다. 알리앙스 프랑세즈에서 어학 교육용으로 사용했던 〈Panorama〉라는 교재가 있습니다. 그 책을 펼치면 '0'이란 숫자가 커다랗게 표시되어 있습니다. 그 부분에는 프랑스어 수업의 기초가 되는 다양한 내용이 담겨 있습니다. 말하자면 1과가 나오기 이전 단계로 0과가 존재하는 거죠. 꽉 채우기를 즐겨하는 서양인답게 그들은 나이든 개월 수든 꽉 채워 세기를 좋아합니다. 그와는 대조적으로 동양의 정서는 약간은 비어 있는 상태이며 여유를 두고 반올림하기를 좋아합니다. 비움의 영성과 일맥상통합니다.

프랑스인의 얼굴이 점 점
내 얼굴로 접근할 때

프랑스인들은 사람을 만났을 때 비주bisou라는 인사를 합니다. 이는 서로 양쪽 뺨을 번갈아 대고 입으로 '쪽' 소리를 내는 인사법입니다. 각 나라마다 인사법이 얼마나 다양한지, 뉴질랜드 마오리족은 우선 악수를 하고 손을 잡은 채 마주 보고 코를 두 번 마주치는데 세 번 마주치면 청혼의 뜻이라고 합니다. 실수로 싫어하는 이성에게 잘못 걸려 코를 세 번 마주치기라도 하는 날엔 어떤 일이 벌어질지 아무도 장담할 수 없습니다. 북극의 에스키모인은 손님이 왔을 때 밤에 자신의 아내를 손님방에 넣어주는 것이 최고의 예우라고 합니다. 미국인은 악수나 포옹을 하고, 라틴계 어느 나라에선(남미) 상대방의 등을 때리며, 아프리카 마사이족은 반갑다는 표시로 상대방 얼굴에 침을 뱉기도 한다니 인사법의 다양함은 이루 다 나열할 수 없을 정도입니다. 사실 합장을 하는 타이 인사법이나 상체를 깊이

숙이는 한국의 인사법도 서양인들 눈에는 이상하게 보일 수 있겠죠.

제가 살았던 부룬디에서는 비주와 함께 악수를 하는데 그 악수법이 독특합니다. 자신의 손을 상대방 손 가까이 가져가서 악수를 청하는 것이 아닙니다. 우선 팔을 높이 듭니다. 그리고 손이 어깨나 머리 위치에서부터 출발합니다. 대체로 악수를 청한 쪽은 위에서 출발하고 상대방은 옆에서 출발합니다. 출발한 손이 점차 빠른 속도로 아래로 내려와 상대방의 손과 마주하게 되는데, 이때 손뼉을 치듯 '찰싹' 소리가 날 정도로 세게 맞부딪치며 악수를 합니다.

일단 손을 잡으면 세차게 서너 번 흔들고, 그 뒤 서로 상대방의 엄지손가락을 자신의 손바닥 전체로 감싸 쥐고 또 흔듭니다. 손바닥을 마주치는 소리가 클수록, 손을 세게 흔들수록, 손을 잡고 오래 흔들수록 '아~ 상대방이 나를 좋아하는구나'라고 인식합니다. 누군가가 한 대 때릴 기세로 손을 치켜들고 여러분에게 돌진한다면 그건 악수를 청하겠다는 뜻입니다. 그렇게 악수를 한 뒤 "어떻게 지내느냐? 가족은 평안하냐? 부모님은 건강하시고? 자녀들은? 친척들은? 가축은? 소는? 양은? 염소는? bla~ bla~ 기타 등등" 하고 인사를 합니다. 가족이나 가축이 많을 경우 인사만 30분 이상 하는 경우도 있습니다. 변화 사이클이 짧고 모든 것이 바쁘고 급하게 돌아가는 한국 사회에서는 생각도 못할 일이죠.

부룬디 인사법 못지않게 프랑스인의 인사법도 독특합니다. 뺨을 대고 인사 나누는 비주를 할 때, 원칙적으로 오른쪽 뺨을 먼저 대고 그다음 왼쪽 뺨을 댑니다. 그러나 프랑스 남부 지역에선 그 반대입니다. 그래서 뜻하지 않게 '뽀뽀'를 하게 되는 경우도 있습니다. 제가 그랬거든요.

파리에 살다가 프랑스 남쪽 알베르빌로 이사를 갔을 때였습니다. 알베르빌은 알프스 산자락에 위치한 도시로 1992년 동계올림픽이 개최된 곳입니다. 당시 저는 파리의 비주 습관에 젖어 있었고 알베르빌 관습을 전혀 몰랐습니다. 같은 프랑스인데 특별히 다른 점이 있겠나 싶기도 했고요. 그런데 중요한 한 가지가 달랐습니다. 바로 비주의 방향이었습니다.

하루는 큰아들 안드레가 친구 생일에 초대를 받았습니다. 아들을 차에 태우고 생일 초대한 친구네 집으로 갔습니다. 도착하자마자 아들은 친구들과 함께 그 집 정원을 뛰어다니며 놀기 시작했습니다. 안드레의 친구 부모는 무척 상냥한 사람들이었습니다. 아이 엄마가 저를 보자마자 반갑고 따뜻하게 맞이하며 비주를 청했습니다. 그래서 저도 응했죠. 그런데 비주를 하려는 순간 아이들이 저를 뒤에서 살짝 밀치며 지나가는 바람에 끔찍한 일이 일어나고야 말았습니다.

저는 파리 방식대로 오른쪽 뺨을 갖다 대고 상대방은 알베르빌 방식대로 왼쪽 뺨을 갖다 대려는 찰나 본의 아니게 살짝 뽀뽀를 하고 만 것입니다. 아이들이 밀지만 않았어도, 그리고 프랑스 남부의 비주 방향이 북부와 다르다는 것만 미리 알았어도 이런 일은 생기지 않았을 것입니다.

또 언젠가는 이런 일도 있었습니다. 벨기에 사람을 만났을 때입니다. 두 번 혹은 네 번, 짝수로(친한 경우) 비주를 하는 프랑스인과 달리 벨기에 사람은 오른쪽, 왼쪽, 오른쪽, 이렇게 세 번을 합니다. 물론 그때는 그 사실을 몰랐죠. 저는 두 번만 하고 끝냈는데 그 벨기에 여성이 세 번째 비주를 하려고 얼굴을 들이댔습니다. 제가 뒤로 확~ 물러서는 바람에 그분의 얼굴이 사정없이 허공을 헤매더군요. 그분이 얼마나 무안해하던지 그 모습을 보고 있자니 제 얼굴도 화끈거렸습니다.

그러니 여행을 할 때는 사전에 그 나라 풍습과 관례를 잘 숙지하고 가는 게 민망한 일을 줄이는 최선의 방법입니다. 아니면 눈치가 끝내주게 빠르든가요.

저는 파리 방식대로 오른쪽 뺨을 갖다 대고 상대방은
알베르빌 방식대로 왼쪽 뺨을 갖다 대려는 찰나 본의 아니게
살짝 뽀뽀를 하고 만 것입니다. 아이들이 밀지만 않았어도,
그리고 프랑스 남부의 비주 방향이 북부와 다르다는 것만
미리 알았어도 이런 일은 생기지 않았을 것입니다.

인생이란
살
아
볼   만한
가치가   충분히 있는 것

프랑스 땅에서 아이 둘 딸린 주부로 살림하며 공부하기가 정말 쉽지 않았습니다.

하지만 제게서 수더분한 아줌마의 특성이 배어 나왔던지 만나는 선생님이나

교수님마다 저를 친근하게 대해주어 그나마 학교생활이 어렵지 않았습니다.

프랑스인들에 비해 상대적으로 덜 유창한 저의 불어 실력이 그들에게는 타인을

배려하는 구수하고도 포근한 성격으로 느껴졌을 지 모릅니다. 게다가 먹을 것

잔뜩 싸가지고 가서 풀어놓으니 싫어할 이유가 없었겠죠. 아마 당시 저는 상대방

마음을 사려면 인간의 본능 중 하나인 식욕을 이용해야 효과적이라고 깨달았나

봅니다.

수업이 있는 날은 교수님 도시락을 잊지 않고 준비해 갔습니다. 김밥, 샐러드,

토스트, 샌드위치, 주먹밥, 지금은 기억도 잘 나지 않는 다양한 종류의 음식을

말입니다. 나중에는 '오늘의 메뉴'가 뭔지 궁금해하는 교수님에게

알아맞혀보라며 퀴즈를 내기도 했죠.

그러다 최고 연주자 과정을 마칠 무렵이 되자 졸업 시험을 봐야 하는 운명의

순간이 다가왔습니다. 그때 저와 함께 시험을 봤던 학생은 한국인(저를 포함해)

2명, 일본인 2명, 프랑스인 20여 명과 10여 명에 이르는 재수생이었습니다.

프랑스에서 음악 분야는 최고 점수를 받은 한 명에게만 디플롬이라고 하는

졸업장을 줍니다. 2등부터 그 이하는 유학 오기 전 아무리 명문 대학을

졸업했더라도 졸업장을 받을 수 없습니다. 상황이 이렇다 보니 이듬해 다시

응시하는 경우가 허다합니다. 다른 학부는 어떤지 잘 모르겠지만 음악

분야에서만큼은 철저하게 1등 위주이므로 최고 점수를 받기 위해 수년에 걸쳐

여러 번 졸업 시험을 치르는 우울한 상황이 연출됩니다.

저는 학교에서 정한 지정곡과 제가 선택한 곡들로 한 시간 분량의 독주회

프로그램을 구성해 시험을 준비했습니다. 교수님의 전폭적인 지지와 사랑을

받았던 저는 교수님 자택에까지 초대되어 레슨 받는 호재도 누렸죠. 하지만

집에서 하는 연습은 쉽지 않았습니다. 살림하며 아이들 건사에 남편 내조까지

하면서 시간을 쪼개 연습하려니 이 방에서 저 방으로 움직일 때도 전력 질주해야

할 만큼 바빴습니다. 어쩌다 조금이라도 크게 연습할라치면 어김없이 탕, 탕, 탕

하고 들려오는 이웃의 배관 파이프 두들기는 소리도 큰 장애물이었습니다.

아파트에서 여러 집이 하나의 파이프로 연결된 난방 배관은 모든 집을 따뜻하게

해주지만 소음에 대해서도 하나의 단위로 묶어버리는 무지막지한 물건입니다.

간혹 그것 두들기는 소리가 총소리보다 더 무시무시하게 들리기도 합니다.

그렇게 이웃의 온갖 핍박을 견디며 연습하던 어느 날이었습니다. 그날도 열심히 피아노 연습을 했습니다. 시간 가는 줄도 모르고 한참 연습을 하다 보니 어느새 저녁때가 되었더군요. 피아노 치는 엄마를 두어 저녁까지 굶게 생긴 아이들의 운명이 안쓰러워 잽싸게 주방으로 들어갔습니다. 필름을 고속으로 돌리는 것 같은 빠른 속력으로 뚝딱뚝딱 식사 준비를 했습니다.

쌀을 씻어 밥솥에 넣어 취사 버튼을 눌렀습니다. 급하게 냉장고에서 채소를 꺼내고 냉동실에서 얼린 쇠고기를 꺼냈습니다. 칼을 집어 들고 채소를 다듬었습니다. 그리고 식칼로 쇠고기를 써는데 너무 급한 마음에 그만 왼쪽 엄지손가락 끝을 '쓱' 하고 썰어버렸지 뭡니까. 얼어 있던 고기를 잡고 있어서 그랬는지 살이 베인 직후에는 아픔이 거의 느껴지지 않았습니다. 그런데 조금 지나자 얼마나 욱신거리던지 팔은 물론 어깨까지 통증이 왔습니다. 피는 또 왜 그렇게 많이 나던지요.(ㅠ.ㅠ 낼모레면 졸업 시험인데… 나 어떡해.)

시험을 포기할까도 생각해봤지만 아프리카행이 결정된 터라 1년을 더 투자할 만큼 시간 여유가 없어 그냥 보기로 했습니다. 너무 아파서 건반을 누를 수도 없는 상태였지만 거즈와 반창고로 손가락을 단단히 묶은 채 시험장에 들어갔습니다. 팽팽한 긴장감이 장내를 휘감고 있었습니다. 드디어 제 차례가 되었고 찢어질 듯한 아픔을 견뎌내며 무사히 연주를 마쳤습니다. 손가락 통증으로 만족할 만한 연주는 아니었지만 참가하는 데 의의를 두자고 마음을 비웠습니다.

연주를 마치고 일어서는데 하얀 피아노 건반 위에 새빨간 피가 흥건해 있더군요.

연주 홀을 빠져나오자 교수님이 따라 나왔습니다. 제 아픔을 마치 자신의 일처럼 안타까워하며 눈시울을 붉히시더군요. 제가 오히려 교수님을 위로해드려야 할 상황이 되어버렸습니다.

졸업 시험 결과는 일본 학생이 1위, 근소한 차로 제가 2위를 했습니다. 정말 아쉬웠습니다. 하지만 어쩌겠습니까. 인생이 그런 거죠. 그런데 저의 모든 상황을 아는 교수님이 이대로는 안 되겠다고 생각했던 모양입니다. 그분이 학교 측에 강력하게 건의해 저도 얼떨결에 디플롬을 받았습니다. 1등도 아닌데 말이죠. 예상치 못한 사고를 당했지만 예상치 못한 은혜를 입게 되었습니다. 정말 인생이란 살아볼 만한 가치가 충분히 있는 것이더군요.

시험을 포기할까도 생각해봤지만 아프리카행이 결정된 터라 1년을 더 투자할 만큼 시간 여유가 없어 그냥 보기로 했습니다. 너무 아파서 건반을 누를 수도 없는 상태였지만 거즈와 반창고로 손가락을 단단히 묶은 채 시험장에 들어갔습니다. 팽팽한 긴장감이 장내를 휘감고 있었습니다.

기상천외
비데 사건

변기도 아니고 세면대도 아니고 그렇다고 욕조는 더더욱
아니고…. 우리 가족은 그곳을 발 씻는 용도로
사용했습니다. 높이가 발 씻기에 딱이었거든요. 나중에
신체의 중요한 부분을 세정하는 용도라는 것을 알고 무척
의아했습니다. 도저히 내 가장 중요한 부분을 그곳에서
씻어야 한다는 게 상상이 안 되더군요.

왼쪽 사진은 저희 집 화장실입니다. 변기 옆에 있는 것이 바로 수동식 비데입니다. 비데bidet는 프랑스어로 '말' 또는 '조랑말' 이란 뜻입니다. 그리스어에도 '여성이 뒷물하다' 라는 뜻의 '비데' 라는 단어가 있습니다. 국부 세정기로서의 비데는 16세기부터 유럽 일부 귀족층에서 사용해왔는데 18세기 초 프랑스에서 비데라는 말이 '배설 후 뒤를 닦는 장치' 라는 단어로 정착되었습니다. 아마 당나귀나 말을 탈 때처럼 기다란 용기 위에 걸터앉기 때문인 것으로 여겨집니다.

기계식 비데가 우리나라에 처음 보급되기 시작한 1980년대 중반, '이것이 무엇에 쓰는 물건인고?' 라는 궁금증으로 버튼을 눌렀다가 그만 얼굴을 강타하는 한 줄기 날카로운 물세례를 겪는 에피소드가 더러 있었습니다. 저 또한 유럽에 처음 갔던 16년 전, 변기 옆에 놓인 기다란 도자기 그릇을 보고 '이게 뭘까?' 하고 이것저것 만져봤던 기억이 납니다.

프랑스 리용으로 이사를 갔을 때입니다. 저희가 살던 작은 아파트 화장실에도 어김없이 변기와 함께 길쭉한 그릇 같은 게 있었습니다. 변기도 아니고 세면대도 아니고 그렇다고 욕조는 더더욱 아니고…. 우리 가족은 그곳을 발 씻는 용도로 사용했습니다. 높이가 발 씻기에 딱이었거든요. 나중에야 신체의 중요한 부분을 세정하는 용도라는 것을 알고 무척 의아했습니다. 도저히 나의 가장 중요한 부분을 그곳에서 씻어야 한다는 게 상상이 안 되더군요. 그 사실을 알고 나서 얼마 후 한국에서 손님이 오셨습니다. 남편의 은사님이 사모님과 함께 프랑스를 여행하던 중 저희 집에 들르신 것이지요. 정성껏 식사 대접을 하고 디저트를 내올 즈음, 사모님이 욕실 앞에서 다급하게 저를 부르셨습니다. 이유인즉 화장실이 범람했다는 것입니다.

'어~ 그럴 리가…' 하며 화장실 문을 여는 순간, 아니 이게 웬일입니까? 비데에

소변을 본 후 물을 틀었는데 그만 소변과 물이 어우러져 바닥으로 흘러넘친

것입니다. 전자동 비데는 물줄기가 가늘지만 수동식 비데는 찬물 더운물 할 것

없이 콸콸 나오는 데다 물 빠지는 구멍은 조그맣거든요. 그걸 모르시곤 물을 세게

틀었다가 비데에 소변 본 게 만천하에 알려지게 되었죠. 변기보다 낮은 비데에서

쪼그리고 앉아 볼일을 본 사모님의 겸손함으로 인해 저는 그분들이 가신 후

화장실 청소하느라 오랫동안 진땀을 흘렸습니다.

그 사건 이후 얼마 지나지 않아 한 여대생이 저희 집에 왔습니다. 화가

지망생이었는데 굉장히 예쁘고 날씬하고… 아무튼 얼짱 몸짱

아가씨였습니다(지금은 프랑스에서 활동하는 현역 화가죠). 우리는 같이 밥 먹고

웃고 떠들고 즐겁게 놀았습니다. 그렇게 시간을 보낸 뒤 그 여학생은 인사를 하고

돌아갔습니다. 여학생이 돌아간 뒤 아무 생각 없이 화장실에 들어간 저는 '사모님 비데 소변 범람 사건' 보다 더 충격적인 장면을 목격하고 말았습니다. 비데 속에 얌전하게 놓인 대변 한 덩어리! 네, 분명 똥이었습니다. 비데에 대변을 본 후 물로 내리려고 시도했으나 그게 잘되지 않자 아무 말 없이 조용히 돌아간 그 아름다운 아가씨! 변기의 용도는 삼척동자도 다 아는 바, 아마도 그녀는 수동식 비데를 사용해보고 싶은 실험 정신이 강하게 작용했던 것 같습니다. 그날도 저는 그거 치우느라 땀깨나 흘렸죠.

요즘에도 유럽에는 전자동 비데보다 수동식 비데가 훨씬 많습니다. 그러니 여러분도 여행 중 큰 볼일, 작은 볼일, 각종 볼일은 지정된 장소에서만 해야 한다는 사실을 잘 알고 있어야 합니다. 정~ 궁금하면 주인에게 살짝 문의하는 센스를 발휘하는 것이 좋습니다.

절반의　　　　　　자유,
출퇴근하는　　　　　감
　　　　　　　　　　　옥

프랑스 남부에 툴루즈라는 도시가 있습니다(미국의 보잉사와 어깨를 견줄 만한 세계적인 항공기 회사인 에어버스사로 무척 유명한 도시입니다). 그곳에 '절반의 자유'라는 별명이 붙은 특이한 감옥이 있습니다. 감옥 이름은 메종 다레Maison d'Arrêt 입니다. 프랑스어로 메종maison은 '집'을 뜻하고 드de는 '~의', 아레arret는 '멈춤, 정지, 체포, 구금'을 뜻합니다. 따라서 메종 다레는 '감금의 집' 혹은 '멈춤의 집' 정도로 해석할 수 있습니다. 사실 '감옥'은 프랑스어로 '프리종prison'이지만 프랑스 사람들은 그런 딱딱한 표현 대신 메종 다레란 말로 유치장, 구치소, 감옥 등을 표현합니다.

한데 이 감옥은 죄수들이 출퇴근하며 투옥 생활을 하는 곳으로 알려져 있습니다. 표지판의 문구 중 'Semi-Liberté'라는 구절이 눈길을 끌더군요. 직역하면

상당히 넓은 부지에 자리한 꽤나 큰 감옥입니다. 역사의
현장이었던 곳이 요즘은 사람들로 북적이는 시내 한복판이
되었습니다. 현재도 이 '멈춤의 집'에는 죄수들이
수감되어 있습니다. 아침에 출근했다가 저녁에 퇴근하는,
그야말로 절반의 자유를 보장받은 죄수들이죠.

‘절반의 자유’ 라는 뜻입니다. 그것은 곧 ‘절반의 구속’ 이란 말도 되겠지요?

멀리서 보니 정문 옆에 자잘한 글자가 쓰인 네모난 대리석 표지판이 있습니다.

죄수들이 출입하는 시간표나 일과표 정도 되는 줄 알았답니다. 가까이 가서

보았습니다. 그러자 무척 참담한 내용이 적혀 있더군요. 제2차 세계대전 당시

독일군에게 희생당한 프랑스군과 일반 시민의 명단이었습니다. 수백 명의 프랑스인이

독일군에 의해 이 감옥에 강제 수용되었고 그 과정에서 프랑스 육군 35소대 소대장

마르셀 랑제가 단두대에서 처형되었으며 나머지는 모두 총살형에 처해졌다는

내용입니다. 철저하게 약육강식의 법칙이 지배되는 전시였으므로 힘없는 프랑스군이

강대한 독일군에게 짓밟힌 것은 당연한 일이었겠지요. 하지만 무고한 프랑스인이

독일인에 의해 자신들이 만들어놓은 감옥에 투옥되고 처형됐다는 게 너무 억울하게

느껴지더군요.

역사의 현장이었던 곳이 요즘은 사람들로 북적이는 시내 한복판이 되었습니다. 현재도

이 ‘멈춤의 집’ 에는 죄수들이 수감되어 있습니다. 아침에 출근했다가 저녁에 퇴근하는,

그야말로 절반의 자유를 보장받은 죄수들이죠. 이 세상에 현존하는 감옥 중 시내

한복판 지하철역 바로 앞에 있는 감옥은 그리 흔치 않습니다. 툴루즈 시민들은

죄수들과 함께 지하철을 타고 다닙니다. 저도 지하철을 몇 번 탄 적이 있습니다. 혹시

죄수들과 한 번쯤 마주쳤을지도 모를 일입니다.

박물관 바닥에서   프랑스 아이들
그림 그리는

프랑스는 미술의 나라답게 미술을 전문적으로 교육하는 학교도 우리에게 많이

알려져 있습니다. 프랑스 수도 파리와 남부의 교육 도시인 툴루즈에는

국립고등미술학교Ecole Nationale Supérieure des Beaux-Arts라는 세계적으로 유명한 미술

학교가 있습니다. 이 긴 이름을 짧게 줄여서 '보자르' 혹은 '에콜 보자르' 라고

합니다(에콜은 '학교' 라는 뜻입니다). 툴루즈에 있는 미술 학교는 그다지 유명하지

않았는데 얼마 전 파리에 있는 대가 한 분이 이곳의 교수로 오는 바람에

세계적으로 유명한 학교가 되었습니다. 그러면 프랑스가 왜 오늘날 미술의 나라가

되었으며 프랑스식 미술 교육이 왜 유명한지 그 현장을 보여드리겠습니다.

툴루즈에는 성 오거스틴 박물관Musée St. Augustin이 있습니다. 박물관 입구에

들어서자마자 왼쪽으로 돌면 긴 회랑이 나옵니다. 회랑을 따라가다가 건물 안으로

들어서면 넓은 로비가 나옵니다. 한가한 평일 오전

이곳에서 자주 볼 수 있는 풍경이 있습니다. 초등학생들이

선생님과 함께 와서 그림도 그리고 설명도 듣는

모습입니다. 아이들이 벽에 걸린 작품을 모작하며

박물관이나 미술관에서 한나절씩 보내는 것은 결코 낯선

장면이 아닙니다. 어릴 때부터 훌륭한 작품을 많이 보고

따라 그리다 보니 미술적 감수성이 얼마나 발달하는지는

말 안 해도 알 수 있습니다. 아이들은 스펀지 같아서 주변 환경을 무척 빨리

받아들이거든요.

여러분도 아시다시피 서양은 입식 문화입니다. 바닥과 가까운 동양인과는 문화나

의식 자체가 다릅니다. 그런데 선생님 통솔 아래 박물관을 찾은 아이들은

하나같이 바닥에 앉아 그림을 그립니다. 또 프랑스 유치원은 마치 미술 전문 교육

기관과 같은 느낌을 풍깁니다. 아이들이 유치원에 가서 제일 먼저 손에 쥐는 것이

펜이고 맨 먼저 하는 일이 바로 그림 그리기입니다. 손에 그림 도구를 쥐고,

선생님이 미리 벽에 붙여놓은 하얀 종이 위에 자신의 느낌과 상상을 맘껏

표현합니다.

우리나라는 어떻습니까. 저만 해도 아이들이 깨끗한 벽지에 낙서라도 할까 봐

항상 윽박질렀습니다. 낙서는 아름다운 작품의 초석이 된다는 것을 왜

몰랐을까요? 이제 와서 벽에 그림을 그리라고 하기에 아이들이 너무 훌쩍

자라버렸습니다.

우리나라 미술 교육도 프랑스와 비교하자면 그리 훌륭한 편은 못 됩니다.

학생들은 다들 미대 입시를 위해 미술 감각이나 창의성과는 거리가 먼 테크닉

위주의 작업만 합니다. 입시를 위해 그림을 외워버리더군요. 물론 어린 시절에도

프랑스 어린이들처럼 박물관이나 미술관에서 이루어지는 살아 있는 미술 교육은

생각할 수도 없는 형편이고요.

우리나라 어린이 미술 학원의 현주소

|

프랑스에 살 때 여름방학을 맞이해 한국에 잠시 다니러 갔습니다. 약 두 달간의

한국 체류 기간 동안 여느 한국 엄마와 마찬가지로 저도 아이들을 학원에

보냈답니다. 태권도, 미술, 피아노, 수영, 바이올린에 수학 과외까지….

하루는 미술 학원에 다녀온 아이들의 표정이 어두웠습니다.

"너희들 왜 그래?"

"그림을 그렸는데…, 선생님이 나보고 틀렸대요."

"응? 뭘 그렸는데?"

"사람 머리를 노란색으로 칠했더니 선생님이 틀렸다고 했어요. 사람 머리는

까만색으로 해야 된대요."

사람 머리가 항상 까만색일 수는 없습니다. 금발도 있고 백발도 있고 홍발도

있습니다. 다양성을 인정하지 않는 미술 교육은 분명 창의성 개발과는 거리가

멉니다. 여러분 기억하시나요? 소싯적 사용하던 크레파스 중에 '살색'이라는

이름이 붙은 색상이 있었죠. 그 색상이 정말 살색인가요? 서양인이나

아프리카인에게도 여전히 살색이 될 수는 없습니다. '인디언 핑크' 정도로 보이는

그 색상을 살색으로 규정지어버린다면 그 크레파스를 사용하는 어린이들에게

얼마나 큰 선입견과 편견을 심어주는 격인가요.

"우리 얼굴 색깔은 살색이고요~! 까만 사람들 얼굴은… 흠… 그건 '살' 도

아니에요"라는 말이 나올까 봐 무척 걱정스럽습니다. 물론 요즘은 살색이라는

이름이 살구색으로 바뀌었다고 합니다만, 어떻든 간에 어린이들에게 편견을

심어주는 것은 무척 위험한 일임에는 분명합니다.

프랑스에 살면서 생활 속에서 쉽게 발견하는 미술적 요소는 도처에 아주

많습니다. 우선 지하철 역사에 있는 의자만 봐도 알 수 있습니다. 파리의 어느

지하철 역사에는 여러 개 비치되어 있는 의자 중 단 한 개도 똑같은 의자가

없습니다. 각각의 의자가 고유의 디자인과 색상을 가지고 있어 보는 이의 눈을

즐겁게 합니다. 고속도로 톨게이트도 마찬가지입니다. 통행료를 지불하는 여러

통로의 지붕이 모두 제각각 다른 모양을 뽐내고 있습니다. 획일성은 창조성

말살의 지름길로 여겨집니다.

테크닉보다 아이디어를 더 중시하는 프랑스에서의 미대 입시는 실기 시험의

비중이 매우 낮습니다. 미대 입학시험이라고 해봐야 인터뷰와 고등학교 졸업 시험

성적, 그리고 현장에서 짧은 시간 동안 실시하는 크로키 테스트가 전부입니다. 왜 실기 시험을 보지 않느냐고 물었더니 '인터뷰만으로도 충분히 그 학생의 창조성을 파악할 수 있다. 실기는 학교에 들어와서도 얼마든지 개발할 수 있다' 고 하더군요. 얼마 전 한국 미술계의 산실인 홍익대학교에서 향후 몇 년 후 실기 시험의 비중을 대폭 낮추고 인터뷰와 크로키만으로 학생을 뽑는, 이른바 프랑스식 입시 시스템으로 전격 교체하겠다는 발표를 해 이목을 끌었습니다. 정말 반가운 소식이 아닐 수 없습니다. 우리나라도 이제 얄팍한 테크닉보다 묵직하고 깊은 아이디어의 우물을 파야 할 때가 되었습니다.

assimilation 하나 됨

9~29

애들아, 울지 마.
울고 싶은 건 너희가 아니라
엄마 아빠란다

프랑스 생활을 마무리할 즈음 저는 미국으로 가기를 원했습니다. 그곳에 가서 부족한 공부를 더 하고 싶었죠. 한국에 있는 가족들과도 상의를 한 상태였고 학교도 알아보고 있었습니다. 그런데 느닷없이 남편이 아프리카로 가야겠다고 선언을 하더군요.

'아니, 아메리카가 아니라 아프리카로?'

저는 무척 실망했습니다. 그렇게 중대한 결정을 하면서 나와 한마디 상의도 없었던 남편에게 깊은 배신감마저 들었습니다. 왜 혼자서 독단적으로 결정을 내렸느냐는 제 말에 〈성경〉에 나오는 아브라함이 하나님의 명령에 순종할 때 아내인 사라와 의논한 적이 있느냐고 하더군요.

그 말을 듣자 이해가 되기는커녕 분노만 커졌습니다. 남편의 뜻을 헤아리기에 제

마음은 턱없이 좁았습니다. 하지만 어쩌겠습니까? 이혼을 하지 않는 한 둘 중

누군가는 양보를 해야만 하는 절박한 상황인걸요. 그래서 남편을 따를 수 없는 제

마음의 그릇을 억지로 넓혔습니다. 넓히는 작업은 무척이나 고통스러웠습니다.

가족과 트러블이 있다면 자신이 고집하고 있던 작고 좁은 마음을 큰 그릇으로

만들어보시길 바랍니다. 다 내려놓는다는 심정으로 말이죠. 마음의 그릇만 넓혔을

뿐인데 시간이 흐를수록 그곳에는 알차고 아름다운 내용이 자연스럽게 가득

차오르는 믿기 어려운 현상이 생깁니다. 저 역시 '순종'이라는 이름의 그릇을

넓혔더니 처음에는 바닥에 찰랑거리던 순종이 그릇에 넘쳐나도록

가득해졌습니다. 하나님의 음성과 남편의 바람을 한 점 분노도 없이 수용할 수

있게 된 것이지요.

아프리카 차드로 가기 위한 준비는 무척 까다로웠습니다. 짐 싸는 일도

힘들었지만 황열 주사를 맞아야 하고 말라리아 약도 사야 하는 등 세심하게 신경

써야 할 것이 많았습니다. 차드는 내륙 국가라서 컨테이너 이사도 불가능하고

배편으로 물건을 보내는 일도 불가능했습니다. 비행기 편으로만 소포를 부칠 수

있었는데 5kg당 14만 9000원이었습니다. 가공할 만한 우편료 때문에 우체국을

통해 물건을 부칠 엄두를 못 내겠더군요. 결국 차드에 가져갈 수 있는 이삿짐은

입국할 때 우리 네 식구가 손으로 들고 갈 수 있는 분량이 전부였습니다. 그래서

꼭 필요한 짐만 간추려 싸려고 노력했습니다. 짐이란 게 그렇더군요. 이것도

필요한 것 같고 저것도 필요한 것 같아 여러 가지를 싸게 되고, 그러다 보면

무한정 불어나버립니다. 그러나 나중에 풀고 보면 별거 없죠. 물자가 귀한 나라로

가는 만큼 꼭 가져가야만 하는 물건이 얼마나 많았는지 모릅니다. 초과 화물에

대한 벌금을 물어야 할 게 불 보듯 뻔했습니다. 이 사태를 어떻게 할까 골똘히

연구하다가 마침 좋은 생각이 떠오르더군요. 온 식구가 팬티, 속옷, 셔츠, 양말,

재킷 등을 두 겹 세 겹 껴입었습니다. 그리고 다섯 살, 네 살 된 아들 녀석들에게도

어린이용 기내 가방에 20kg 이상의 물건을 담아 각각 끌게 했습니다. 남편과 저는

등에 커다란 배낭, 손에는 기내 가방, 허리에는 모기장과 허리 색을 둘렀습니다.

거기다 남편은 커다란 키보드를 어깨에 멨습니다. 영락없는 람보 형상이었죠.

출국 심사대를 통과하려고 검색대를 지날 때였습니다. 공항 직원이 우리에게

보안을 위해 신발도 벗고 벨트도 풀어보라고 하더군요. 정말 난처한

순간이었습니다. 원리 원칙에 엄격한 공항 직원이 우리의 속사정을 알 리가

없었습니다. 하는 수 없이 우리는 신발도 벗고 키보드, 어깨에 멘 가방, 기내 가방,

손에 든 가방, 등에 멘 배낭 등을 하나하나 풀어놓았습니다. 물건을 하나씩

풀어놓을 때마다 공항 직원의 얼굴은 마치 희귀종 동물을 보는 것처럼 점점

일그러지더군요. 그러더니 마지막으로 모기장과 복대를 풀어놓았을 때는

기절이라도 할 듯한 표정이었습니다.

"당신들, 짐이 너무 많아서 안 되겠습니다. 다시 돌아가서 짐을 부치고 오십시오."

그 말에 우리는 비행기 시간이 다 되었으니 한 번만 봐달라고 애원했습니다.

우리가 계속 버티고 있자 공항 직원은 결국 양보하고 우리를 통과시켜주었습니다.

검색대를 통과하고 기분 좋게 게이트를 찾아가는데 산 너머 산이었습니다. 우리가

찾는 게이트가 그곳에 없었던 겁니다. 애초 출국 심사대 번지를 잘못 찾았더군요.

티켓을 내밀며 게이트 번호를 말하자 그 직원은 난처한
표정을 짓고 한참 생각하더니 따라오라고 손짓했습니다.
그런데 그가 안내한 길은 엘리베이터가 아닌 무수한 계단
길이었습니다. 절박해진 우리 심정이 전달되었는지, 아니면
20kg짜리 가방이 무거웠는지 아이들이 앙~ 울어버리더군요.
우리는 아이들 가방을 받아 들고 우는 아이들을 한 손으로
안고, '울고 싶은 건 너희가 아니라 엄마 아빠란다' 라고
속으로 외치며 공항 직원을 따라갔습니다.

프랑스 샤를 드골 공항이 너무 넓어 실수로 딴 곳을 통과했던 것입니다.

'아~ 그럼 다시 나가서 출국 검색대를 또 지나야 하는 건가?'

망연자실하고 있는데 마침 공항 직원이 지나가더군요. 티켓을 내밀며 게이트

번호를 말하자 그 직원은 난처한 표정을 짓고 한참 생각하더니 따라오라고

손짓했습니다. 그런데 그가 안내한 길은 엘리베이터가 아닌 무수한 계단

길이었습니다. 절박해진 우리 심정이 전달되었는지, 아니면 20kg짜리 가방이

무거웠는지 아이들이 앙~ 울어버리더군요. 우리는 아이들 가방을 받아 들고 우는

아이들을 한 손으로 안고, '울고 싶은 건 너희가 아니라 엄마 아빠란다' 라고

속으로 외치며 공항 직원을 따라갔습니다.

드디어 그 많은 짐을 들고 계단을 오르내리며 게이트 근처에 도달했습니다.

에베레스트 산 등반도 이리 힘들진 않을 겁니다. 우여곡절 끝에 비행기에

올라탔고 여섯 시간의 비행 후 시골 여객 터미널 같은 차드 은자메나 국제공항에

도착했습니다.

도착하고 보니 놀랄 만한 일이 한두 가지가 아니었습니다. 우선 엄청나게 뜨거운 열기에 놀랐습니다. 캄캄한 새벽에 도착했는데도 비행기에서 내리자 마치 뜨겁게 달군 오븐 뚜껑을 연 것처럼 온몸에 열기가 훅~ 뿜어졌습니다. 남루한 차림을 한 새까만 피부의 흑인들이 마치 벌 떼처럼 우리 곁에 달라붙었습니다. 너나없이 동전 한 닢 달라며 소리 지르고 옷을 잡아끌었습니다. 더운 날씨에 짐도 많고 사람도 많고, 땀까지 뻘뻘 흘리며 정신이 혼미한 와중에 짐이 하나라도 없어질세라 눈을 부릅뜨고 지켜보았습니다. 그런데 짐에만 너무 신경을 쓴 나머지 아이들이 없어졌다는 것을 몰랐습니다.

그리 넓지 않은 공항 청사에서 저는 '백수 광부의 처' 와 같은 형상을 하고 아이들 이름을 부르며 이리저리 찾아 다녔습니다. 세상에, 아들 녀석들은 많은 사람들이 우리를 둘러싸고 이리 밀고 저리 미는 사이 자연스럽게 엄마 아빠로부터 떨어져 군중 속에 파묻혀 있더군요. 엄마가 애타게 이름을 부르는데도 가만히 엄마를 보고만 있었던 얄미운 녀석들. 그 일이 있은 후로는 부를 때 즉각 대답하라는 교육을 얼마나 지독하게 시켰던지 잠을 자다가도 이름을 부르면 대답을 할 정도가 되었습니다.

이곳에서 잠들려면
큰 타월이 필요해
그것도 아 ~ 주 큰

더위를 쫓기 위해 생각해낸 방법입니다. 몸 전체를 덮을
만큼 큰 타월을 물에 흠뻑 적신 후 짜지 않고
발끝에서부터 머리끝까지 덮고 잠을 청하는 겁니다.
그러면 물이 증발하면서 체온을 내려주는 데다 벌레까지
쫓을 수 있어서 비교적 쉽게 잠이 들 수 있습니다.

차드에선 한낮 기온이 60℃를 상회해 해만 뜨면 집 안의 창문을 다 닫고 필름 현상하는 밀실처럼 검은색 커튼을 쳐야만 했습니다. 얼핏 생각하면 창문을 열어야 할 것 같지만 사실은 그 반대입니다. 창문과 커튼을 열면 바깥의 뜨거운 열기가 집 안으로 들어와 한시도 견딜 수가 없거든요. 밤이 되었다고 해서 기온이 내려가는 건 아닙니다. 낮 동안 달구어진 건물이 밤이면 보란 듯이 열기를 토해냅니다. 한밤에도 50℃를 넘어 이곳에서 숙면을 취하기란 여간 어려운 일이 아닙니다. 아무리 더워도 전기가 없기 때문에 선풍기나 에어컨을 사용할 수 없습니다. 게다가 모기를 비롯한 온갖 벌레가 기승을 부려 밤마다 허공에 손을 내저으며 잠을 자야만 했습니다. 모기장이 있긴 했지만 간혹 모기장을 뚫고 들어오는 강한 녀석들 때문에 밤마다 침대 위에서는 전쟁이 벌어졌습니다.

더위를 쫓기 위해 우리가 생각해낸 방법이 하나 있었습니다. 몸 전체를 덮을 만큼 큰 타월을 물에 흠뻑 적신 후 짜지 않고 발끝에서부터 머리끝까지 덮고 잠을 청하는 겁니다. 그러면 물이 증발하면서 체온을 내려주는 데다 벌레까지 쫓을 수 있어서 비교적 쉽게 잠들 수 있습니다.

공기가 워낙 건조해 물이 뚝뚝 떨어지는 타월이 단 서너 시간이면 바싹 말라버립니다. 잠이 많은 저로서는 자다가 다시 수건을 적시기 위해 일어나는 것이 더위를 참고 자는 것보다 더 괴로운 일이라, 머리맡에 분무기를 준비해두고 온몸에 물을 뿌려가면서 다시 잠을 청했습니다. 마치 꽃잎에 물을 뿌리는 것처럼 말이죠.

우리가 지냈던 곳은 M.A.F.(Mission Aviation Fellowship:오지에서 사역하는

선교사들을 경비행기로 실어주는 미국에 기반을 둔 선교사 단체)의

주택단지였습니다. 그곳에서는 일주일에 한 번씩 '나나'라는 이름의 할아버지가

야채와 쇠고기 등을 가져와 팔았습니다. 저도 그 할아버지한테 야채와 고기를

샀습니다. 한화로 1만 원 정도면 오이, 상추, 토마토, 바나나, 호박, 파인애플,

양파, 대파, 달걀, 쇠고기 안심 등 일주일 치 식량을 살 수 있었습니다. 너무 더운

곳이라 달걀을 살 때는 반드시 양동이에 담긴 물속에 달걀을 빠뜨려봐야 합니다.

달걀이 물 위에 뜨면 상한 것이고 물속에 가라앉으면 신선한 것이라 물속에

가라앉는 무거운 녀석들만 골라 옵니다. 전기가 없는 오지인 관계로 구입한

먹거리들은 석유를 연료로 하여 가동되는 냉장고에 보관합니다.

어느 날 요리를 하려고 토마토를 썰었습니다. 그런데 토마토 속이 썩어 있더군요.

다른 토마토를 썰어봤더니 그것 역시 그렇습니다. 봉지에 담긴 토마토를 다

썰어봐도 죄다 속이 상한 것뿐입니다. 모양새는 꼭 풋과일처럼 작은데 속은

농익었던 거죠. 어떻게 겉과 속이 이처럼 다를 수가 있는지…. 토마토만 상한 게

아니라 제 속도 상했습니다. 할 수 없이 샐러드를 만들려던 계획을 변경하여

오이를 썰어 오이무침을 하고 호박으로 전을 부쳤습니다. 그런데 수분 없이

퍽퍽한 오이는 한약재보다 더 쓴 맛이었고 그럴싸해 보이는 호박전은 뭐가

잘못됐는지 구린내가 났습니다. 앞으로 어떻게 식사 준비를 해야 할지

대략난감하더군요. 눈을 뜨고 있는데도 이렇게 눈앞이 캄캄해지는 경우는

처음이었습니다.

이곳에선   긴 장화가   필요해
그것도   아 ~   주   긴

차드는 일 년 중 4월이 가장 더운 시기입니다. 4월 말이나 5월 초가 되면 우기가

시작됩니다. 우기가 오면 후덥지근해지면서 엄청난 모래 폭풍이 부는데 그로 인한

흙먼지 때문에 아이들이 열병을 앓기도 합니다. 또 이때는 돈을 가지고도 먹을

것을 살 수 없어 허기가 지는 시기입니다. 시내 가게에 케첩이 들어왔다는 소식을

듣고 허겁지겁 달려가면 정보에 빠른 미국인과 프랑스인들이 모조리 사 가고 단

하나도 남아 있지 않은 경우가 허다합니다.

우기를 대비한 하수도 정비도 이때 합니다. 오랜 시일 사람들이 길가 양쪽을

삽으로 퍼냅니다. 하수도 격으로 파놓은 긴 구덩이 옆에는 구덩이를 파면서 나온

흙과 오물더미가 구덩이와 나란히 줄지어 산을 이룹니다. 그렇게 긴 구덩이를

파놓고는 엄청난 악취를 풍기는 그 오물더미를 몇 주 동안 그냥 방치해둡니다.

흙과 짓이겨진 저 쓰레기 덩어리를 어떻게 할 생각으로 그냥 둘까 의아하더군요.

언젠가는 그것을 트럭에 실어 도시 바깥으로 옮겨낼 거라고 추측했습니다. 그러나

그것은 저의 오산이었습니다. 오랜 시간이 지나도 악취가 가시지 않는 그

오물더미를 거의 한 달간 그냥 두더니 그 후 길 한가운데 쫙~ 펴서 다지더군요.

도저히 이해할 수 없었습니다. 하긴 차드 주민들은 그런 저를 이해할 수 없나

보더라고요. 또다시 더러워질 텐데 뭣하러 깨끗하게 하느냐는 식이니까요.

우기가 되면 한 방울씩 떨어지는 비가 얼마나 고마운지 모릅니다. 더위를

식혀주고 농산물을 자라게 하니까요. 하지만 비가 조금만 와도 동네는 아수라장이

되고 맙니다. 한국의 장마처럼 비가 많이 오는 것도 아닌데 하수도 시설이 제대로

되어 있지 않으니 적은 강수량에도 동네는 물바다가 되어버립니다. 오물이 온

동네 고인 빗물 위로 둥둥 떠다니죠. 심지어 대변까지도…. 그래서 차드에서

우기를 나려면 반드시 필요한 것이 바로 '장화'입니다. 장화는 길면 길수록

좋습니다. 그런데 이 정도는 차드 주민들에게는 그리 큰 문제가 아닙니다. 정작 큰

문제는 소똥과 진흙을 섞어 만든 집이 무너진다는 것입니다. 매해 우기 때마다

집이 무너지고 우기가 끝나면 다시 짓습니다. 이 또한 이해되지 않는 부분입니다.

비 때문에 해마다 같은 피해가 났다면 다시 집을 지을 때는 돈이 좀 들더라도 더

견고한 건축재로 지으면 재차 피해를 입지 않을 텐데 왜 그 생각을 못할까요?

하지만 이 문제 역시 차드 주민들은 이렇게 생각하는 저를 이해하지 못합니다.

소똥과 진흙 같은 쉽게 구할 수 있는 재료가 지천에 널렸는데 왜 비싼 재료를

사용해야 하느냐고요. 물론 비싼 건축재를 살 형편이 안 돼 그렇기도 하겠지요.

그들은 말합니다. 무너지면 또 지으면 되는데 왜 비싼 재료를 사용해야 하니? 오늘 청소해도 내일 또 지저분해질 텐데 왜 청소하니? 오늘 세탁해도 내일 또 옷이 더러워질 텐데 왜 세탁하니? 오늘 오물 덩어리를 없애도 내일 또 오물로 가득 찰 텐데 왜 치우니? 아프리카에서 오래 살다 보면 이런 말이 쉽게 이해되는 시점이 옵니다. 그러면 아프리카에 뼈를 묻어도 될 자격이 된 것입니다.

우기가 되면 한 방울씩 떨어지는 비가 얼마나 고마운지 모릅니다. 더위를 식혀주고 농산물을 자라게 하니까요. 하지만 비가 조금만 와도 동네는 아수라장이 되고 맙니다. 한국의 장마처럼 비가 많이 오는 것도 아닌데 하수도 시설이 제대로 되어 있지 않으니 적은 강수량에도 동네는 물바다가 되어버립니다.

몰라서   용감했고
모르니까   담담했던
은자메나~문두 600km 이동길

차드에서 도시 간 이동은 거의 목숨을 내놓고 움직이는 것과 다름없습니다. 간혹 도시와 도시를 잇는 황량한 비포장 길에서 무장 강도와 맞닥뜨리게 되는 경우가 있는데 자칫하면 쥐도 새도 모르게 비명횡사합니다. 수도에 있는 단체 본부장이 지방 순회를 해야 하는 때가 되면 가기 며칠 전부터 주변 사람들과 함께 모여 뜨겁게 기도함은 물론, 매우 긴장된 자세로 생필품과 식량을 준비하고 자동차를 정비합니다.

A.I.M.(Africa Inland Mission:미국에 기반을 둔 아프리카 선교를 위한 단체)에 속한 어느 한국인 선교사 한 분이 지방에서 수도로 올라오는 길에 강도에게 습격을 받아 어려움을 겪은 적이 있었습니다만 다행히 목숨에는 지장이 없었습니다. S.I.L.(Linguistic Society of America's Summer Institute of

Linguistics:위클리프 성서 번역 협회와 파트너십으로 세계 오지 문자가 없는 부족들을 위해 〈성경〉 번역 사역을 하는 선교 단체) 소속 한국계 미국인 선교사 한 분도 새로 장만한 도요타 랜드 크루저(당시 시가로 한화 약 7500만 원 상당)를 강도에게 뺏겼습니다. 편도 1차선 도로에서 차를 몰고 가는데 뒤에서 차량 한 대가 급하게 따라 붙더랍니다. 따라 붙은 차량은 곧바로 중앙선을 넘어 그분이 운전하던 자동차 옆에 나란히 붙어서 주행했습니다. 뭔가 물어볼 말이 있는 것처럼 조수석에 앉은 현지인이 창문을 내리기에 그분도 창문을 내렸는데 그 순간 갑자기 총을 들이대며 차를 세우라고 했답니다. 어쩔 도리 없이 차를 세우고 그들이 요구하는 모든 것을 다 내놓고 손발이 묶인 채로 작열하는 태양 아래 홀로 남겨졌죠.

이럴 때 필요한 물건이 바로 라디오 무전기입니다. 예를 들어 수도에서 누군가가 지방으로 떠날 경우 그 사람은 반드시 출발 시각과 도착 예상 시각을 정확히 기재해야 합니다. 출발한 동료가 도착 예정 시각이 지났는데도 도착하지 않으면 수도 본부장과 도착

도시의 동료가 동시에 무전으로 연락을 해가며 양쪽에서 출발해 실종자를 찾아 나섭니다. 그분도 그렇게 해서 다행히 목숨을 건졌습니다. 외국계 선교 단체나 국제 자선 기구에서 활동하는 분들은 오랜 경험과 노하우로 매우 규모 있는 사역 활동을 하고 철저한 보호를 받습니다. 하지만 한국에서 파송된 선교사는 혼자서 이것저것 다 하느라 여간 애처로워 보이지 않습니다.

한번은 남편이 차드의 수도 은자메나에서 남쪽으로 약 600km 떨어진 문두라는 도시에 간 적이 있습니다. 당시 저는 어린 두 아들을 데리고 은자메나에 머물러 있었고 남편은 혼자서 사륜구동 자동차를 몰고 그 먼 길을 갔습니다.

보통 600km라면 시속 100km 속도로 여섯 시간이면 충분히 도착하는 거리지만 황무지에서는 3~4배 정도 시간이 더 걸립니다. 비포장 도로에서 속력을 냈다가는 타이어뿐 아니라 차량 이곳저곳에 탈이 나거든요. 고장이 났을 때 정비소를 쉽게 찾을 수 있는 것도 아니고요. 자동차에 스페어타이어 2개를 장착하고 엔진오일, 냉각수 등을 구비하여 새벽 5시에 출발했습니다. 전화도 없고 무전기까지 없어서 남편 없는 2박 3일 동안 저는 마냥 기다리기만 했습니다. 우리가 살던 M.A.F. 본부에는 캐나다인 한 가정, 네덜란드인 한 가정, 영국인 한 가정, 그리고 우리 집, 이렇게 네 가정이 한 컴파운드 내에 살았습니다. 그 가정들과 우리는 항상 정원에서 만나 대화도 하고 음식도 나눠 먹었는데 어느 순간 제 남편이 보이질 않자 다들 궁금해하더군요. 저는 남편이 혼자 문두라는 도시에 갔다고 말했습니다. 그러자 캘빈(캐나다 선교사)의 낯빛이 사색으로 변하더군요. 그렇게 위험한 곳에 왜 혼자 갔냐? 꼭 가야 할 일이 있다면 우리 본부(M.A.F.)의 도움을 요청할 것이지! 무전기는 가지고 떠났냐? 정 같이 갈 사람이 없으면 현지인이라도 몇 명 태우고 가지 그랬냐? 저는 오히려 담담한데 남편이 없던 2박 3일간 주위 분들이 얼마나 초조해하고 발을 굴렀는지 모릅니다.

드디어 남편이 오기로 한 사흘 뒤가 되었습니다. 예정된 시각보다 몇 시간 늦게

왔지만 무사히 집에 도착했습니다. 초췌하고 남루한 행색이었으나 무사히

돌아왔다는 것만으로도 무척 감사했습니다. 남편이 오자 다들 손뼉을 치며

환호성을 질렀습니다. 모두 내색은 안 했지만 안전하게 돌아오기를 손꼽아

기다리며 기도했나 보더군요. 웃음을 잃지 않는 남편의 얼굴은 뜨거운 태양으로

아프리카인의 형상이었고 머리끝부터 발끝까지 온몸이 사막의 붉디붉은 흙을

뒤집어썼더군요. 남편은 상기된 표정으로 집 안에 들어와 저와 두 아들을 말없이

꼭 끌어안았습니다. 흙투성이가 된 소지품은 아무리 털어도 붉은 흙이 떨어져

나갈 생각을 하지 않았습니다. 그래서 비누로 세탁을 했더니 이건 완전히

찐득찐득한 찰흙이 되어 옷과 가방의 섬유 깊숙이 배어버리더군요. 표정만 봐도

얼마나 고생을 했는지 짐작이 가던 터, 남편이 이야기보따리를 풀어놓는데 마치

소설에나 나오는 모험 이야기 같았습니다.

첫날 출발 후 약 400km 지점에서 타이어가 갈기갈기 찢겨져버렸답니다.

스페어타이어로 갈아 끼우고 다시 출발하여 밤 10시에 목적지인 문두에

도착했다더군요. 그곳에서 볼일을 보고 올라오는 길이 진짜 문제였습니다.

출발하고 100km도 채 되지 않은 지점에서 타이어가 펑크 나 하나 남은

스페어타이어로 갈아 끼웠답니다. 스페어타이어가 하나도 남지 않게 되자 약간

불안해져 주변에서 중고 타이어를 한화 40여만 원에 구입해 차에 싣고 다시

출발했습니다. 그리고 300km 정도 왔을 때 또 타이어가 터졌답니다. 그때는 정말

난감했다더군요. 몇 시간 전 구입한 스페어타이어를 갈아 끼우면서 마음이 아주

무거웠더랍니다. 앞으로 가야 할 길이 200km나 남았는데 타이어가 또다시

터지면 사막 한가운데에서 오도 가도 못하고 꼼짝없이 주저앉을 수밖에 없는 상황이었거든요.

타이어가 다시 터지지 않기를 간절히 기도하면서 이제까지 오던 속도보다 배는 느린 속도로 주행했답니다. 조심 또 조심한 결과 200km나 되는 긴 거리를 아무 돌발사고 없이 무사히 오게 되었던 것입니다. 나중에 안 사실이지만 남편이 혼자서 장거리를 오갔던 일은 무모하다 못해 매우 어리석은 행동이었더군요. 차드에는 외국계 석유 회사가 많이 진출해 있는데 그 회사 직원들은 도시 간 이동을 할 때 반드시 자신이 운전하지 않고 운전수를 따로 둔답니다. 위험에 대비해 무장 군인 한두 명도 동승시키고요. 멋도 모르고 겁도 없이 다녔지만 돌이켜보면 지금까지 살아 있다는 것 자체가 하나님의 큰 은혜입니다.

이런 세상에!
이러다가   죽을 수도 있겠어!

남편이 문두에서 돌아온 후 남편은 남편대로 저는 저대로 체력 소모가 컸던지
몸에 으슬으슬 한기가 들면서 목이 붓고 아팠습니다. 감기에 걸렸나 보다
생각하고 별로 대수롭지 않게 여기고 한국에서 가져간 감기약을 몇 차례
복용했습니다. 그런데 나을 기미가 보이기는커녕 점점 더 아프더니 밤이 되자
엄청난 한기와 함께 통증이 찾아왔습니다. 고열로 이불을 두껍게 휘감아도 이가
탁탁 부딪칠 정도로 추웠습니다. 극심한 두통과 끊어질 듯 아픈 허리는 정신까지
혼미하게 만들었습니다. 변통과 비슷한 아랫배 통증과 끊임없이 계속되는 구토,
설사로 생사를 가늠할 수 없을 만큼 괴로웠고 굵고 긴 대바늘이 혈관을 따라
지나다니는 것 같은 날카로운 통증이 온몸에 퍼지자 고통은 극에 달했습니다.
다음 날 날이 밝는 대로 우리는 병원에 갔고 그곳에서 중증 말라리아라는 진단을

받았습니다. 처방 약을 받는데 한 번에 복용해야 하는 약이 한 줌 가득이었습니다. 왜 이렇게 약이 많은가 했더니, 혈액 속에 있는 말라리아를 죽이는 약만 먹는다고 해서 증세가 사라지는 것이 아니라고 하더군요. 말라리아를 다스리는 약과 함께 해열제, 진통제, 지사제, 항생제를 종합적으로 복용해야 했습니다.

약을 복용한 지 일주일이나 지났는데도 고통은 사라지지 않았습니다. 다시 병원을 찾아갔더니 처음 혈액 내 1%였던 말라리아 수치가 0.1%로 낮아졌지만 완벽하게 치료하려면 약을 좀 더 먹어야 한다고 하더군요. 그러면서 의사는 이렇게 덧붙였습니다. "약을 더 먹는다고 해서 완치되는 것은 아닙니다. 평생 몸에 간직하고 있다가 힘들거나 면역력이 떨어질 때면 언제라도 다시 증세가 나타날 수 있습니다." 흑흑.

말라리아는 불치의 병이 아닙니다. 약만 잘 쓰면 절대 죽지는 않죠. 혈액 내 극소량이 남아 있는 경우도 있지만 대부분은 완치가 된답니다. 그런데도 말라리아에 대한 무지가 사람을 죽음으로 내몰더군요. 수년 전 한국의 어느 유명 연예인이 동남아시아 현지 촬영을 갔다 돌아와 사망했는데 사망 원인이 바로 말라리아였다는 어처구니없는 소식을 들은 적이 있습니다. 병원에서 아무리 검사해도 원인을 찾을 수 없었나 봅니다. 감기도 아니고 폐렴도 아니고 장염도 아니고 위장병도 아니고 그렇다고 병이 없다고 진단을 내릴 수도 없고. 약만 먹으면 간단히 나을 병인데 말라리아라고는 전혀 예상을 못했기 때문에 이런 일이 생기지 않았나 싶습니다.

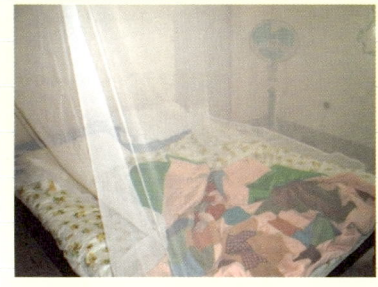

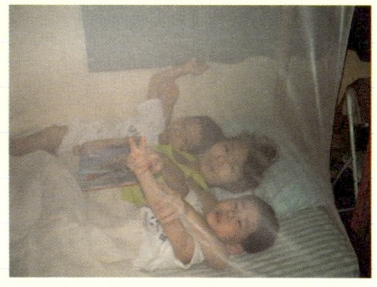

말라리아모기는 저녁 7~8시 무렵부터 다음 날 새벽 6시까지
활발하게 활동합니다. 예방약을 안 먹고도 말라리아 걱정
없이 건강하게 지내려면 평소 기초 체력을 길러두어야 함은
물론 밤에 외출을 삼가고 일찌감치 모기장 안에 들어가는
것이 가장 좋은 방법입니다.

제가 아는 어떤 분도 제3세계를 방문하고 한국으로 돌아와 말라리아 증세가
나타났는데 병원에서 처음에 당뇨병이라고 했다가 아니라고 하고, 폐결핵이라고
했다가 또 아니라고 번복하고, 나중에는 에이즈가 아닐까 하고 어설프게
진단해버리는 웃지 못할 일이 있었습니다. 결국 환자가 열대지방을 여행한 일이
있다는 사실을 한 인턴이 알아내 말라리아 검사를 하게 되었고 혈액 내 말라리아
수치가 80%에 육박하여 사경을 헤매는 응급 상황이 되어서야 말라리아 치료에
들어갔습니다. 결국 죽음은 면했지만 치명적인 뇌 손상이 오고야 말았습니다.
말라리아를 예방하려면 지역에 따라 적합한 예방약을 먹어야 합니다.
예방주사라는 것은 없습니다. 매일 약을 먹는 수밖에 없는데 그 약이 얼마나
독한지 장기간 복용할 경우 위나 간이 상할 수도 있습니다. 임신 중이거나 임신할
예정인 경우에는 아주 나쁜 영향을 미친답니다. 그럼에도 말라리아에 걸리면
죽음에 이를 정도로 고통스럽기 때문에 대부분 사람들은 그 약을 복용합니다.
우리는 왜 그렇게 용감했던지 적도 부근에서 산 4년 동안 한 번도 약을 먹지
않았습니다. 말라리아를 일으키는 모기 종류만 해도 2만 가지가 넘으므로 그중 몇
가지에만 효과를 발휘하는 말라리아 예방약이 별로 필요해 보이지 않았기
때문이기도 하지요. 그래도 복용했어야만 했습니다. 죽도록 고생스러운
말라리아에 걸릴 확률을 조금이라도 줄이기 위해서는….
말라리아모기는 저녁 7~8시 무렵부터 다음 날 새벽 6시까지 활발하게
활동합니다. 예방약을 안 먹고도 말라리아 걱정 없이 건강하게 지내려면 평소
기초 체력을 길러두어야 함은 물론 밤에 외출을 삼가고 일찌감치 모기장 안에

들어가는 것이 가장 좋은 방법입니다.

혹시 아프리카나 동남아시아를 여행하려 한다면 한국에 돌아오기 전 현지 약국에서 말라리아 치료약을 구입해 오는 것도 잊어서는 안 됩니다. 나라마다 모기 종류가 달라 현지 약이 가장 특단의 효과를 발휘하거든요. 한국으로 돌아와 일주일 정도 지났을 때 감기 증상이 나타난다면 한 번쯤 말라리아를 의심해봐야 합니다. 아무리 훌륭한 의료진이라도 말라리아에 대한 경각심을 가지고 있지 않다면 어떤 위험한 순간을 맞이하게 될지 아무도 모를 일입니다.

"내래~   도마뱀 한 마리   잡았디요.
이거이   이래 뵈도 맛있습네다~!"

차드에는 한국인이 거의 없습니다. 당시 사진관을 운영하던 한국인 한 가정이

있었고, 현대그룹 계열사인 금강개발 사무실에서 일하던 한국 남성 두 분과

요리사로 와 있던 조선족 남성 한 분이 전부였습니다. 금강개발은 그곳에서

금광을 발굴하는 일을 했습니다. 우리 가족은 그 사무실의 서 님, 이 님과 매우

친하게 지냈습니다.

제가 말라리아에 걸려 사경을 헤매다가 겨우 살아나 정신을 차린 후 서 님이 우리

가족을 식사에 초대했습니다. 말라리아 때문에 많이 허약해졌을 테니 와서 영양

보충 좀 하라고요. 조선족 요리사가 특별식을 준비해놓았다고 하더군요.

특별식이란 말에 귀가 솔깃해져 우리 가족은 잔뜩 기대를 하고 갔습니다.

도착해서 인사를 나누고 식탁에 앉았습니다. 식탁에는 음식이 드문드문 놓여

있었는데 가운데 자리가 횅하니 비어 있더군요. 모두가 자리에 앉은 후 서로 음료수를 따라주고 이런저런 얘기를 하면서 숯불에 구운 양고기를 먹고 있을 때까지도 주요리는 나오지 않았습니다.

시간이 조금 지나자 요리사가 길쭉하고 커다란 접시에 담은 요리를 식탁 가운데에 놓았습니다. 그 요리를 보는 순간 저는 심장이 멎는 줄 알았답니다. 웬 악어 한 마리가 접시 위에 얌전하게 누워 있었거든요.

깜짝 놀라 이게 뭐냐고 묻자 요리사는 싱긋~ 웃으며 말하더군요. "내래~ 도마뱀 한 마리 잡았디요. 이거이 이래 뵈도 맛있습네다~!" 꼬리 빼고 몸통 길이만 80cm 정도였으니 아마 1m 이상 되는 거대 도마뱀이었던 것 같습니다.

원래 적도 부근에서 흔히 보이는 도마뱀의 몸통(꼬리 빼고)은 성인 손바닥 길이 정도로 그리 크지 않습니다. 1~2cm 정도로 귀엽고 앙증맞은 녀석도 많지요. 녀석들은 행동이 빨라서 바들거리며 뛰어가다가 흠칫 멈춰 서기도 하고 위험이 닥치면 자신의 꼬리를 싹~둑 자르고 도망을 갑니다. 재미있는 것은 꼬리까지 자르고도 절대 멀리 도망가는 법이 없습니다. 바로

두어 발짝 정도 옆으로 가서 가만히 죽은 척하죠.

그런 작은 도마뱀만 보다가 1m나 되는 큰 도마뱀을 보고는 얼마나 놀랐을지 상상이 되시죠? 그런데 나중에 그게 도마뱀이 아니라 악어일

가능성도 배제할 수 없다는 생각이 살~짝 들긴 했습니다. 만약 그것이 악어였다면 과연 어떻게 잡았을까 궁금해지더군요.

어쨌거나 도마뱀 몸통 위로 여러 종류의 야채가 놓여 있고 허리춤 양옆으로 기름이 둥둥 뜬 누런 국물이 고여 있었습니다. 저는 마른 외모와는 달리 식성이 까다롭지 않아 태어나서 지금까지 반찬 투정을 해본 적이 없는 사람입니다. 사실 투정할 일이 없었죠. 제 입엔 뭐든 다 맛있으니까요. 개구리, 번데기, 메뚜기를 비롯해 우아미美를 표방하는 젊은 여성이 한사코 손사래 치는 개고기까지 결코 가리는 음식이 없었습니다. 그런 저에게도 도마뱀 요리는 굉장히 난이도 높은 도전이었습니다.

냄새도 어째 좀 구리구리한 것 같고 모양새도 엽기적인 데다 국물 또한 너무 걸쭉해 혹시 늪에서 물을 길어다 요리한 것이 아닐까 의심이 들 정도이더군요. 제 배 속은 울렁거리다 못해 파도가 쳤습니다. '그래도 우리를 위해 특별히 신경 써 마련해주신 음식인데 외면하면 안 되지'라는 생각이 들어 애써 그 파도를 잠재웠죠. 그러고는 젓가락으로 살을 뜯어 한 입 물었습니다. 자칭 몬도가네식의 달인인 제가 그런 독특한 음식을 외면하면 도리가 아니죠.

아무튼 눈 질끈 감고 한 입 베어 먹은 도마뱀 요리는 의외로 고소하고 맛있었습니다. 뭐랄까, 장어 요리와 비슷한 맛이었다고나 할까요? 어떻게 보면 장어보다 훨씬 맛있다고도 할 수 있습니다. 퍼석한 질감의 장어에 비해 쫀득쫀득한 게 아주 감칠맛 났습니다. 비위 거슬렸던 국물도 의외로 맛있더군요. 전혀 느끼하거나 텁텁하지 않고 고소했습니다.

벌레,
살 속을
뚫
고
전진!

부룬디에서의 어느 일요일 아침이었습니다. 평소와 마찬가지로 우리는 아침
일찍 일어나 교회에 갈 준비를 했습니다. 시간이 충분하다 싶어 여유를
부렸는데 그러다 보니 어느 순간 다급해졌습니다.

아이들 옷을 입히고 제 가방을 챙길 즈음 남편이 양말이 어디 있느냐고
물어보더군요. 서랍을 열어보라고 성의 없이 대답하고는 아이들을 데리고
밖으로 나왔습니다. 그리고 곧바로 따라 나온 남편과 함께 교회에 갔습니다.

그런데 예배를 드리는 세 시간 동안(아프리카식 예배는 원래 좀 깁니다)
남편이 계속 손으로 구두 위를 톡톡 치기도 하고 한쪽 발을 바닥에 콩콩
두들기기도 하고 발끝을 굽혔다 폈다 반복하더군요. 점잖지 못하게 왜 저럴까
싶었습니다.

예배를 마치고 우리는 집으로 돌아왔습니다. 주방에 들어가 식사 준비를 하고
있는데 거실에서 끙끙 앓는 소리가 들려왔습니다. 이게 무슨 일인가 싶어
가보니 남편이 몸을 구부린 채 발가락을 들여다보고 있더군요. 평소와 달리
이상한 행동을 하는 남편에게 가까이 다가가 살펴보았습니다. 이런 세상에!
남편 발가락에 웬 이상한 벌레 한 마리가 꽂혀 있었고 남편 얼굴은 고통으로
일그러져 있었습니다.

자세히 봤더니 길이가 3mm 정도 되는 작고 길쭉한 벌레가 오른쪽 엄지발가락
발톱 근처의 살갗을 파 들어가고 있었습니다. 그곳이 마침 발톱 아래 뼈가
있는 부분이라 벌레는 밖으로 나와 있는 몸통 절반을 꿈틀꿈틀하며
고군분투하고 있었습니다. 소스라치게 놀란 나는 얼른 핀셋을 가져와
조심스럽게 벌레를 집어냈습니다. 그런데 몸통이 절반은 살 속에, 절반은
바깥에 나와 있는 상황에서 벌레가 두 동강이 나버렸습니다. 다급해진 남편은
자신이 직접 바늘로 벌레를 파내기 시작했습니다. 다 제거가 됐는지 어떤지
확실히는 모르겠지만 대충 다 나왔다 싶을 만큼 심하게 긁어냈습니다. 날씨가

무척 더워서 벌레 파낸 부분이 곪아 한동안 고생을 했답니다. 만약 발톱 부분이 아니라 발바닥이었으면 어떻게 되었을까요? 벌레가 온몸을 돌아다니다 알을 낳고 그러다 뇌로 들어가… 흑! 그다음은 여러분의 상상에 맡기겠습니다. 살 속을 파고드는 벌레가 있다는 얘기는 들었지만 그런 체험을 하게 될 줄은 몰랐습니다. 보통 강가나 호숫가를 맨발로 다니면 이런 벌레의 공격을 받게 됩니다. 아프리카나 남미 밀림 지역에 갈 땐 반드시 양말을 신어야 하고, 맨발로 샌들만 신은 채 물가에 가면 절대 안 됩니다. 남편도 급해서 그냥 맨발에 구두를 신고 교회에 갔던 것이 문제였습니다. 벌레가 있었더라도 양말을 신고 있었으면 공격을 받지 않았을 것입니다.

'남편이 양말을 찾을 때 좀 더 성의 있게 가르쳐줄걸. 아니, 하늘 같은 남편에게 양말을 정성스럽게 바쳤어야 했는데.' 지나고 나서 후회해봤자 아무 소용 없습니다. 그나저나 개울가에나 있어야 할 벌레가 어쩌다 남편 구두 속에까지 들어가 있었는지는 아직도 미스터리입니다.

선물 = 배려 + 마음

차드에서의 어느 날입니다. 우체부가 한국에서 소포가 왔다는 쪽지를 하나 남기고

갔습니다. '어디서 온 걸까? 누가 보냈지?' 생각하며 유심히 살펴봤지만 보낸

이의 이름은 없고 보낸 나라명만 있었습니다. 궁금증 증폭으로 즉시 우체국으로

가서 소포를 찾아왔습니다. 집에 와서 풀어보니 한국에 있는 제 친구가 우리

가족을 위해 보내온 크리스마스 선물이었습니다. 내용물은 아이들 과학 잡지와

제가 볼 만한 책 한 권, 그리고 장래 꿈이 지휘자인 장남에게 보내는

지휘봉이었습니다. 소포 겉 표면에는 보낸 이의 이름과 주소, 전화번호, 우편료가

명시되어 있었습니다. 내용물 2kg에 우편료 3만 9500원! 내용물보다 더 비싼

우편료는 그것을 보내준 친구의 우정을 더 진하게 느끼게 했습니다.

비록 크리스마스가 19일이나 지나 받았지만 무척 기뻤습니다. 그 작은 상자 속에

우리 가족의 꿈이 고스란히 들어 있는 것 같았습니다. 선물이란 흔히들 가격보다 정성이 더 중요하다고 하지 않습니까. 소소해 보이는 작은 상자에서 우리는 잔잔한 감동을 느꼈습니다. 아프리카 먼 곳에 살다 보니 이렇게 한국에서 온 소포는 그 자체만으로 가슴 설레게 합니다. 설령 그 속에 별것 아닌 것이 들어 있다 할지라도.

이렇게 기대 수치가 낮은 저도 소포를 받고 무지하게 실망했던 때가 있습니다. 2002년 아프리카 차드에 살 때 받았던 소포 한 꾸러미에 관한 이야기입니다. 저는 어지간히 급한 일이 아니면 한국에 있는 가족에게 무엇을 보내달라고 요청하지 않습니다. 물건 값을 훨씬 웃도는 우편료가 무서워서라도 소포를 부쳐달라는 말을 할 수가 없습니다. 5kg 무게의 소포를 부치는 데 우편료가 14만 9000원. 그러나 식량 상황이 열악한 적도 부근에서 살아가기가 힘들어 한국의 시부모님께 음식을 요청한 적이 한 번 있었습니다. 그러니까 정말 딱 한 번이었습니다.

초반에 그곳 생활은 녹록지 않았습니다. 열대 태양에 과일과 야채는 모두 말라버리고, 마르기 전 수확한 것들은 크기가 작고 익지 않은 것이 대부분이었죠. 웬만큼 익었다 싶은 과일이나 야채는 어김없이 속이 다 썩어 있었습니다. 태양을 머리에 이고 있는 것처럼 뜨거운 날씨는 일사병 초기 증상이라고 할 수 있는 만성 두통을 일으켰습니다. 아무리 물을 마셔도 더운 날씨 때문에 체내 수분은 땀으로 다 빠져나오고요. 그렇게 되니 상대적으로 소변 보는 횟수가 줄어들어 원치 않게 요도결석으로 고통받기도 했습니다.

수도 시설은 있지만 전기가 끊기면 수돗물 역시 끊기기 일쑤였습니다. 물이 나오는 경우는 사실상 드물어 물 나올 때 미리 많이 받아두거나 주변 우물에 가서 길어다 준비해둡니다. 물을 준비해놓지 않으면 머리에 샴푸 거품을 잔뜩 묻히고도 속수무책인 경우가 있습니다. 밥을 지을 때는 신혼 시절 장만한 독일제 휘슬러 압력 밥솥을 사용했습니다만 짓는 방법은 가히 원시적이었습니다. 숯불 위에 솥을 올려 부채질을 해가면서 익혀 먹었거든요. 식재료가 신선하지 않은 탓에 애써 만든 요리가 제맛을 내지 못할 때의 비애는 그곳에서 살아보지 않고는 겪을 수 없는 경험입니다. 충치로 밤새 아파 우는 둘째 녀석을 한참 동안 달래다가 결국 손바닥으로 엉덩이를 때리며 자라고 윽박질렀던 일은 지금 생각해도 가슴이 아픕니다.

저는 간장이 그렇게 맛있는 음식인 줄 그때 처음 알았습니다. 금방이라도 날아갈 듯 푸석푸석한 밥에 간장과 참기름을 넣고 비비기만 하면 얼마나 맛있던지요. 그러나 먹고 돌아서면 배 속에 구멍이 난 것 같은 느낌이 들었습니다. 그땐 몰랐는데 그것이 바로 '허기'라는 것이더군요. 그러니까 저는 난생처음 차드라는 나라에서 허기가 뭔지 알게 되었습니다. 차드에 올 때 가지고 왔던 얼마 안 되는 한국 음식이 동날 무렵 시부모님께 SOS를 청했습니다. 저를 위해 간장 한 병, 면 좋아하는 남편을 위해 국수 한 봉지, 아이들이 좋아하는 과자와 김 한 봉지씩, 이렇게 생존에 필요한 것들을 요청했습니다.

그리고 한 달쯤 지나 소포가 왔습니다. 특별한 레저나 즐거움이 없는 단조로운 열대지방의 삶 속에서 소포란 엄청난 이벤트가 아닐 수 없습니다. 저를 비롯하여 온 가족이 눈을 반짝이며 소포 상자 앞에 모여 앉았습니다. 드~! 디~! 어~!

개봉박두~! 테이프로 밀봉된 상자를 칼로 조심스럽게 긋고 뚜껑을 열었습니다.

어머나! 이게 웬일?

상자 안에는 베개만큼 커다란 캐러멜과 마시멜로, 사탕이 각각 한 봉지씩 들어

있는 게 아닙니까. 그것도 높은 기온에 다 녹아 흘러내린…. 평소 시어머니께서

좋아하시는 간식이었습니다. 우리가 요구했던 간장, 국수, 과자, 김과는 전혀

상관없는 것들이었죠. 우리는 모두 뒤로 자빠져버렸습니다. 얼마나 좌절하고 맥이

빠졌던지요. 지금 생각하면 별일 아니지만 그때는 정말 심각했습니다. 비싼

우편료를 지불하고 보낸 상자에 그런 물건들이 들어 있다니. 더구나 다 녹아버려

제대로 맛을 음미할 수도 없게 된 비참한 간식이….

작은 상자 속에 우리 가족의 꿈이 고스란히 들어 있는 것
같았습니다. 선물이란 흔히들 가격보다 정성이 더 중요하다고
하지 않습니까. 소소해 보이는 작은 상자에서 우리는 잔잔한
감동을 느꼈습니다.

아프리카에서
유
일
하
게
문자가 있는 나라

레게 음악의 본고장인 에티오피아의 수도 아디스아바바를 여행한 적이 있습니다.
비행기를 갈아타는 바람에 들렀다거나 지나가는 길에 우연히 방문한 것이 아니라
에티오피아를 제대로 한번 여행하려고 일부러 찾아갔습니다. 그때가
2003년이었는데 어찌 된 일인지 그 나라는 1996년에 머물러 있더군요. 방문했던
달도 12월이었는데 그곳 달력에는 13월이라고 되어 있었습니다. 시간마저 달라
아침 식사를 하는 오전 8시를 그곳에서는 오후 2시라고 하더군요. 첨단
하이테크놀로지가 세상을 장악하고 있는 21세기에 어째서 이런 고대 사회가 남아
있는지 무척 신기했습니다.

나중에 알고 봤더니 에티오피아는 그 나라만의 독특한 연월일 계산법이 있다고
하더군요. 기독교 국가인 에티오피아는 예수 탄생을 기원전 7년으로 여기기
때문에 서기 연도와는 7년의 차이가 납니다. 달 계산도 우리와 달라 1년을
12개월이 아닌 13개월로 구분하더군요. 1월부터 12월까지는 각 달이 30일로 되어
있고, 마지막 13월은 5일(윤년에는 6일)이라 일반적으로 사용하는 그레고리력의
1년과 날수에서는 그다지 차이가 없습니다. 또한 하루 24시간의 시작을 오후
6시로 보기 때문에 새벽 6시는 낮 12시가 됩니다. 계산력이 떨어지는 사람은 시간
계산을 잘 못하여 사회성마저 현저히 떨어지지 않을까 우려될 정도였습니다.

그 나라식으로 살자면 아침 식사를 자정 무렵 해야 하고 점심 식사를 새벽에 동이
틀 즈음 해야 할 것 같았습니다만, 관찰해본 결과 그곳 사람들의 삶의 형태는
시간을 가리키는 숫자만 빼고는 우리와 크게 다를 바가 없었습니다. 어쨌거나
저는 지금은 이름도 기억나지 않는 어느 박물관을 방문했고 그곳에서 만난

에티오피아 가이드의 모습에서 대단한 자부심을 가지고 있다는 느낌을 강하게 받았습니다.

그는 우리에게 영어로 설명하다가 가이드들끼리는 자신들의 언어인 암하라어를 조금도 기죽지 않고 큰 소리로 이야기했습니다. 아프리카 나라 중 유일하게 문자(악숨 문자)가 있고 기록된 역사만도 3000년이 넘는다며 묻지도 않은 이야기를 자랑스럽게 벌여놓더군요. 그 문자 덕분에 문자가 없는 아프리카 내 다른 나라들보다 문화가 월등히 우수한 것은 사실입니다. 더구나 1960년대까지만 해도 비교적 잘살았고 6·25 전쟁 때는 우리나라에 파병까지 했던 나라죠.

2400m에 이르는 높은 해발고도 때문인지 이슬람교도와 이탈리아가 침략했던 19년을 제외하고는 외세 침략을 받은 적도 없고 식민 통치를 받은 적도 없습니다. 그러하니 분명 자부심을 가질 만한 나라입니다만 지금은 세계에서 최빈국 중 하나로 손꼽혀 참으로 안타깝습니다.

박물관 투어가 끝나고 가이드에게 10비르(한화로 1400원)를 팁으로 주었습니다. 나중에 알았지만 그 돈은 에티오피아 육체노동자 1년 반 임금에 해당하는 큰돈이었습니다. 그래서 주위 분들에게 핀잔을 들었습니다만 후회는 없었습니다.

딱
내
스타일이야

그날 에티오피아에서 만난 한국 분들과 함께 저녁 식사를 했습니다. 양고기

요리가 대표 메뉴인 유명한 식당이었습니다. 하지만 분위기는 우리나라 시골

재래시장의 돼지국밥 집 같은 그런 정감 있는 곳이었습니다.

질퍽한 흙바닥에 지푸라기인지 갈댓잎인지 모를 식물의 말린 잎으로 얼기설기

엮은 파라솔, 투박한 나무 테이블과 코카콜라 로고가 적힌 의자, 그리고 특별

손님이나 단체 손님을 위한 듯한 약간의 프라이버시가 보장된 2개의 룸이 구비된

고급스러움이나 세련미와는 무척 거리가 먼 식당이었습니다.

우리 일행 9명은 단체손님을 위한 안쪽의 룸으로 들어갔습니다. 나무 테이블

위에는 비닐 보를 씌워놓았는데 고기 기름이 많이 튀었는지 끈적거렸고 근처

화장실은 우기라 범람을 했는지 고릿한 냄새가 살살 풍겨왔습니다. 우리는 빵,

샐러드와 함께 양고기와 쇠고기를 적당히 섞어 숯불에 구워달라고 주문했습니다.

대화를 나누며 기다리던 중 드디어 음식이 나왔습니다. 그런데 어찌 된 일인지

사람은 9명인데 음식을 담은 접시는 달랑 하나였습니다. 큰 접시에 고기와

샐러드, 그린칠리소스를 포함해 일곱 가지 음식을 모두 담아 내왔습니다. 게다가

스푼이나 포크, 나이프 등은 아예 보이지도 않았습니다. 그 식당에서는 그런 것

따위는 거추장스럽고 아무짝에도 쓸모없는 물건으로 여기는 분위기였습니다.

포크를 갖다 달라는 주문에 종업원의 어이없는 표정은 저를 도리어 미안하게

만들더군요.

포크를 가져올 때까지 일단 손으로 먹어보자 싶어 고기를 집어 한 입 베어

물었더니 생각보다 맛이 있었습니다. 한편으로는 주변 환경과 전혀 상관없이

맛있게 먹는 먹성 좋고 비위 강한 저 자신한테 놀라기도 하면서 먹었지요. 사실

위생 상태가 어떤지 장담할 수 없는 상황이었지만 난생처음 경험하는 음식 앞에서

새로운 흥분이 느껴졌습니다.

접시 위에는 또 제 눈을 끄는 길쭉한 빈대떡이 있었으니, 그게 바로 그 유명한

에티오피아 전통 발효 빵인 인제라enjera였습니다. 종이처럼 얇으면서 길쭉하고

누런빛에 가까운 아이보리 색깔이었습니다. 표면에는 자잘한 구멍이 수십 개

있더군요. 그 빵에 고기를 싸 먹어야 진정한 에티오피아식이라나요? 그래서 저도

시도해보았죠. 시큼하고 아릿한 게 왠지 상한 음식 같은 맛이 났습니다. 그런데 몇

번 계속 먹다 보니 나름 고소한 맛이 느껴지더군요. 마치 언젠가 꼭 한번 맛본

듯한 느낌이 들어서 가만히 그 느낌을 추적해보았습니다. 그러자 새콤한 맛은

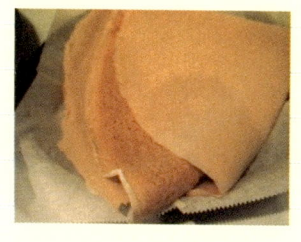

그런데 어라? 종업원에게 부탁했던
것 중 아직까지 나오지 않은 것이
있었습니다. 그게 뭐냐고요? 바로
포크와 나이프입니다. 왜 포크와 나이프를 갖다 주지
않았느냐고 종업원을 다그치기에 손으로 너무나 맛있게
먹었기에 아무 말 않고 그냥 나왔습니다.

다름 아닌 타바스코소스(피자나 스파게티 먹을 때 뿌리는 미국산 매운 소스) 맛과

흡사하다는 것을 알게 되었습니다. 맵고 신 맛을 좋아하는 저는 평소

타바스코소스를 즐겨 먹기 때문에 인제라가 입에 딱 맞았습니다.

인제라는 테프(teff:벼와 비슷한 크기와 모양의 식물에서 생산하는 노랗고 작은

곡물로 쌀과 비슷하며 중부 아프리카에서만 남)라는 곡식 가루를 반죽하여 3일

동안 발효시켜 구운 빵입니다. 이름은 빵이지만 사실 우리나라의 빈대떡이나

부침개과 비슷합니다. 어떤 분은 팬케이크와 비슷하다고도 하더군요. 폭신한

질감은 팬케이크와 견줄 만하고 넓적한 듯 길쭉한 모양새와 색깔은 빈대떡에

가깝다고 할 수 있습니다. 두께는 무척 얇습니다. 하지만 만만히 봐서는 안

됩니다. 배 속에 들어가서 늘어나는 물리의 법칙을 알고 있다면요. 내가 맛있어하며 먹자 일행 중 가장 연세가 많으신 분이 "인제라를 처음 먹는다면서 어쩜 그렇게 잘 드세요? 진정한 탐험가네요"라고 칭찬을 하시더군요. 그러자 근처에 앉아 있던 제 또래 젊은 여성분이 갑자기 먹는 속도가 빨라지면서 "아~ 제가 지난달 한국에 갔다 왔는데 인제라가 얼마나 먹고 싶던지 도저히 참을 수가 없었지 뭐예요" 하더군요. 그러고는 저를 칭찬했던 분이 자신의 말을 못 알아들었다고 생각했던지 같은 말을 두 번 세 번 연거푸 했습니다. 저를 향한 시샘이 느껴져 오히려 제가 나서서 그분을 칭찬해주었습니다.

어느덧 식사가 다 끝나고 계산서가 왔습니다. 그런데 어라? 종업원에게 부탁했던 것 중 아직까지 나오지 않은 것이 있었습니다. 그게 뭐냐고요? 바로 포크와 나이프입니다. 왜 포크와 나이프를 갖다 주지 않았느냐고 종업원을 다그치기에는 손으로 너무나 맛있게 먹었기에 아무 말 않고 그냥 나왔습니다.

저는 요즘에도 새콤하고 아릿한 인제라가 간혹 생각납니다. 그 폭신한 인제라에 양고기를 싸 먹는 부드러운 느낌을 잊을 수가 없네요. 차드와 부룬디만 해도 에티오피아 식당이 있는데 모로코에는 없어서 안타깝습니다.

"엄마! 뭐 해요?"

해마다 밸런타인데이가 되면 한국과 일본에서는 초콜릿 소비가 급증합니다.

1930년대 중반 일본의 어느 제과 회사 광고에서 시작된 밸런타인데이 초콜릿 선물

풍습은 그동안 상술이다 아니다 논란이 많았죠. 어쨌거나 80년 가까운 긴 세월

동안 사라지지 않은 것을 보면 역대 최고의 광고 중 하나이지 않나 싶습니다.

초콜릿으로 유명한 나라로 흔히들 스위스를 꼽습니다. 하지만 진정한 명품

초콜릿의 나라는 스위스가 아닌 벨기에입니다.(스위스는 벨기에에 비해서

마케팅이 월등히 뛰어납니다.) 물론 프랑스도 유명하긴 하죠. 엄밀히 말해 벨기에,

스위스, 프랑스는 각자 주 종목이 다릅니다. 3국을 비교하면 스위스는 납작한 판

초콜릿이 유명하고 프랑스는 초콜릿 케이크가 유명하며 벨기에는

프랄린praline이라는 명품 초콜릿이 유명합니다. 하지만 전 세계 초콜릿 시장

점유율을 따져본다면 1위는 미국 초콜릿 회사인 허시가 25%, 2위는 스위스

기업인 네슬레가 18%, 그다음 일본 메이지사가 5%로 3위입니다.

부룬디에 살 때 저는 벨기에 초콜릿의 깊고 풍부한 맛을 처음 알게 되었습니다.

부룬디는 벨기에 식민지였기 때문에 벨기에에서 생산한 공산품, 식료품, 도서

등이 많이 들어옵니다. 그때 벨기에산 초콜릿 '코트 도르Côte d' Or'를 맛보고는 그

오묘한 맛에 무척 놀랐습니다. 그때부터 초콜릿이라고 다 똑같은 것이 아니란

사실을 알게 되었죠. 당시 그 초콜릿이 멀리서 수입한 제품이라 얼마나 비쌌던지

초콜릿 하나 가격이 쇠고기 1kg보다 더 비쌌답니다. 그래서 초콜릿 하나를 구입해

냉동고에 넣어두고 2~3일에 한 번씩 동전만 한 크기로 잘라 아껴 먹곤 했습니다.

제가 한 번 먹으면 남편도 어김없이 잘라 먹었습니다. 부부는 서로 돕는

배필이기도 하지만 초콜릿에 관해서만큼은 누구도 말릴 수 없는 경쟁

상대였습니다. 다 큰 어른들이 초콜릿을 놓고 겨루는 모습은 정말 눈물 나는

장면이 아닐 수 없습니다.

그러던 어느 날이었습니다. 그날도 저는 냉동고 앞에서

몰래 초콜릿을 잘라 먹고 있었습니다. 그런데 바로 그때

주방 문이 삐걱 열리더니 아이들이 들어왔습니다. 저는

그만 초콜릿을 손에 든 채 아들 녀석들에게 들키고

말았습니다. 정말 불가항력적인 순간이었습니다.

"엄마! 뭐 해요?"

"응? 아무것도 아냐."

"한번 봐요. 앗, 이건 초콜릿이잖아!"

"아~ 이거… 저기… 아! 이건 요리할 때 쓰는 초콜릿이야."

"에이~ 먹고 싶은데…. 할 수 없죠 뭐."

착한 아이들은 엄마 말을 곧이듣고 뒤돌아 갔습니다.

'휴우~ 다행이다.'

요리할 때 초콜릿을 쓴다는 게 완전히 거짓말은 아니었습니다. 파운드케이크를 만들 때 초콜릿을 부셔 넣기도 하니까요. "엄마가 우리 몰래 초콜릿을 먹다니 이건 배신이에요"라고 할까 봐 조마조마했는데 다행히 위기를 모면했습니다. 안도의 한숨을 쉬면서도 왠지 마음이 좀 무겁더군요.

'초콜릿은 애들 치아 건강에 나빠! 카페인도 얼마나 많다고! 애들한테 절대 좋은 음식이 아니지. 암 그렇고말고. 게다가 초콜릿 공장의 위생 상태도 믿을 수 없잖아. 이렇게 안 좋은 것은 애들이 보기 전에 얼른 먹어 치워야 해!' 아이들에게 초콜릿을 주지 않은 제 행동을 저도 모르게 열심히 합리화 하고 있었습니다.

벨기에산 초콜릿으로 고디바Godiva도 유명합니다. 하지만 장담컨대 고디바보다 사람들에게 알려지지 않은 코트 도르가 훨~~씬 더 맛있다는 사실은 아는 사람만 알죠. 하루는 코트 도르를 먹다가 허시 초콜릿을 먹었는데 도저히 참아줄 수가 없을 정도로 품위를 상실한 맛이더군요. 한국 초콜릿은 아예 견줄 수조차 없습니다. 초콜릿도 커피와 마찬가지로 뜨거운 열대지방 작물이지만 그것을 가공하는 기술은 추운 지방 사람들이 월등하다는 것은 이제 놀랄 일도 아닙니다.

아프리카에서

옷
은
모두 다려 입어야…

더운 지방에는 우리나라에 없는 질병이 많습니다. 황열, 말라리아, 뎅기열은

물론이고 각종 기생충이 호시탐탐 우리를 노리고 있죠.

그중 남미 아마존 강 근처에는 칸디루라고 하는 2~3cm 남짓한 투명한 물고기가

있는데 정말 위험한 흡혈 물고기로 알려져 있습니다. 칸디루는 원래 자신보다

훨씬 몸집이 큰 피라니아라고 하는 물고기에 붙어 피를 빨아 먹는 녀석입니다.

피라니아가 뿜어내는 요소와 암모니아 냄새를 맡고 그 아가미에 기생하는데 간혹

사람 몸을 피라니아로 착각하고 달라붙습니다. 늘 그런 것은 아닙니다. 물속에서

수영하다가 오줌을 누면 그 냄새를 맡고 순식간에 요도나 질, 항문에 들어가

갈고리 같은 이빨을 사람 몸속에 걸고 피를 빨아 먹습니다. 그래서 그곳에서

볼일은 반드시 지정된 장소에서 봐야 합니다. 칸디루를 빼내려고 하면 바늘 같은

지느러미가 벌어지면서 살 속에 박히므로 수술 외에는 방법이 없습니다. 그것도 피를 빨아 먹어 이미 커져버린 칸디루가 작아질 때까지 2~3일 극심한 고통을 참아가며 기다렸다가 수술해야 한다니 생각만 해도 소름이 끼칩니다.

아프리카에는 수면병을 일으키는 체체파리라는 놈도 있습니다. 한번 물리면 그 부위가 부어오르고 발열과 오한이 반복되다가 심해지면 중추신경계가 마비되어 의식을 잃고 급기야 사망에 이르게 됩니다. 체체파리는 피부를 물지만 어떤 종류의 파리는 사람 몸을 '알 부화 장소'로 사용하는 것들도 있습니다. 빨래를 해서 널어놓으면 간혹 파리가 빨래 위에 앉습니다. 신기하게도 파리란 놈은 잠시 앉았다 가는 것인데도 꼭 흔적을 남기더군요. 비겁하게 육안으로 확인하기 어려운 파리 알입니다. 눈에 보이지도 않는 파리 알, 얼마나 위험천만한 것인지 모릅니다.

파리 알이 붙은 옷을 입으면 그 알이 피부 속으로 들어가 자리 잡습니다. 따뜻한 사람 몸속에서 적당히 익어 부화되면 그때부터 혈관을 따라 몸속 이곳저곳을 돌아다닙니다. 파리 알이 부화한 것이니 말하자면 구더기죠. 그것들이 심장이나 뇌에 들어가면 바로 사망입니다. 그래서 모든 빨래는 반드시 다리미로 다려 입어야 합니다. 뜨거운 다리미가 한 번이라도 지나가면 알이 당장 죽어버리거든요. 옷을 일일이 다려 입기란 여간 귀찮은 일이 아닙니다. 겉옷은 물론 속옷과 팬티, 양말까지 다려야 하니까요.

그러니 아프리카나 동남아시아 그리고 남미를 여행하실 때 반드시 주의해야 할 점 하나! 물속에는 거의 기생충이 있다는 것! 겉보기에 멀쩡해 보이더라도 필시 오염된 물이므로 급한 일이 아닌 이상 공연히 물속에 들어갈 필요 없습니다.

마셔볼 필요는 더더욱 없고요. 마시는 물만큼은 귀찮더라도 꼭~~~ 생수를 사

드셔야 합니다.

차드에서 산 지 몇 개월 지났을 때 괜히 왼쪽 옆구리 피부 속이 가렵더군요.

기생충이 아닌가 의심이 갔지만 딱히 약도 없고 해서 그냥 뒀는데 수년이 지난

지금도 지속적으로 가려운 게 왠지 심상치 않습니다.

상추를   락스로
씻 으 라 고   ?

더운 지방 차드에서는 배추가 없어 김치도 담가 먹을 수 없습니다. 그래서 양배추에 소금을 뿌려 모종의 절임 같은 것을 해 먹었습니다. 간혹 상추를 잘게 찢어 고춧가루랑 액젓을 넣어 무쳐 먹기도 했지요.

하루는 저희 집을 방문한 미국 선교사가 제가 야채 손질하는 것을 보고 기함을 했습니다. 이렇게 먹다간 큰일 난다며 미국인 특유의 호들갑을 떨더군요. 얼마나 저를 놀래켰던지 뒤로 넘어지는 줄 알았습니다.

"야채를 이렇게 씻으면 어떡해? 위험하게 말야!"

"이렇게 안 씻으면? 그럼 어떻게 해야 하는데?"

"락스(염소계 표백제)로 씻어야지. 쯧쯧."

"응? 화장실 변기 청소하는 락스 말이니?"

"그래~~~."

"우웩~~~~~."

그녀는 제게 물과 락스를 몇 대 몇으로 섞어야 하는지, 어떻게 헹구어야 하는지

친절하게 가르쳐주었습니다. 좀 찜찜했지만 그렇게 난리를 치는 데는 그만한

이유가 있으리라 생각하고 모든 야채를 변기 세척제로 헹궈 먹었습니다.

한번은 양배추를 사서 냉장고에 며칠 넣어두었다가 꺼내 듬성듬성 썰어서 락스를

희석한 물에 담갔습니다. 조금 지나자 제 눈을 의심할 만한 광경이 펼쳐졌습니다.

알에서 부화한 기생충과 그 일당들이 모조리 물 위에 동동 떠 있었습니다.

꼬불꼬불한 양배추 깊숙한 곳까지 기생충이 어쩜 그리 많이도 들어앉았을까?

부화한 녀석들은 물론 알까지 락스 물의 위력 앞에 항복을 하더군요.

요즘도 저는 채소를 락스 희석액으로 헹궈냅니다. 큰 통에 물을 붓고 락스를 한

뚜껑 부어 잘 섞은 다음 야채를 넣고 2~3분 그대로 둡니다. 그런 다음 맑은 물로

두세 번 헹궈내면 기생충 제로의 안전한 채소를 먹을 수 있습니다. 찜찜할지

모르겠지만 소금을 원료로 만든 락스를 사용하는 것이 기생충 위험에 노출되는

것보다 훨씬 낫답니다.

냉장고에서 야채를 꺼내 듬성듬성 썰어서 락스를 희석한
물에 담갔습니다. 조금 지나자 제 눈을 의심할 만한 광경이
펼쳐졌습니다. 알에서 부화한 기생충과 그 일당이 모조리
물 위에 동동 떠 있었습니다. 부화한 녀석들은 물론 알까지
락스 물의 위력 앞에 항복을 하더군요.

부룬디는
아 픔 이
많은 나라

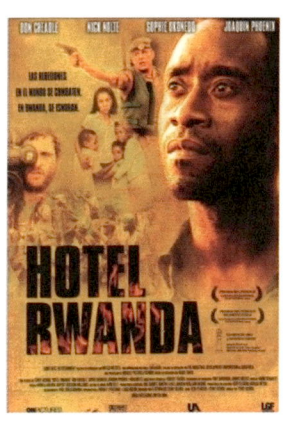

제가 살던 곳에서 자동차로 15분 거리에 있는 동네에서도
어느 날 밤 마을 주민 200여 명이 목이 잘린 채 죽임을 당한
일이 있었습니다. 단지 종족 간에 틀어진 감정 때문에 한
종족이 다른 종족을 찾아가 마치 종교 의식을 치르듯 둥둥
북소리를 울리며 자고 있던 사람들의 머리채를 잡아 올려
벌목용 도끼로 목을 친 사건이었습니다.

부룬디는 원래 르완다와 같은 나라였습니다. 다수의 피지배 계층인 후투족(82%)과 소수 지배 계층인 투치족(13%)이 르완다와 부룬디의 종족입니다. 오랜 세월 투치족이 나라를 이끌어왔는데 갑자기 등장한 서구 열강으로 인해 강제로 민주주의가 도입되었고, 첫 번째 민주 선거(1961년)에서 다수의 피지배 계층인 후투족에서 대통령이 선출되었습니다. 그러자 투치족이 당선된 지 며칠 안 된 대통령을 암살했답니다. 그것도 해외 순방하고 돌아오는 비행기 안에서 말이죠. 비행기가 착륙하자 시체가 되어 나타난 대통령. 그 사건이 도화선이 되어 후투족과 투치족의 피비린내 나는 비극이 시작되었습니다.

〈호텔 르완다〉가 바로 그 종족 간 분쟁을 표현한 영화입니다.

제노사이드(genocide:대량 학살), 즉 민족 말살 정책이 매우 잘 그려진 보기 드문 영화죠. 나치가 유대인에게 저질렀던 만행도 제노사이드이고 후투족이 투치족을 없애려 한 것도 제노사이드입니다. 종족이 다르다는 이유로 남편이 아내와 처가 식구를 모두 죽이고 이웃이 이웃을 분노에 사로잡혀 죽입니다.

물론 이런 일이 벌어지기까지는 여러 가지 요인이 있겠습니다만 근본적인 이유는 바로 유럽인들에게 있습니다. 그들이 좀 더 수월하게 통치하기 위해 두 종족 중 한 종족을 내세워 자신들의 수족처럼 부렸던 데서 원인을 찾아볼 수 있습니다. 그 과정에서 두 종족은 본의 아니게 이간질되고 분리되어 감정의 골이 깊어지고 결국 서로를 죽도록 미워하게 된 거죠.

제가 살던 곳에서 자동차로 15분 거리에 있는 동네에서도 어느 날 밤 마을 주민 200여 명이 목이 잘린 채 죽임을 당한 일이 있었습니다. 단지 종족 간에 틀어진

감정 때문에 한 종족이 다른 종족을 찾아가 마치 종교 의식을 치르듯 둥둥
북소리를 울리며 자고 있던 사람들의 머리채를 잡아 올려 벌목용 도끼로 목을 친
사건이었습니다. 대학 총장이 차를 운전해 가다가 잠시 길에 정차한 사이 총에
맞아 죽기도 했고, 우리 집에 와서 운전도 해주고 집안일도 도와주었던
레니스라는 청년의 형이 살해되어 시신이 살인자의 손에 온종일 동네방네 질질
끌려다닌 일도 있었습니다. 무법천지도 그런 무법천지가 없었습니다.

요즘은 후투족과 투치족 간의 전쟁이 거의 종식되고 서로의 감정 문제도 많이
해결된 것으로 압니다만 몇 년 전까지만 해도 총소리와 대포 소리가 자주
들려왔습니다. 그래서 지구 상에 몇 안 되는 유엔 평화유지군 파견국이기도 했죠.
당시 유엔군 중 한국인도 두 분(소령 한 분과 대위 한 분)이나 있었습니다. 저희
집에서 꽤 먼 곳에 근무했기 때문에 자주 만날 수 없었지만 한국의 군인이 와
있다는 것만으로도 마음에 위안이 되더군요.

2004년 12월 31일 밤이었습니다. 곤히 자고 있는데 집 밖에서 총성이
들려왔습니다. 그때 마침 남편이 케냐로 출장을 가 있던 터라 저 혼자 여섯 살,
일곱 살 난 두 아들을 데리고 있었습니다. 갑자기 들리는 총성에 너무 놀랐습니다.
한밤에 들리는 총소리가 얼마나 큰지, 그리고 얼마나 공포스러운 불꽃을 튀기는지
여러분은 잘 모르실 겁니다. 침대에 누운 상태에서 창문을 통해 밖에서 벌어지는
총격의 불꽃이 제 눈에 보이더군요. 온몸이 마비되고 정신이 아득해질
정도였습니다.

여자는 약하지만 엄마는 강하다고 했던가요? 그 상황에서 갑자기 아이들 생각이 나면서 정신이 번쩍 들더군요. 저는 재빨리 여권과 돈, 옷가지와 비상식량 등을 챙겼습니다. 그러곤 아이들을 깨워 침대 밑으로 밀어 넣었습니다. 성난 반군들이 우리 집에 들이닥치면 두 아이를 들쳐 업고 어디로 튈 것인지도 빠른 속도로 생각하기 시작했습니다. 그 동네에서 우리 집이 외국인 집이란 것을 모르는 사람이 없었습니다. 간혹 반군들은 자신들의 의사를 관철시키려고 죄 없는 외국인을 습격한 적도 있었기 때문에 우리 집에 들이닥칠 확률이 전혀 없다고는 할 수 없었습니다. 온몸이 덜덜 떨리는 상황에서 저는 기도했습니다.

"하나님 살려주세요~!"

한참 후 오랫동안 계속되던 총성이 멎고 반군은 우리 집을 습격하지 않고 지나갔습니다.

"휴우~~~."

그곳은 집 밖을 걸어 다닐 만큼 안전한 곳이 못 되었습니다. 누군가 큰 돌멩이 같은 것으로 뒤통수를 쳐서 쓰러뜨리고는 가방이나 주머니를 뒤져 물건을 훔쳐 달아납니다. 그래서 우리는 네모난 담벼락 안에서만 생활했습니다. 장을 보러 가거나 아이들이 등하교할 때는 자동차로만 이동했답니다. 감옥이 따로 없는 생활이었지만 지금 생각해보면 제 인생에서 그때만큼 공부를 많이 하고 〈성경〉을 많이 읽었던 적이 없었습니다.

'아, 이럴 줄 알았으면
좀 더 큰 것을 말할걸'

부룬디에는 나라를 통틀어 과자를 살 수 있는 곳도, 케이크를 살 수 있는 곳도 없습니다. 항상 제 손으로 아이들 과자와 생일 케이크, 피자 등을 만들어줄 수밖에 없었습니다. 음료수도 집에서 만들었는데요, 물병에 시원한 물을 담고 방울토마토만 한 크기의 레몬을 반으로 잘라 손으로 레몬즙을 꾹 짜 넣으면 훌륭한 음료수가 되었지요.

한번은 어릴 적 한국에서 먹던 빠다코코넛이라는 과자가 생각났습니다. 그래서 남편에게 지나가는 말로 "아~ 빠다코코넛이 먹고 싶다"라고 했습니다. 그곳은 아프리카에서도 굉장히 오지에 속하는 나라였습니다. 당시 한국 사람이라고는 두 명의 군인을 제외하고는 우리밖에 없었기 때문에 그런 곳에서 한국 과자, 그것도 빠다코코넛이라고 하는 특정 과자를 구한다는 것은 거의 불가능했습니다. 그런데 그 말을 한 지 며칠 후였습니다. 유엔 평화유지군으로 와 있던 두 명의 군인 중 대위인 분이 우리 집을 방문했습니다. 함께 차를 마시며 이런저런 대화를 나누다가 그분이 다시 근무지로 돌아가려고 작별 인사를 하고 저희 집을 나섰습니다. 우리는 밖에 나가 배웅을 했고 곧 대문을 닫고 집 안으로 들어왔습니다. 한참 뒤 밖에서 대문 두드리는 소리가 들렸습니다. 누굴까 하고 나가봤더니 방금 우리 집을 나간 대위였습니다. 그분이 가방에서 부스럭거리며 까만 비닐봉지 하나를 내놓으며 이러더군요.

"이거 아이들에게나 주세요."

"아, 네, 감사합니다."

그분과 두 번째 작별 인사를 하고 저는 그 비닐봉지를 들고 집 안으로 들어왔습니다. 그리고 봉지를 열어보았습니다. 세상에…. 저는 제 눈을 의심하지 않을 수 없었습니다. 그 봉지 안에 빠다코코넛이 들어 있었거든요.

사연인즉 대위가 부룬디에 온 지 얼마 되지 않았을 때 아버님이 돌아가셨다는 부고를 받고 급히 한국에 다녀왔습니다. 그리고 얼마 후 홀로 된 그의 어머니가 마음을 추스르기 위해 아들을 보러 아프리카에 오겠다는 연락을 했습니다. 부룬디가 너무 먼 데다 전쟁 가능성이 있는 위험 지역이라 모자는 이집트에서 상봉하기로 했답니다. 드디어 대위는 이집트에서 어머니를 만났고, 아프리카 오지로 아들을 보내고 항상 노심초사하던 어머니는 아들에게 뭐라도 더 주고 싶은 마음에 가지고 있던 빠다코코넛을 주었던 겁니다. 그것을 제게 건네주던 대위, 어머니는 아직도 자기를 애 취급한다며 쑥스러워하더군요. 하지만 모성애가 듬뿍 담겨 전달된 그 빠다코코넛은 내 마음까지 울릴 정도로 감동적이었습니다. 온몸에 전율이 느껴졌습니다. 제게 빠다코코넛을 주시려고 대위와 그 어머니까지 동원되다니요. 멀고 먼 한국의 그리운 과자, 내가 원하던 바로 그 과자를 말이죠.

'아, 이럴 줄 알았으면 좀 더 큰 것을 말할걸.'

이집트   공항에서
기   적   이   일어나다

부룬디에 살다가 유럽과 인접한 모로코로 이사를 가게 되었습니다. 모로코로
가려고 짐을 꾸리던 중 이집트에서 모로코까지 운행하는 비행기의 수하물 규정이
어떤지 궁금했습니다. 부룬디는 우리가 살던 곳이니 수하물 초과를 어떻게든
저렴하게 처리할 수 있을 것 같아서 이집트발 항공기 규정에 우리 계획을
맞춰보자는 데 의견을 모았죠. 그래서 이집트에 거주하는 지인에게 연락해
항공사가 허용하는 수하물 무게를 물어보았습니다. 그랬더니 답변이 오기를 '보통
다른 곳으로 가는 비행기는 1인당 20kg의 수하물만 허용하는데 유독 모로코로
가는 비행기만 40kg의 짐을 허용한다' 는 것이었습니다. 정말 잘된 일이라며
환호성을 지르고 1인당 40kg씩 4인 가족이면 탑재 가능한 수하물의 무게가
160kg이라는 단순 초등 수학 문제를 풀고는 매우 흐뭇해했습니다.

그리고 짐을 싸기 시작했습니다. 살고 있던 곳을 정리해서 달랑 160kg으로 만든다는 게 그리 간단치 않았습니다. 밥솥도 가져가야 하고 수저도 가져가야 하고 밥그릇도 가져가야 하고. 이것저것 싸다 보니 금방 160kg을 초과해버렸습니다.

사놓고 읽지도 못한 책들, 비싼 그릇들, 어렵게 사다 나른 가전제품을 모조리 버리자니 속이 쓰리더군요. 게다가 몇 날 며칠을 고민하며 짐을 싸는 일이 얼마나 힘들었던지 입에서는 단내가 날 지경이었습니다. 우리 부부는 200kg 정도로 합의를 보고 초과분은 벌금을 물기로 결정했습니다.

'40kg 정도의 벌금이야 뭐 가뿐하게 내주지~.' 그렇게 수하물로 부칠 짐을 200kg으로 꾸리고 기내로 들고 들어갈 가방에 굉장히 무거운 것들로 채우기 시작했습니다. 당시는 기내 가방 무게의 규제가 없던 때입니다.

드디어 비행기에 탑승, 부룬디를 떠나 이곳저곳을 거치고 갈아타고 여차여차해서 이집트 카이로에 도착했습니다. 그런데 모로코로 가는 항공권을 구입하기 위해 공항을 나와야만 했습니다. 기나긴 줄에 서서 참고 기다린 끝에 이집트 입국 비자를 구입해 마침내 공항을 빠져나왔습니다. 당연히 공항에서도 구입할 수 있겠지만 그렇다고 해서 입국 심사를 받지 않아도 된다거나 이집트 비자를 구입하지 않아도 되는 것이 아닙니다. 가격도 훨씬 비쌀 테고요.

공항을 나와 미리 전화로 항공권을 예약해둔 여행사로 갔습니다. 발권하고 항공료도 지불했습니다. 즐거운 마음으로 여행사를 나와 티켓을 들여다보았습니다. 그런데 왠지 기분이 이상하더군요. '왜 그럴까?'

자세히 보니 티켓에는 1인당 허용 수하물이 20kg이라고 명시되어 있었습니다. 우리는 뭔가 잘못되었다고 생각하고는 다시 여행사로 가 직원에게 물었습니다. 40kg인 수하물 무게 허용 수치가 20kg으로 잘못 기재된 게 아니냐고요. 그랬더니 수하물 20kg과 기내용 가방을 합하면 40kg이 되지 않겠느냐고 하더군요. 이집트에 살고 있는 지인이 잘못된 정보를 알려주었다는 사실을 깨닫는 순간 온몸에 맥이 풀렸습니다. 1인당 20kg이라면 4인 가족에게 허용된 수하물은 고작 80kg밖에 되지 않습니다. '이 일을 어찌할까?' 200kg에서 80kg을 제외한 120kg은 초과 벌금을 물거나 아니면 버려야만 하는 야박한 현실 앞에서 우리 가족은 좌절할 수밖에 없었습니다.

할 수 없이 짐을 정리하기로 하고 가방을 열어보았습니다. 무너지는 마음으로 가방 속 내용물을 들여다보니 도저히 버릴 만한 물건이 없더군요. 이것도 필요하고 저것도 필요하고, 그렇다고 다 가져가자니 줄잡아 계산해도 초과 벌금이 한화로 300만 원이 넘겠더군요. 심각하게 고민하다 '에잇, 모르겠다. 우선 공항에 가고 보자. 정 안 된다면 그 자리에서 버리지 뭐' 라는 생각으로 공항에 갔습니다. 그때가 2005년 12월 8일이었습니다. 하필 그 날짜는 저와 절친한 친구의 생일이기도 합니다. 요즘도 그날만

생각하면 아찔합니다. 낭떠러지 앞에 선 듯 절박했던 그때의 상황과 정다운 친구의 얼굴이 오버랩되곤 합니다.

공항에는 모로코 카사블랑카로 가려는 사람들이 길게 줄 서 있었습니다. 우리도 그 줄 맨 끝에 섰습니다. 줄이 점점 짧아지더군요. 짐 때문에 자신이 없었던 우리는 우리 뒤에 사람이 와서 서기가 무섭게 짐 실은 카트를 끌어당겨 제일 뒤로 돌아가기를 반복했습니다.

거의 모든 사람들이 수속을 다 마치고 들어갔습니다. 이제 피할 수 없이 우리 차례가 되어버렸습니다. 하는 수 없이 짐 중에서 제일 덩치가 크고 무거운 녀석을 저울에 올렸습니다. 얼마나 긴장했던지 얼굴에 있는 수많은 모공에서 땀이 솟아 나오고 다리는 스르르 힘이 풀리더군요. 항공사 직원과 우리 가족의 눈은 일제히 저울로 향했고 그때 제 눈을 의심할 정도로 기적 같은 일이 일어났습니다.

제가 여기까지 이야기하면 대부분의 사람들은 항공사 직원이 잘 봐줘서 많이 실어준 게 아닌가, 혹은 벌금을 대폭 할인해준 게 아닌가 하고 사람들은 반응합니다. 하지만 제가 겪은 기적은 그런 종류가 아니랍니다. 어찌 된 일인지 그 무거운 가방의 무게는 0.00kg이었습니다. 직원은 가방을 들어 옆 창구의 저울에 올렸습니다. 그런데 그것도 마찬가지였습니다. 0.00kg! 그곳에 있던 전 창구의 저울이 그 순간 모두 올 스톱이 되었습니다.

명색이 국제공항인데 최첨단 디지털 저울이 고장 나다니. 그것도 하나 둘도 아닌 저울 전부가 말이에요. 어떻게 이런 일이 일어날 수 있을까? 바로 우리 앞에 있던 사람도 초과 벌금 때문에 항공사 직원과 옥신각신하며 돈을 지불하는 것을 제 두 눈으로 똑똑히 보았는데요. 우리 차례가 되어서 이런 기적 같은 일이 일어나다니, 도저히 믿을 수 없는 일이 제 눈앞에서 펼쳐지고 있었습니다.

우리는 그 많은 짐을 벌금 한 푼 없이 모두 다 부쳤습니다. 저울이 제정신을 차리기 전에 부쳐버려야겠다 싶어 빠르게 행동했답니다. 항공사 직원은 기내용 가방도 올리라고 하더군요. '염치가 있지, 어떻게 기내용 가방까지 다 부칠 수 있을까' 하는 생각도 잠깐, 0.00kg에서 요동하지 않는 저울과 친절한 항공사 직원 덕분에 기내에 들고 들어가야 했던 무거운 짐까지도 모두 부쳤습니다. 그래서 늘 꿈에 그리던 우아한 자세로 비행기에 탑승할 수 있었습니다. 정장 차림에 얄팍한 007 서류 가방 하나 들고 우아하게 비행기 여행을 하는 것이 꿈이었거든요. 어린 자녀들을 데리고 늘 폭탄 맞은 듯한 차림으로 짐에 치여 힘들게 여행하다 보니 그런 것까지도 하나의 꿈이 되었습니다. 우아하고 편안하게 탑승한 후 얼마나 감사한 마음이 넘쳤는지 모릅니다.

그날 저는 아주 중요한 것을 알게 되었습니다. 우리는 때때로 인생의 모든 짐을 스스로 지려고 안간힘을 씁니다. 성공하면 자신이 잘나서 그런 줄 알고 조금만 꼬이면 열등감과 자괴감에 쉽게 빠져들곤 하지요. 현재 겪고 있는 인생의 어려움, 산더미처럼 쌓여 있는 해야 할 일, 엎친 데 덮친 인생 문제, 삶을 영위하기 위해 필요한 모든 것, 일그러진 관계에서 오는 걱정과 염려, 이 모든 것을 자신의 힘으로 완벽하게 해결할 수 있는 인간은 없습니다. 세상에는 우리 힘으로 할 수 있는 일보다 할 수 없는 일이 더 많습니다. 그런 것을 움켜쥐고 혼자 해결해보려고 발버둥 치는 일은 고장 난 저울 앞에서 가방을 놓지 못하고 근심하는 꼴이나 마찬가지입니다.

저와 제 가족은 항상 가난하고 가볍게 살자고 결심합니다. 어디로 이사 가더라도

30분 만에 모든 짐을 다 꾸릴 수 있을 정도로 살자고요. 힘든 일, 괴로운 일, 어려운 일, 심지어 기쁜 일, 자랑스러운 일까지도 하나님의 저울 위에 올려놓고 가볍게 살자고요. 자신의 명석한 두뇌, 재력, 학벌, 자신감, 재능 따위도 과감히 신의 저울 위에 올려놓고 일체의 우월감과 열등감 없는 상태로 가볍게 살 수 있다면 삶은 더욱 아름답게 빛나지 않을까요?

아프리카식
비행기   탑승법

아프리카 대륙 내에서 나라간 이동이 얼마나 불편하고 곤란한지 모릅니다.

부룬디에서 모로코로 이사하는 과정에서도 우리는 엄청난 불편을 절감했습니다.

부룬디에서 출발한 비행기는 르완다와 우간다를 거칩니다. 갈아타는 것이 아니라

단지 거쳐 가기만 합니다. 마치 시골 시외버스가 동네마다 정차해서 손님을

기다리는 것처럼, 내릴 사람은 내리고 계속 가는 사람은 그냥 앉아 있습니다. 그때

용역 직원들이 탑승하여 진공청소기로 복도를 청소하고 의자 포켓을 정리하는 등

승객들이 앉아 있는 상태에서 한 차례 시끄러운 소동을 벌입니다. 그것도 한 시간

동안이나요.

르완다와 우간다, 두 군데에서 멈추었던 비행기가 또다시 이륙한 다음에는

에티오피아의 수도인 아디스아바바에 내리게 됩니다(물론 케냐를 경유하는

방법도 있습니다). 그곳에서는 이집트 카이로행 비행기로 갈아타야 합니다.

한참을 대기한 끝에 비행기에 탑승하고 또 몇 시간 비행 후 카이로에 도착해서는

비행기에서 내리기만 하는 게 아니라 공항 밖으로 나가 항공권을 다시 구입해야

합니다. 부룬디에서는 모로코까지 연결되는 항공편이 아예 없기 때문입니다.

이집트까지 가는 항공권을 끊어줄 테니 그다음은 알아서 하라는 에티오피아

항공사 직원의 말을 듣고 까무러치는 줄 알았습니다. 게다가 열악한 전기

사정으로 인해 카이로행 티켓 발권도 겨우 했지요.

아프리카 내에서 운행하는 비행기 항공권에는 대부분 좌석 번호가 표시되어 있지

않습니다. 비행기 입구에서 승무원에게 이게 어찌 된 일이냐고 요란하게 물었더니

어떠한 요동의 기색도 없이 차분한 목소리로 아무 자리나 골라잡아 빨리 앉으라고

하더군요. 눈치 없이 논리적이기만 한 제가 왜 티켓에 좌석 번호가 명시되어 있지

않은지 꼬치꼬치 캐묻다가 좋은 자리 다 뺏기고 말았죠. 간혹 좌석 번호가

표시되어 있는 경우도 있지만 없다고 해서 놀랄 필요는 없습니다. 저도 처음에는

무척 당황했으나 지금은 원하는 자리를 신속하게 찾아 앉습니다.

'아프리카식 비행기 탑승하기'가 몸에 배어 요즘에도 비행기를 타기 전에는 항상

긴장을 늦추지 않습니다. 탑승을 하자마자 바로 전투적인 자세로 돌입하여 좋은

자리를 차지해야 할 것 같은 느낌이 들어서요. 항간에 아프리카 비행기에는 잦은

오버부킹으로 시내버스처럼 입석으로 가는 승객도 있다는 소문이 있습니다만

물론 믿거나 말거나입니다.

입던 팬티가
이렇게 인기 있을
줄이야

모로코로 오기 전 짐 정리를 하면서 못 가져갈 살림살이와 가재도구는 모두

내다놓고 팔았습니다. 야드 세일(yard sale:자기 집 마당에서 중고 물품을

펼쳐놓고 파는 것)이나 거라지 세일(garage sale:자기 집 차고에서 중고 물품을

내다 파는 것) 정도 규모였습니다. 물자가 귀한 곳이라 그런지 내놓은 물건이 모두

인기가 대단했습니다. 목수 불러다 짜 맞춘 책상, 옷장, 책장은 물론이고 옷, 접시,

CD 플레이어 같은 소품까지 팔았습니다. 그중에서 가장 인기 있었던 품목은 10년

가까이 입던 제 팬티였습니다. 물건을 사러 온 사람들이 너나없이 서로

차지하겠다고 잡아끄는 바람에 하마터면 팬티가 찢어질 뻔했지요. 처음부터

팬티를 팔 의도는 전혀 없었습니다. 그런데 상자에 넣어둔 속옷을 사람들이

발견하더니 비명을 지르며 좋아했습니다. 오래되어 너덜너덜한 속옷을 보고

그렇게 좋아하는 사람들은 난생처음 봤습니다. 제가 그 오래된 팬티를 얼마에 팔았는지 가늠해보십시오. 장당 100원에 열댓 장 팔아 팬티로 벌어들인 수입이 자그마치 1500프랑이었습니다(당시 환율이 1:1이었으므로 한화로도 1500원이었습니다).

그때 우리와 친하게 지내던 부룬디의 NGO 지부 디렉터의 아내 알리 아줌마도 접시, 샴푸, 촛대 등을 사 갔는데 얼마나 차분한 몸가짐으로 이것저것 다 사들였던지 집 안이 아주 그냥 깔끔하게 정리될 정도였습니다. 구입한 물건을 차에 실으면서 내게 고맙다는 인사도 잊지 않았습니다. 정작 고마워해야 할 사람은 저였는데 말이죠. 그런데 물건을 다 싣고 나가려던 알리 아줌마, 갑자기 돌아서더니 제게 다짜고짜 한 가지 질문을 했습니다.

"새라~ 너 피시 소스 있니?"

"응? 뭐라고?"

"피시 소스 말이야. 내가 동양 음식을 무지 좋아하거든."

"아~~ 액젓 말이구나."

언젠가 한국에 다녀오면서 5리터였는지 10리터였는지 아무튼 엄청나게 큰 통에 담긴 멸치 액젓을 사 온 적이 있었습니다. 배추가 없는 열대지방에서 김치 담글 일도 없었으므로 액젓은 통 안에 든 채 고스란히 몇 년이 지났습니다. 이삿짐을 정리하면서 그 많은 액젓을 그냥 하수구에 버리자니 정말 아깝다는 생각이 들더군요. '얼마나 힘들여서 들고 온 건데.' 가져갈 엄두도 못 내면서 차마 버리지도 못하고 있었습니다.

처음부터 팬티를 팔 의도는 전혀 없었습니다. 그런데
사람들은 상자에 넣어둔 속옷을 발견하더니 비명을 지르며
좋아했습니다. 오래되어 너덜너덜한 속옷을 보고 그렇게
좋아하는 사람들은 난생처음 봤습니다.

그런데 한국인도 아니고 미국인이 냄새가 역한 액젓을 자신에게 팔라고 하다니 정말 믿을 수가 없더군요. 알리 아줌마는 액젓으로 타이 음식을 해 먹겠다고 했습니다. 타이 음식에 사용되는 액젓은 한국식 멸치 액젓보다 훨씬 덜 짜고 고릿한 냄새도 덜 나면서 좀 더 달지 않습니까! 아무리 생각해도 이걸 그대로 줬다가는 피시 소스가 왜 이러냐는 핀잔을 들을 것 같았습니다. 그 순간 '아, 설탕을 좀 타면 되겠다!' 라는 아이디어가 반짝 떠오르더군요.

저는 알리 아줌마에게 잠시 기다려보라고 하고는 주방에 들어가 페트병에 액젓을 담고 설탕을 넣어 잘 섞었습니다. 근데 어떻게 된 것이 액젓에 넣은 설탕이 녹으려 들질 않더군요. 설탕을 괜히 넣었나, 순간 후회가 들었습니다. 하지만 어쩔 수 없었습니다. 저는 그 페트병을 그냥 들고 나가 알리 아줌마에게 전해줬습니다. 알리 아줌마는 페트병 아래쪽에 깔린 야릇한 색깔의 정체불명 가루를 보고는 살짝 고개를 갸우뚱했습니다. 그때 이 가루가 뭐냐는 질문을 할까 봐 제가 선수를 쳤습니다.

"알리, 너 그거 아니? 한국식 피시 소스는 타이식 피시 소스랑은 달라."

"오~ 그래? 어떻게 다른데?"

"한국식 피시 소스가 훨씬 더 솔티(salty:짠)하단다."

그러자 갑자기 알리 아줌마의 얼굴이 홍당무처럼 달아오르더니 금세 귀까지 빨개졌습니다. '솔티' 하다는 한마디에 저렇게 어쩔 줄 몰라 하며 난처해하다니. 그러면 왜 액젓을 달라고 한 걸까? 저는 도저히 그녀의 심리 상태를 이해할 수 없었습니다. 도대체 왜 저러는 거지?

"What do you mean, Sarah? Is it dirty?(무슨 뜻이야, 새라? 이게 더럽다고?)"

"에그머니나;;; !@#$%^&*&*"

'솔티' 라는 내 발음을 그녀는 '더티(dirty:더러운)' 로 잘못 알아들은 것입니다.

이럴 수가~. '더티' 라는 그녀의 한마디에 이번에는 제 얼굴이 홍당무가

되었습니다. 저 역시 금세 귀까지 빨개졌음은 말할 것도 없죠.

학창 시절 영어를 꽤 잘해 학교 대표로 영어 말하기 대회에도 나가고 영어 듣기

평가를 하면 전교에서 혼자 만점을 받는 영광도 누렸으며 영어 성적은 항상 '수' 를

기록했던 저였습니다. 나름 영어를 잘한다는 자부심이 있었는데 '더티' 사건은

저를 끝없는 실망의 나락으로 떨어지게 하더군요.

그럼 어떻게 발음해야 하나? 도대체 salty를 어떻게 발음해야 하는지 알리

아줌마에게 물었습니다. 그랬더니 입을 동그랗게 벌리고 턱을 가슴께까지 툭~

떨어뜨리더니 [sɔ́ːlti]라고 했습니다. 이번에는 dirty의 발음을 부탁했습니다.

그랬더니 입을 옆으로 조금만 벌리면서 [də́ːrti]라고 하더군요.

어느 영어 선생님이 서양인은 육식동물이라 아귀가 커서 말할 때 턱을 툭~ 하고

떨어뜨린다고 했습니다. 아~ 나의 영어 발음이 입안에서만 옹알옹알했구나

싶더군요. 영어 발음이 좋으려면 턱과 목과 입을 동시에 사용해야 한다는 것을

그때 절실하게 깨달았죠. 그런데 첫 번째로 입을 크게 벌리고, 두 번째로 턱까지

떨어뜨려야 하니 바쁜 사람은 그 두 단계를 제대로 거칠 수 있을까 하는 생각도

들었습니다.

차   따르는   솜씨도
이
정   도   면   묘기

모로코인들은 중국인 못지않게 차를 즐겨 마시기로 유명합니다. 아마 기름진

음식을 많이 먹는 식습관 때문인 듯합니다. 차를 무척 요란하게 따르는 그들의

습관은 제가 모로코에 와서 느낀 생소한 문화 중 하나입니다. 모로코 사람들은

차를 마실 때 찻주전자와 찻잔의 간격을 최대한으로 벌려 곡예하듯 차를

따릅니다. 키가 큰 남성의 경우 그 간격은 아마 1m도 족히 넘을 겁니다.

술을 마시는 데 주도가 있듯 차를 마시는 데는 다도가 있습니다. 그런데 우아한

자태로 따르는 동양의 정적인 다도만 접하다가 모로코의 생기발랄한 다도를

대하니 무척 신기하기도 하고 재미있기도 합니다. 왜 이렇게 멋진 자세로

따르는지 많은 모로코인들에게 물어보았습니다. 사람마다 그 이유가

천차만별이더군요. 어떤 이는 민트 차 속의 설탕이 잘 섞이도록 하기 위해서라

하고, 또 어떤 이는 모로코인들이 원래 차 따르는
소리를 좋아해 그 소리를 즐기기 위해서라고
합니다. 둘 다 맞는 말 같습니다.

우선 설탕이 잘 섞이도록 하려고 높은 곳에서 차를 따른 뒤 차를 다시 주전자에
붓습니다. 다시 손을 높이 들어 차를 따르고 또다시 차를 주전자에 붓고, 그러기를
3~4번 정도 합니다. 이유는 민트 차 속에 넣은 덩어리 설탕이 차에 고루 섞이게
하기 위해서죠. 두 번째는 차 따르는 소리인데요, 그들은 차 따르는 소리를 좋아해
핸드폰 벨소리에도 차 따르는 소리가 있을 정도입니다. 하지만 차 따르는 소리는
'그 어떤 소리'와 비슷합니다. 무슨 소리냐고요? 누구나 하루에도 여러 번 듣는
소리입니다. 바로 소변보는 소리죠. 향긋하고 달콤한 차를 소변에 비유해서
미안하지만 제 귀엔 차를 따를 때마다 소변보는 소리로 들리는 것을 어떡합니까?
그것도 서서 볼일 보는 남성의 소변 소리로.

변기에서
귀 신 이
나온다고?

모로코는 국민의 99.99%가 이슬람을 신봉하는 강력한 이슬람 국가입니다. 전

국민이 모스크에서 울리는 아잔(예배 시각을 알리기 위해 큰 소리로 외치는 일)

소리에 맞춰 하루 다섯 번 기도를 하고 라마단 기간이 되면 동시에 금식을 합니다.

라마단 기간 중에는 레스토랑이나 커피숍이 일제히 문을 닫아 관광객들을

난처하게 만들기도 합니다. 이런 이슬람 국가 모로코에서 미신은 엄격하게

금지되어야 마땅하지만(〈코란〉은 알라신 외에 다른 어떤 믿음이나 주술, 미신

따위를 엄격히 금지합니다) 어찌 된 일인지 온갖 미신으로 점철되어 있습니다.

이슬람의 미신

|

1 화장실 미신:변기 속에는 지니가 있다.

2 리듬 정령 미신:젊은 여성의 몸속에는 말로 설명하기 어려운 리듬 정령이 있다.

3 마라부 미신:성자로 추앙받던 인물의 무덤에 가면 불임 여성이 임신을 하게 된다('마라부'란 이슬람 성자를 가리킴).

4 아이샤 콴디샤 미신:강바닥이나 불꽃 속에는 염소 다리를 한 아름답고 유혹적인 여자 귀신이 있다(주로 남자에게만 나타남).

5 마법사(세후르)와 점쟁이(슈와프):짚 뭉치나 헝겊으로 만든 부두voodoo 인형에 사람의 영혼을 불어넣어 꼬챙이로 찌르며 저주와 마법을 걸기도 하고 앞일을 예측하기도 한다. 소설 〈해리 포터〉에 나오는 것처럼 특수한 재료를 사용하여 저주나 사랑의 묘약을 만들기도 한다.

이 밖에도 정말 많은 미신과 샤머니즘이 있습니다. 이 중 화장실 미신에 대해 이야기해보려고 합니다.

제가 암 수술을 받고 거동이 불편할 때 모로코 사람을 불러 집안일을 시킨 적이 있습니다. 주로 청소만 시켰는데 성실히 일해주어 무척 흡족했습니다. 하루는 화장실에서 볼일을 보고 나서 물을 내렸는데 어쩐 일인지 물이 내려가지 않고 넘쳐흐르더군요. 수리공을 불러 막힌 변기를 뚫고 여러 가지 수리를 했습니다. 그 후 별 일 없이 변기를 잘 사용했습니다. 그런데 얼마 후 변기가 또 물이 내려가지 않고 넘쳤습니다. 다시 수리공을 불러 변기를 뚫었는데 이번에는 막힌 하수구에서 못과 나사 등 뾰족한 물건이 잔뜩 나왔습니다. 아무래도 집 안에서 청소하는 가정부가 수상했지만 이렇다 할 물증이 없어 그냥 자세히 관찰하기로 결심했습니다.

그러던 어느 날 가정부가 여느 때처럼 청소를 했습니다. 한참 청소를 하다가

오물을 쓸어 담은 쓰레받기를 변기 위에다 대고 탈~ 탈 털어 넣는 게 아닙니까?

이때다 싶어 저는 '지금 뭐 하느냐'는 질문을 던지며 범죄 현장을 적발했습니다.

그녀는 쭈뼛거리며 아무 대답도 하지 못하고는 얼버무렸습니다. 제발 변기 속에는

아무것도 넣지 말라고 당부하고는 뒤돌아섰습니다.

아랍권 민담인 '알라딘과 요술 램프'에 보면 램프를 문지르면 지니라는 요정이

나타나 주인의 소원을 들어줍니다. 아랍 문화권에서는 이 진(djinn 또는

jinn)이라는 지박령▦을 믿습니다(영어로 jinni 또는 genie라고 합니다). 진은

부름을 받으면 인간의 삶 속에 나타나 어떤 역할을 수행하는 영적인 존재를

말합니다. 아랍인들은 '알라딘과 요술 램프'에 나오는 착한 지니와 변기 속에

도사리고 있는 인간에게 병을 주는 나쁜 지니, 이렇게 두 종류의 지니가 있다고

믿습니다. 또 그중 나쁜 지니는 주로 공공목욕탕, 배수관, 싱크대, 변기, 심지어

냄비, 프라이팬, 수도꼭지같이 물과 관련된 장소에 자주 나타난다고 믿습니다.

그리고 모로코인들은 지니가 뾰족한 못이나 나사를 무서워한다고 믿어 변기에 꼭

못이나 나사를 넣어둡니다. 눈에 보이지도 않는 지니라는 존재를 얼마나 철석같이

믿는지 때로는 답답할 지경입니다. 배관공이 와서 집수리를 하고 돌아간 후

수도꼭지가 없어진 사실을 알고 다음 날 수도꼭지의 행방을 물어보면 배관공은

어김없이 이렇게 말합니다. "그거 아마 지니가 훔쳐갔을걸요!" 얼토당토않는

대답으로 잠시 배관공을 의심하게 됩니다. 그러나 시간이 조금 흐른 뒤 사라졌던

물건은 항상 엉뚱한 곳에서 발견이 되죠. 얼마 전 마라케시를 여행하며 깜짝 놀란 일이 있었습니다. 제가 머무른 호텔 변기 속에 못이 하나 들어 있었습니다. 싸구려 호텔도 아니고 5성급 호텔이었는데 말이죠. 모로코인의 집을 방문해보면 어김없이 변기 속에 뾰족한 못이 들어 있는 것을 볼 수 있지만, 이렇게 외국인이 이용하는 고급 호텔에서까지 지니 미신을 목격하게 되다니 정말 놀랍더군요. 소변을 보고 물을 내릴 때는 못이 그대로 있지만 큰 볼일을 보고 나서 물을 내리면 변과 함께 못이 떠내려가 버립니다. 떠내려간 다음 날에도 변함없이 못이 있는 것으로 보아 호텔 메이드가 방을 청소할 때마다 못을 하나씩 넣는다는 것을 추론할 수 있습니다. 그 많은 방에 못을 하나씩 다 넣자면 아예 커다란 통에 변기용 못을 가득 담아 들고 다녀야 할 텐데 그런 청소부의 모습이 떠오르자 저도 모르게 웃음이 나왔습니다. 변기 속에서 귀신이 나온다는 모로코 미신을 접하며 미신에 사로잡힌 삶이 얼마나 힘들고 불편할까 하는 생각을 하게 됩니다. 인간은 언제쯤 미신의 속박과 굴레에서 완전히 벗어날 수 있을까요?

외간 남자의
나 체 를 이렇게
적 나 라 하 게
볼 줄이야

2007년에는 모로코에서 카사블랑카로 이사를 했습니다. 집을 빼야 하는 날짜는

다가오는데 마땅한 집을 구하지 못해 애를 먹고 있던 차에 간신히 지금 살고 있는

집이 나왔고 우리는 앞뒤 재볼 틈도 없이 바로 들어왔습니다. 아뿔싸! 들어와서

보니 다 좋은데 이웃집들과 거리가 너무 가까워 훤히 다 보이는 게 문제였습니다.

1층과 2층의 넓은 테라스, 아담한 정원, 큰 차고 등 급하게 고른 집치고는 가격

대비 이보다 더 좋을 수 없는데, 막상 이사하고 보니 주변 이웃들에게 너무나도

친절하게 내 모든 것을 다 보여줄 수 있겠더군요.

처음 이사 와서 커튼도 달기 전의 일입니다. 저녁 식사를 하기 직전이라 약간

어둑어둑할 때였습니다. 거실에서 서성이고 있다가 우연히 앞집 쪽으로 몸을

돌렸습니다. 근데 이게 웬일입니까? 앞집 아저씨가 샤워를 했는지 벌거벗은 채

자신의 거실에서 왔다 갔다 하는 게 아닙니까? 얼마나 놀랐던지 벗은 사람은 아무렇지 않게 활보를 하는데 괜스레 제가 민망해서 서둘러 몸을 바닥에 납작 엎드렸습니다. 아저씨가 혹시라도 나를 볼까 봐서요. 엎드리고 보니 '옹? 벗은 사람은 앞집 아저씬데 왜 내가 숨었을까?' 하는 생각이 들더군요.

그 일이 있은 지 며칠 후 갑자기 화장실이 급해서 얼른 뛰어가 볼일을 보는데 갑자기 제 두 눈과 마주친 커다란 두 눈. 급해서 미처 문도 못 닫고 변기에 앉았는데 그런 저의 우스꽝스러운 모습을 가만히 바라보고 있는 눈이 있었으니, 바로 그 아저씨였습니다(저희 집 변기와 앞집 거실은 서로 마주 보고 있는 위치입니다). 변기에 철퍼덕 앉은 저와 그 아저씨와의 사이는 직선거리로 20m 정도밖에 안 되었습니다. 게다가 그 집이나 우리 집이나 모두 커튼이 없어서 훤히 다 들여다보이는 정말 묘한 관계입니다. 서로 보고 보여주는 관계이니 말이죠. 변기 위에 앉아서 얼마나 놀랐던지 다음 날 저는 모든 일을 제쳐두고 바로 달려가 커튼을 맞췄죠. 하지만 느리기로 유명한 모로코에서는 제가 아무리 서두른다고 해도 안 될 일이 되지는 않습니다. 커튼은 주문하고 열흘 후에 왔습니다. 열흘 동안 집 안에서 하는 모든 행동 하나하나에 얼마나 몸을 사렸는지 모릅니다.

그 후 앞집은 어떻게 되었냐고요? 그런 변을 겪었는데도 커튼을 달지 않더군요. 창문에 조그만 가리개 하나 가렸습니다. 그거 달면 뭐합니까? 낮엔 그나마 좀 나은데 밤이 되면 여전히 훤히 보이는 것을. 그래도 요즘은 벌거벗고 돌아다니는 전위예술은 하지 않으니 다행이라고 생각합니다.

adventure 모험

30~41

이집트 택시를
타고 기절하다

이집트 하면 여러분은 무엇이 떠오르나요? 피라미드, 스핑크스, 파피루스 등이

떠오르겠지요. 저 역시 이집트 하면 피라미드가 제일 먼저 떠올랐습니다. 2005년

가족과 함께 이집트 여행을 하기 전까지는요. 세계 7대 불가사의 중 하나인

피라미드는 분명, 의심할 여지 없이 대단한 것이지만 그보다 저는 이집트인들의

험악한 운전 습관과 도시 곳곳에 방치된 완성되지 못한 건물들로 받은 충격이 더

생생하게 기억나는군요.

연중 비 오는 날이 손에 꼽을 정도로 적고 매연을 뿜어내는 노후 차량이 많아

이집트의 수도 카이로는 대기오염이 무척 심한 편입니다. 게다가 차들이 너나없이

무질서하게 설쳐대는 통에 도로에 한번 나갔다 오면 거의 실신할 정도로

피곤해집니다. 카이로에 도착한 첫날 우리 가족은 호텔에서 하룻밤 묵고 다음

날은 지인의 집에 머물렀습니다. 호텔에서 케이크를 하나 사 들고 나와 택시를 타고 그분 댁으로 향할 때였습니다. 택시 뒷좌석에 앉아 케이크를 무릎 위에 놓고는 행선지를 말했습니다. 과묵한 기사는 우리를 흘끗 한번 보더니 아무 말 없이 달리기 시작했습니다.

택시가 출발해 얼마 가지 않아 차량이 많아지더니 속도가 점점 느려졌습니다. 기사는 천천히 가던 차를 갑자기 돌려 어느 샛길로 들어서더군요. 얼마나 갑작스럽게 핸들을 틀었던지 무릎 위에 올려둔 케이크가 바닥으로 곤두박질쳤습니다. 화들짝 놀라면서 바로 케이크를 들었는데 그때부터 곡예 운전이 시작됐습니다. 액션 영화의 한 장면처럼 택시 기사는 골목 사이사이를 누비며 냅다 돌진했습니다. 한 손으로 케이크를 잡고 다른 한 손으로는 천장에 붙은 손잡이를 저도 모르게 꽉 쥐었습니다.

한참 골목을 누비다가 이윽고 좁은 길을 벗어나 큰길로 진입했고 곧 고속도로 위에 차를 올려놓더군요. 넓고 곧게 뻗은 고속도로에서도 얼마나 속도를 내던지 제 심장이 평소보다 두세 배는 빠른 속도로 펌프질을 했습니다.

그렇게 한참을 달리다가 갑자기 급브레이크를 밟고는 차선 한가운데에 딱 멈춰 섰습니다. 택시 기사는 도대체 왜 이러나 싶어 의아해하는 우리를 돌아보고는 씨익 웃더니 나가야 할 출구를 지나쳤다고 하더군요. 이 난국을 어떻게 해야 하나 하고 해결 방안을 채 생각하기도 전에 그는 너무나 당당한 자세로 후진 기어를 넣고는 고속도로에서 뒤로 슝~ 후진을 하는 겁니다. 그것도 아주 빠른 속도로. 으아악~~~ 우리는 다들 손에 땀을 쥐고 경악을 금치 못했습니다.

목적지에 도착하여 잡고 있던 손잡이를 놓을 시간이 되었지만 얼마나 꽉 쥐었던지 땀에 전 손은 손잡이에 붙어버린 듯 좀처럼 펴지질 않았습니다. 우리는 초주검이 되어 얼빠진 사람처럼 택시에서 내렸습니다. 그러고는 들고 있던 케이크 상자를 보았습니다. 어머나! 처음 살 때 흰색이었던 종이 상자가 회색이 되었더군요. 까만 도시 먼지가 새하얀 케이크 상자 위에, 마치 고운 자석 가루를 뿌린 듯 뒤덮여 있는 게 아닙니까. 처음에 저는 그게 먼지인 줄 몰랐습니다. 설마 하는 심정으로 손가락으로 쓰윽 문질러보았더니 그 자리가 하얗게 드러나고 손가락 끝은 잉크가 묻은 것처럼 까맣게 변했습니다. 아무리 창문을 열고 주행했기로서니 이렇게까지 먼지를 뒤집어쓸 줄은 몰랐습니다. 그 까만 먼지가 우리 코를 통해 폐부 깊숙이 들어갔다는 생각이 들자 기분이 썩 유쾌하진 않더군요. 그렇다고 방독면을 쓸 수도 없고. 카이로가 대기오염이 심한 도시라는 이야기를 듣긴 했어도 이 정도일 줄은 몰랐는데 정말 믿고 싶지 않은 현실이었습니다. 다음에는 반드시 마스크를 준비하리라 다짐했습니다.

도시를 관통하는 고가도로를 지나면서 또 한 가지 놀란 점은 거의 모든 건물이 건축 중인 상태라는 겁니다. 미장 손질이 되어 있지 않아 콘크리트가 그대로 드러난 건물도 있고 페인트칠 마감이 안 되어 있는 건 물론, 위험하게 철근이 밖으로 비쭉 나와 있는 건물도 부지기수였습니다. 나중에 들은 얘기로는 이집트에서는 건물 공사가 완공되는 순간 엄청난 세금이 부과된다고 합니다. 그래서 대다수 건물주들은 세금을 피하려고 페인트칠을 하지 않고 마감 손질도 하지 않는답니다. 완공이 아직 멀었다고 둘러대기 위해서죠.

이거 도 대 체
어떻게
만든 거야?

다음 날 피라미드를 보기 위해 택시 한 대를 불러 카이로에서 남서쪽으로 13km 떨어진 기자 지구에 갔습니다. 이집트는 전 국민의 가이드화가 아주 잘되어 있는 나라더군요. 평범해 보이는 택시 기사가 갑자기 가이드로 돌변, 자신이 하루를 책임지겠노라고 했습니다. 우리는 얼떨결에 허락하고는 그와 함께 기자 지구의 피라미드를 둘러보았습니다.

피라미드를 눈으로 직접 보기 전에는 밋밋하고 황량한 사막 한가운데 우뚝 서 있는 돌덩어리의 집합체 정도로만 생각했는데 실제로 가서 보니 입이 떡 벌어져 다물어지지 않았습니다. 엄청나게 큰 규모도 규모려니와 그 큰 돌을 어떻게 나르고 쌓아 올렸는지 아무리 궁리를 해도 궁금증이 가시질 않았습니다.

피라미드는 사각형 토대 위에 건설한 삼각뿔 형태로 여러 시대에 걸쳐 세계

곳곳(이집트뿐 아니라 수단, 에티오피아, 서아시아, 그리스, 키프로스, 이탈리아, 인도, 타이, 멕시코, 남아메리카, 태평양의 몇몇 섬 등)에서 지은 건축물입니다. 용어 자체는 그리스어의 피라미스pyramis에서 유래했습니다. 그중 이집트 피라미드는 원래 왕의 미라를 보호하기 위한 시설입니다. 내부에는 촘촘한 계단이 있는데 그것은 죽은 왕이 하늘로 올라가도록 하기 위한 것이라더군요. 사용한 돌은 석회석과 화강석 두 가지입니다. 외벽용으로 사용한 매끄러운 석회석은 카이로에서 50km 떨어진 투라에서 채석한 것이고 내부에 사용한 화강석은 카이로에서 900km나 떨어진 아스완에서 가져온 것입니다. 5~10톤에 이르는 그 큰 돌은 나일 강이 범람할 때 그 물줄기를 이용해 운반했고 근처에 와서는 돌 아래에 커다란 통나무를 깔고 굴려가면서 이동했다는 설이 있습니다. 칼로 깎은 듯이 매끈하게 절단된 암석의 절단술이 정말 미스터리입니다. 돌에 구멍을 뚫어 그곳에 나무를 박아 넣고 그 나무를 물에 불려 부피가 늘어나게 하여 돌을 쪼개었다는데, 사실 그런 방법으로는 결코 절단된 표면이 레이저로 잘라낸 것처럼 매끈해질 수 없으므로 정말 알 수 없는 일이라는 겁니다. 당시 사용했던 청동 기구로도 그처럼 매끈하게 자를 수 없기는 마찬가지입니다.

기자 지구에서 가장 큰 피라미드인 쿠프 왕 무덤은 꼭짓점을 중심으로 수직선과 수평선을 그리면 전 세계 대륙 면적이 거의 네 등분 됩니다. 이것은 대피라미드가 세계의 중심임을 나타내려는 고대 이집트인들의 의도가 드러나는 증거입니다. 그 무거운 돌을 들어 올린 것도 대단한 미스터리입니다. 마치 손으로 번쩍 들어 올려 레고 조각을 맞춘 것처럼 위치가 정확해 소수점 한 자리 숫자의 오차만 있을

뿐입니다. 현대조선소에서 배를 들어 올릴 때 사용하는 골리앗 크레인을 사용한다고 하더라도 그렇게 경미한 오차는 불가능하답니다. 피라미드 안에 있는 '왕의 방'은 또 어떻고요? 밑면에서 3분의 1 떨어진 곳에 위치해 면도날을 재생시키고 음식의 부패를 막는 등 '피라미드 파워'를 일으킨다는 곳으로 사람들의 관심을 가장 많이 받는 부분입니다. 그곳은 가로와 세로를 비롯한 여러 가지 건축 구성 비율이 황금비로 이루어져 있어 눈길을 끌기도 합니다.

기자 지구에서 가장 큰 피라미드인 쿠프 왕 무덤은 꼭짓점을 중심으로 수직선과 수평선을 그리면 전 세계 대륙 면적이 거의 네 등분 됩니다. 이것은 대피라미드가 세계의 중심임을 나타내려는 고대 이집트인들의 의도가 드러나는 증거입니다.

피라미드를 눈으로 직접 보기 전에는 밋밋하고
황량한 사막 한가운데 우뚝 서 있는 돌덩이리와
집합체 정도로만 생각했는데 실제로 가서 보니 입이
떡 벌어져 다물어지지 않았습니다. 엄청나게 큰
규모도 규모러니와 그 큰 돌을 어떻게 나르고 쌓아
올렸는지 아무리 궁리를 해도 궁금증이 가시질
않았습니다.

황금비는 12세기 이르러서야 이탈리아 수학자 피보나치가 제대로 정립했는데 기원전 2600년에 건축한 피라미드 내 왕의 방에서 황금비가 발견되어 많은 사람들을 놀라게 했지요. 황금비란 사람의 눈에 가장 조화롭게 인식된다고 알려진 비율로 건축과 회화, 조각 등 예술 분야에서 많이 활용해왔습니다. 요즘에는 카드나 명함에도 적용하는 황금비를 그 옛날 이집트인들이 어떻게 알아냈을까요? 그렇게 문명이 발달했음에도 당시의 문명이 후대에 전해지지 않았다는 것도 신기합니다.

피라미드를 뚝 떼어내 저울에 무게를 달면 얼마나 나갈까요? 놀라지 마세요. 무려 63억kg이랍니다. 그런데 이렇게 거대한 피라미드가 5000년 동안 불과 1.25cm밖에 가라앉지 않았다면 믿을 수 있나요? 참고로 미국의 국회의사당은 지난 200년 동안 12cm 정도 가라앉았다고 하네요.

그것뿐이 아닙니다. 1992년 10월 이집트에 강도 6 지진이 발생했습니다. 1분 동안 지속된 이 엄청난 지진으로 400명의 사망자가 발생하고 수백 채의 건물이 무너졌는데도 지진 당시 피라미드 안에 있던 관광객들은 약간의 흔들림만 느꼈을 뿐 모두 무사했다고 하는 소식도 우리를 놀라게 합니다. 당최 알 수 없는 수많은 미스터리를 간직한 피라미드. 도대체 그 피라미드 속이 어떻게 생겼을까 잔뜩 기대했지만 가는 날이 장날이라고 마침 그날은 피라미드 내부를 공개하지 않는 날이어서 아쉽게 발걸음을 돌릴 수밖에 없었습니다. 세상 일이 마음먹은 대로 움직이는 것은 아니더군요.

꿩 대신 닭,
피라미드 대신
종이 감상

허전한 마음을 달랠 길이 없어 박물관과 기념품 가게 등 이곳저곳에 들렀습니다.

그중에서 무척 인상 깊었던 곳은 바로 파피루스 박물관이었습니다.

파피루스 박물관도 자발적으로 찾아간 것이 아니라 가이드를 맡은 택시 기사의

일방적인 안내로 가게 되었습니다. 문을 열고 들어갔더니 큰 홀에 파피루스로

만든 달력과 그림 그리고 〈코란〉 문구가 잔뜩 걸려 있었습니다. 여직원은

음료수를 내주며 매우 상냥하게 대했습니다. 파피루스의 제작 과정을 알기 쉽고

친절하게 설명해주었는데 나중에 알고 보니 그곳은 박물관이 아닌 일반

상점이었습니다. 우리에게 친절을 베푼 이유가 바로 물건을 팔기 위한

상술이었고요. 결국 파피루스 달력 몇 개를 사 들고 나오고야 말았답니다.

덕분에 파피루스 제작 과정은 매우 자세히 볼 수 있었습니다. 먼저 파피루스

줄기의 껍질을 벗겨냅니다. 초록색 껍질을 벗겨내면 하얀 속살이 나옵니다. 딱딱한 줄기를 납작하게 눌러 수분을 뺍니다. 그렇게 하면 단단해서 부러지기 쉬운 줄기가 부드럽고 질긴 재질로 변합니다. 그것을 격자로 엮습니다. 요즘은 그 과정에서 약품 처리를 하는 것 같습니다만 고대 전통 방식으로는 그냥 격자로 짠 다음 평평하게 뉘어 그늘에 말린 후 종이처럼 사용합니다.

정말 신기하게도 식물의 줄기가 눈앞에서 간단하게 종이로 만들어지더군요. 사실 종이, 페이퍼paper의 어원이 바로 파피루스 아니던가요. 달력을 사가지고 나오면서 이건 좀 아니다 싶기도 했지만 너무나도 열심히 파피루스 제작을 시연해준 여직원이 고마워서라도 물건을 사지 않을 수 없었습니다. 그 파피루스 달력을 주변의 친구와 친척들에게 선물했습니다. 그런데 그 달력은 자세히 살펴볼수록 매우 당황스러웠습니다. 일요일과 공휴일이 붉은색으로 표시된 일반 달력과는 달랐기 때문이죠. 모든 일요일이 검은색으로 표시되어 있었습니다. 게다가 전혀 의미를 알 수 없는 날짜에 붉은색 표시가 되어 있었습니다. 드문드문 보이는 붉은색 숫자가 무엇을 의미하는지 알 길 없는 저로서는 그게 단순히 이집트 공휴일인 줄만 알았답니다.

나중에 알게 된 것인데 붉은색으로 표시한 날짜는 공휴일이 아니라 불길한 날이라더군요. 이집트인에게 붉은색은 뜨겁고 건조한 사막을 떠올리게 하여 불운을 뜻한다고 합니다. 붉은색을 행운의 색으로 여기는 중국과는 정말 대조적입니다.

이집트에서는 일반 상점에서도 파피루스 제작 과정을 아주
자세히 볼 수 있었습니다. 먼저 파피루스 줄기의 껍질을
벗겨냅니다. 초록색 껍질을 벗겨내면 하얀 속살이 나옵니다.
딱딱한 줄기를 납작하게 눌러 수분을 뺍니다. 그렇게 하면
단단해서 부러지기 쉬운 줄기가 부드럽고 질긴 재질로
변합니다. 그것을 격자로 엮은 뒤 평평하게 뉘어 그늘에서
말립니다. 정말 신기하게도 식물의 줄기가 눈앞에서 간단하게
종이로 만들어지더군요

마음에도
풍선을   달고
야   호~

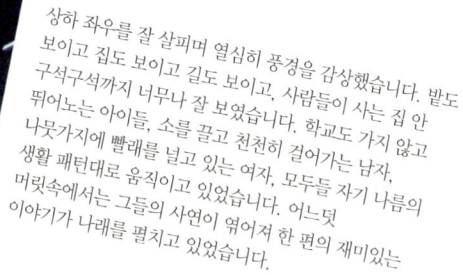

상하 좌우를 잘 살피며 열심히 풍경을 감상했습니다. 밭도
보이고 집도 보이고 길도 보이고, 사람들이 사는 집 안
구석구석까지 너무나 잘 보였습니다. 학교도 가지 않고
뛰어노는 아이들, 소를 끌고 천천히 걸어가는 남자,
나뭇가지에 빨래를 널고 있는 여자, 모두들 자기 나름의
생활 패턴대로 움직이고 있었습니다. 어느덧
머릿속에서는 그들의 사연이 엮어져 한 편의 재미있는
이야기가 나래를 펼치고 있었습니다.

카이로에서 출발해 남쪽으로 약 730km 떨어진 룩소르에 갔습니다. 우리 가족을 재워준 지인이 이집트에 왔으면 카이로만 볼 것이 아니라 룩소르와 아부심벨에도 꼭 가봐야 한다고 강권하여 무리가 되더라도 그곳을 다녀오기로 한 것입니다.

기차를 타고 밤새도록 달려 이른 새벽에 룩소르에 도착, 미리 예약해둔 호텔로 가서 체크인을 했습니다. 방 열쇠를 건네주며 호텔 직원이 말하기를 조금 있다가 열기구 체험 팀이 출발하는데 함께 가지 않겠느냐고 하더군요. 괜찮은 제안 같아 4인 가족 비용을 먼저 지불하고 방으로 올라갔습니다. 출발 시각까지는 여유가 있었습니다. 그래서 잠시 쉬려고 누웠는데 그만 깜빡 잠이 들어버렸습니다. 그 짧은 시간에 꿈까지 꾸었지 뭡니까. 거대한 피라미드 꼭대기에서 매우 커다란 형체가 올라오는 으스스한 꿈이었습니다. 낡은 램프에서 요정 지니가 올라오는 것과 비슷한 모습이었는데 왠지 서늘한 느낌이 들었습니다. 그 꿈을 꾸는 바람에 함께 가려고 했던 팀을 놓쳐버렸습니다. 그런데 다행히 후발대로 가는 사람이 제법 많아 그들과 함께 출발할 수 있었습니다.

열기구를 타러 가는 길은 참 멋있었습니다. 차를 타고 가다가 배로 갈아타 강을 건너기도 하고 마차를 타고 비포장 도로도 한참 달렸습니다. 복잡하고 공해 심한 카이로와는 달리 정겨운 시골 느낌이라 이집트 공항에 내린 후부터 그때까지 받았던 스트레스가 절로 풀리더군요. 열기구에 몸을 싣고 하늘을 나는 기분으로 해돋이 광경을 보려던 계획이었지만 늦게 도착하는 바람에 열기구를 타기도 전 뜨거운 태양이 솟아버렸습니다. 애초 호텔에서 늦게 출발한 데다 인원수를 채워 배를 출발시키려던 사공의 고집으로 더 늦어져 결국 해가 중천에 떴고 그 뜨거운

태양을 온몸으로 다 받으며 이륙했습니다. 이럴 줄 알았더라면 호텔에서 쉬지

않고 바로 달려오는 건데….

두어 평 남짓한 좁은 공간에 무척 많은 사람들이 탔습니다. 사람이 타는 곳은 굵고

튼튼한 밧줄을 촘촘하게 엮은 대형 바구니였습니다. 정원을 초과하진 않았지만

이렇게 많은 사람을 빼곡하게 싣고서 과연 이륙할 수

있을지 걱정되더군요. 영국인 조종사는 오랫동안 이

일을 해왔는지 태양에 그을린 얼굴이 불그레했습니다.

커다란 풍선 속 공기를 데워줄 가스히터가 조종사 머리

위에 있었습니다. 화구는 4개였습니다. 조종사는 화구

4개의 화력을 잘 조절해야 방향과 고도를 원하는 대로

잡을 수 있다고 설명했습니다.

강한 영국식 억양으로 그는 착륙 자세에 대해 설명하기 시작했습니다. '대충

알아들었다고요. 이제 그만 출발하시지요' 라는 외침이 제 속에서 올라올 무렵

조종사는 긴 설명을 끝내고 바쁜 손놀림으로 이륙 준비를 했습니다. 가스 밸브를

열고 각각의 화구에 차례대로 불을 붙였습니다. 태양도 뜨거운 데다 히터에서

나오는 열기도 만만치 않아 화구가 아닌 제 정수리에 불을 붙이고 있는 것이

아닌가 착각이 들 정도였습니다.

4개의 화구에 불을 붙이고 풍선 속 공기가 데워지자 열기구가 끄떡거리며

움직이기 시작했습니다. 설명을 들을 때만 해도 언제 출발하나 싶어 따분했는데

사람을 20명 가까이 실은 기구가 땅바닥을 툭툭 치며 심하게 흔들리니 의외로

겁이 나더군요. 더구나 함께 탄 사람들이 기구가 흔들릴 때마다 왜 그리 비명을

질러대는지. 그렇게 2~3분 정도 우리를 무섭게 하다가 드디어 열기구가

떴습니다.

어느 정도 고도에 오를 때까지는 '이러다 떨어지는 거 아닐까?' 라는 마음이

들었습니다만, 웬만큼 올라가니 어찌나 고요하고 평온하던지 아래만 보지

않는다면 열기구를 탔다는 것도 잊어버릴 정도였습니다. 상하 좌우를 잘 살피며

열심히 풍경을 감상했습니다. 밭도 보이고 집도 보이고 길도 보이고, 사람들이

사는 집 안 구석구석까지 너무나 잘 보였습니다. 학교도 가지 않고 뛰어노는

아이들, 소를 끌고 천천히 걸어가는 남자, 나뭇가지에 빨래를 널고 있는 여자,

모두들 자기 나름의 생활 패턴대로 움직이고 있었습니다. 어느덧 머릿속에서는

그들의 사연이 엮어져 한 편의 재미난 이야기가 나래를 펼치고 있었습니다.

찬란한 고대 문명을 꽃피운 이집트인의 후손들과 멋있고 훌륭한 문화유산이

발아래에서 펼쳐지고 있던 그때, 문득 새벽녘에 꾼 꿈이 생각나더군요. '아, 거대한

피라미드의 혼이여~ 너는 지금 내 발아래에 있도다. 하하.' 미안함과 통쾌함이

뒤섞인 야릇한 마음이 들었습니다.

한 시간 정도 흘렀을까요? 착륙을 하려는지 조종사는 또다시 착륙 자세에 대해

언급하기 시작했습니다. 조종사가 요구했던 착륙 자세는 몸을 굽히고 자세를 낮춰

엉덩이를 엉거주춤 뒤로 뺀 상태에서 기구에 달려 있는 손잡이를 잡는

것이었습니다. 그는 4개의 화구에 붙은 불의 화력을 하나씩 낮추었습니다.

열기구는 천천히 고도가 낮아졌습니다.

사람들은 조종사가 시키는 대로 충성스러운 신하처럼 몸을 굽히고 머리를 숙인 채

손잡이를 잡고 있었습니다. 20명 가까운 사람들이 죄다 엉덩이를 쏙 빼고 있는

모습이 정말 우스꽝스럽더군요. 저 역시 키득키득

웃어대며 우스꽝스러운 착륙 자세를 취했습니다. 두

아들 녀석은 어려서 그런지 엉덩이를 빼지 않고도

손잡이를 잡을 수 있는 위치였습니다만 그 녀석들은

잡으라는 손잡이는 잡지 않고 제 팔을 잡고 있더군요.

그래서 저는 아이들 자세를 바로잡아주려고 손잡이에서

잠시 손을 뗐습니다. 그 순간 갑자기 열기구가 바닥을

향해 쿵 하고 크게 한 번 부딪치더니 연신 쿵, 쿵, 쿵

하고 부딪쳤습니다. '윽!' 제 몸은 심하게 요동쳤으며 바로 그때 오른쪽 옆에 있던

둘째 녀석이 제 갈비뼈를 그 단단한 두개골로 쾅~ 박살을 내고는 고사리 같은

손으로 자기 머리를 어루만지고 있더군요. 사람들의 우스운 자세 때문에 입가에

머금었던 미소가 가시기도 전 얼굴이 일그러져 그야말로 제 표정은

가관이었습니다. 웃는 건지 우는 건지 모를 묘한 표정으로 열기구에서

내렸습니다.

아이들은 어떤 자세로 있든 다치지 않았을 겁니다. 둔하고 유연하지 못한

어른들이 더 문제라더군요. 아들 녀석의 자세를 봐주기보다 제 자세에 더 신경을

썼어야 했습니다. 이륙할 때 2~3분 정도 시간이 걸린 것으로 보아 착륙할 때도

그만큼 시간이 걸릴 것이라고 예상했지, 열기구가 그렇게 성미 급하게 착륙해버릴 줄은 정말 몰랐습니다. 그리고 그 열기구라는 게 착륙할 때 그렇게 위험하고 무서운 것인지도 몰랐습니다. 이륙도 하지 않은 상태에서 조종사가 왜 착륙 자세에 대해 그토록 오랫동안 설명을 했는지 그제야 이해가 되더군요. 덕분에 저는 여행지에서 얼마나 고생을 했던지요. 그러나 지나고 보니 제 갈비뼈를 강타한 두개골이 아들 녀석의 것이었다는 게 생각할수록 감사했습니다. 그게 만약 주변에 있던 낯선 아저씨의 머리통이었다면 저는 아마 제 발로 걸어 나오지 못했을 겁니다. 상상하기도 싫은 황당 시추에이션이 되었겠죠?

'주'와 '객'은
언제든 바뀔 수 있다

지금까지 TV에서 가장 재미있게 보았던 프로그램을 꼽으라면 저는 주저 없이

〈동물의 왕국〉을 들겠습니다. 어느 방송사였는지, 내레이터가 누구였는지 전혀

기억나지 않지만 동물들의 신기한 생존법과 그들만의 흥미진진한 스토리가 제

눈길을 사로잡았습니다. 문명 세계에 살면서 스티븐 스필버그의 〈쥬라기 공원〉을

볼 때만 해도 동물들이 뛰노는 원시림이 먼 세계로만 느껴졌는데, 동경해

마지않던 동물의 천국이 마음만 먹으면 곧장 달려갈 수 있는 지척에 있다는 것이

새삼스럽습니다.

잘 알다시피 케냐는 국립공원으로 유명한 나라입니다.(사실 아프리카에서는

탄자니아 국립공원을 최고의 동물 사파리 공원으로 친답니다. 그래서 기회가 되면

탄자니아 국립공원에도 꼭 한번 가보리라 다짐하고 있습니다.) 제가 케냐에서

동물 사파리를 하게 된 것은, 부룬디에 살면서 한국을 잠시 다녀오는 길에 케냐를 경유하게 된 때였습니다. 케냐는 에티오피아와 마찬가지로 해발고도가 높은 나라입니다. 그래서 여느 아프리카 나라들처럼 찌는 듯한 열대성 더위가 덜한 편입니다. 때로는 입김이 보일 만큼 추울 때도 있답니다. 제가 여행했던 8월 말에 어찌나 추웠던지 아프리카도 이렇게 춥기도 하다는 놀라운 사실을 알게 되었습니다.

수도인 나이로비에 도착해 어느 한국분이 운영하는 민박집에 머물렀는데 아프리카라 그런지 건물 안에는 난방시설이 거의 되어 있지 않았고 침구 또한 얇아서 자다가 깰 정도로 추웠습니다. 자다 말고 일어나 옷을 두 겹 세 겹 껴입고 양말을 신는 등 온갖 방한 대책을 다 세울 정도였지요.

영국 식민지였던 케냐에서는 대내외 공식 언어인 영어와 함께 현지인들 사이에서는 스와힐리어를 사용합니다. 스와힐리어는 전통적인 부족 언어에 활발한 상공업 교류를 목적으로 탄생한 신종 언어가 결합된 언어입니다. 여러 부족 간에 원활한 소통을 꾀하고자 인위적으로 만든 언어이므로 배우기에는 그다지 어렵지 않지만 없는 단어나 표현이 많아 자세한 상황이나 심정을 나타낼 때는 간혹 답답하기도 합니다.

케냐에는 사파리 공원이 여럿 있는데 우리 가족은 그중 규모가 제일 큰 케냐 국립공원Mount Kenya National Park을 여행했습니다. 가이드 겸 운전사가 한 명 딸린 낡은 도요타 승합차로 야생 동물의 천국으로 향했습니다. 차가 어찌나 낡았던지

영국 식민지였던 케냐에서는 대내외 공식 언어인 영어와 함께
현지인들 사이에서는 스와힐리어를 사용합니다.
스와힐리어는 전통적인 부족 언어에 활발한 상공업 교류를
목적으로 탄생한 신종 언어가 결합된 언어입니다. 여러 부족
간에 원활한 소통을 꾀하고자 인위적으로 만든 언어이므로
배우기에는 그다지 어렵지 않지만 없는 단어나 표현이 많아
자세한 상황이나 심정을 나타낼 때는 간혹 답답하기도
합니다.

도대체 이런 차로 사파리를 제대로 다녀올 수나 있을지 걱정이 되더군요. 도로 노면 상태도 나쁜 데다 혹시 맹수가 덤벼들기라도 하면 어떻게 될지 섬뜩했습니다. 하지만 이런 제 염려는 아랑곳하지 않고 가이드는 친절함의 도를 넘어 촐싹거리기까지 했습니다.

무수히 많은 언덕과 고개를 넘어가며 마사이족의 전통 마을을 지나갔습니다. 여자들은 아프리카 특유의 알록달록한 천으로 온몸을 두르고 목걸이와 팔찌를 겹겹이 걸치고는 엄청나게 무거운 짐을 머리에 이거나 등에 지고 먼 길을 걸어 다녔습니다. 남자들은 다들 뭘 하는지 보이지 않고 주로 여자들이 일을 하더군요. 검은 여인들은 우리를 향해 수줍은 미소를 지으며 "무중구"(스와힐리어로 '백인')라고 외치며 지나갔습니다. 고통스럽고 힘들고 가난하여 제 눈에는 그들의 미래가 암울해 보이기만 하는데 그들은 하나같이 즐겁고 천진한 표정이었습니다. 가이드는 운전을 하는 동안 연신 영어로 설명을 하며 자신의 본분을 충실히 이행했습니다. 우리도 그의 설명에 맞장구치며 이런저런 질문을 했죠. 주고받는 설명과 질문 속에 서로 무척 즐거웠지만 정말 미안하게도 그의 케냐식 영어를 우리가 단 한마디도 알아듣지 못했다는 것을 그는 모를 겁니다. 그는 지금도 케냐 어딘가에서 자신의 말을 알아듣지 못하는 외국인 관광객을 싣고 신나게 사파리 가이드를 하고 있겠죠.

얼마를 지났을까. 오랜 시간 차를 타고 가다가 넓은 초원에 관목이 듬성듬성 있는 나지막한 숲에 다다랐습니다. 한참 숲길을 달리다가 갈래 길이 나올 때마다 '국립공원'이라고 적힌 표지판이 있었고 그 표지판 속에는 길을 인도하는 화살표가 풍채도 늠름하게 가야 할 길을 정확하게 짚어주었습니다. 드디어 국립공원 내 호텔에 도착했습니다. 무슨 특혜인지 국립공원 안에는 관광객을 위한 호텔이 딱 하나밖에 없었고, 그곳을 방문하는 관광객 전원은 선택의 여지 없이 그 호텔에 가야만 했습니다. 이름이 호텔이지 방갈로 같은 분위기를 풍기는 독특한 건물이었습니다. 현대식 시설이 아니라 아쉬웠지만 목조로 지어 그럭저럭 운치가 있다며 좋게 생각했죠.

삐걱거리는 목조 건물의 현관에 들어서자 호텔 프런트 앞에는 하루 종일 고생한 기운이 역력한 관광객들이 서로 방 배정을 빨리 받으려고 아우성이었습니다. 우리도 지친 상태이기는 마찬가지였지만 그들이 사라지기를 참을성 있게 기다렸다가 한참 뒤에야 방을 배정받았습니다.

열쇠로 방문을 열고 들어갔습니다. 그런데 방은 눈을 의심할 만큼 환상적이더군요. 자연 그대로의 느낌이 물씬 나는 실내 장식은 사파리의 흥취를 더욱 살려주었습니다. 마치 선사시대로 거슬러 올라간 느낌이었습니다. 객실 바닥과 천장, 벽은 모두 통나무로 이어져 있고 그 어떤 물건에도 플라스틱이나 금속 재질이 없었습니다. 침대 머리맡 벽에는 아프리카 풍경화 한 점이 걸려 있었으며 침대 발치 쪽 바닥에 놓인 작은 카펫과 창문을 가리고 있는 커튼은 모두 흰 바탕에 검은색 얼룩말 줄무늬로 안정된 통일감을 주었습니다. 외양보다 알맹이가 훨씬 더 좋은 보기 드문 호텔이더군요. 뷔페식으로 차린 아프리카 전통 음식으로 저녁 식사를 한 후 우리는 일찍 잠자리에 들었습니다. 다음 날 펼쳐질 사파리의 한 장면 한 장면을 깨끗한 눈으로 바라보며 맑은 머리로 생각하기 위해서 잠을 푹 잤습니다.

다음 날 간단하게 아침 식사를 마치고 얼굴에 희색이 만면한 가이드와 함께 본격적인 사파리 길에 올랐습니다. 그런데 호텔을 출발할 즈음 비가 부슬부슬 내리는 겁니다. 날씨가 나빠서 동물들을 제대로 보지 못할까 봐 노심초사하며 길을 나섰습니다. 같이 간 일행 모두 호기심 가득한 세 살배기 아이처럼 잔뜩 긴장하고는 어디서 나타날지 모를 동물을 관찰하기 위해 눈을 크게 뜨고 주변을 두리번거렸습니다. 처음 본 동물은 버펄로였습니다. 우람한 몸집으로 사파리 공원 초입에 떡 버티고 서 있는 모습이 마치 자기 허락 없이는 사파리 공원에 출입할 수 없음을 선포하고 있는 듯했습니다. 한참을 가니 원숭이, 영양, 가젤이 각각 무리 지어 뛰노는 아름다운 장면이 보였습니다. 특히 빠른 속도로 경쾌하게 통통 뛰는 가젤들은 고개를 양쪽으로 살랑살랑 내젓고 귀를 쫑긋 세우며 주위를 살피는 등 겁 많은 초식동물의 행동 양상을 그대로 보여주었습니다.

날씨는 변덕스럽게도 비가 왔다 개었다를 반복했습니다. 그런데 비가 올 때 본 동물은 왠지 우울하고 힘들어 보였고 맑게 개었을 때 본 동물은 기분이 좋아 보이는 등 날씨에 따라 감정이입도 달라졌습니다.

기린도 보았습니다. 기린 목이 길쭉하다는 것은 잘 아는 사실이지만 직접 보니 정말 길더군요. 기린이 긴 목을 뽐내며 스트레칭하듯 뜯어 먹던 덤불 줄기에는 잎이 전혀 없고 온통 바늘처럼 뾰족한 가시만 돋아 있었습니다. 손으로 만지면 금방이라도 찔려 피가 날 것만 같은 가시였습니다. 그렇게 위험스러운 가시

줄기를 기린은 정말 맛있게 먹고 있었습니다. 말이 통하면 기린에게 물어보고 싶을 정도였습니다. "맛있어? 그거 먹으면 혀에 찔리지 않니? 너, 정말 취향 독특하구나"라고요.

멸종 위기에 처해 있다는 코뿔소도 보았습니다. 두 마리의 어른 코뿔소와 새끼 코뿔소가 함께 있는 것으로 보아 아마 가족인 것 같더군요. 코뿔소 가족을 보았을 때는 마침 비가 억수같이 내렸습니다. 그 빗속에서도 전혀 아무런 미동도 없이 무척 점잖게 서 있었습니다. 얼룩말도 보고 하마도 보고 코끼리, 버펄로 등을 보며 자연 속에 어울려 살아가는 그들의 자유스러움에 탄성이 절로 났습니다.

천천히 움직이며 동물을 구경하던 우리는 이윽고 커다란 호수에 다다랐습니다. 그리고 끝도 없이 펼쳐진 호수 가장자리에 차를 세웠습니다. 카메라를 들고 사진을 찍으려는 순간, 호수 색깔이 푸른색이 아닌 붉은색임을 발견했습니다. 왜 호수 색이 붉은지 의아했습니다. 호수 색을 직접 확인하려고 넓고 긴 갯벌을 한참 동안 걸어갔습니다. 가까이 다가가자 호수 색을 붉게 물들인 것은 바로 수만 마리의 플라밍고라는 사실을 눈으로 확인했습니다. 플라밍고 수만 마리가 호수를 붉게 물들여 장관을 이루고 있었던 것입니다.

홍학과에 속하는 플라밍고는 흰 몸통에 머리가 붉은색인 학의 일종입니다. 그것들이 목을 곧추세우고 뒷짐 진 것 같은 자세에 지극히 우아한 몸동작으로 우리에게 이렇게 말하고 있었습니다.

"당신들이 아무리 위협해도 우리는 하나도 놀라지 않아요. 우리는 어떤 순간에도 겁나지 않습니다. 무엇이 다가와도 놀라지 않는다고요!"라고. 하하하!

영악하기로 소문난 하이에나는 만화나 영화에서 주로 비겁한 간신배의 상징으로 나옵니다. 그 녀석의 외모를 보아하니 그런 오해를 받을 만도 합니다. 길고 튼튼한 앞다리에 비해 뒷다리가 짧아서 항상 절룩거리면서 걸어 다니거든요. 게다가 신체 구조상 빠른 속도로 장시간 달리는 것이 불가능하답니다. 그렇게 절룩거리는 모습이 매력적이라고는 볼 수 없었습니다. 호수를 기점으로 돌아오는 길에서 우리는 여기까지 왔는데 사자는 한번 봐야 하지 않겠느냐고 의견을 모으고는 사자를 찾으러 다녔습니다. 물론 우리가 사자를 보겠다고 해서 사자가 짠~ 하고 나타나는 것은 아닙니다만 동물의 왕 사자를 보고 싶다는 간절한 소원이 우리를 사파리에서 굉장히 오랜 시간 동안 돌아다니게 했습니다. 하지만 아무리 다녀도 사자는커녕 고양이 한 마리도 없었습니다. 시간이 많이 지체되어 하는 수 없이 발걸음을 돌렸습니다.

사바나 지역을 주름잡는 동물의 왕 사자를 끝내 못 본 것이 안타깝긴 했지만 저는 두 가지 귀중한 깨달음을 얻었습니다. 첫째, '주'와 '객'은 언제든지 바뀔 수

있다는 것입니다. 동물을 구경하고 싶으면 사람들은 동물원에 갑니다. 그곳에서 인간은 갇혀서 사육되는 동물을 봅니다. 구경하는 쪽은 인간, 보여지는 쪽은 동물입니다. 하지만 사파리는 결코 우리가 생각하는 그런 동물원이 아닙니다. 넓은 곳에서 뛰놀며 자연스러운 생태계를 이루는 그들 입장에서는 인간이

동물을 구경하는 것이 아니라 동물이 인간을 구경하는 상태가 됩니다. 인간은
쇠창살 쳐진 낡은 승합차에 탄 채 그들에게 볼거리를 제공하거든요. 말하자면
인간이 동물을 보고 판단한다는 것이 큰 오해라는 겁니다. 도리어 동물이 인간을
판단하는 상황이죠.

우리는 자신의 기준으로 누군가를 보고 판단하지만 사실 보여지는 쪽은 상대방이
아니라 자기 자신일 수 있다는 것을 모르고 있습니다. 섣불리 타인을 비판하면 그
비판이 화살이 되어 자신에게 되돌아온다는 것입니다. 그것을 알면 상대방을 쉽게
비판해버리는 경솔함을 저지르지 않을 것입니다.

둘째, 인간이 자연을 보호하는 것이 아니라 자연이 인간을 보호한다는 것입니다.
한때 '자연을 보호합시다'라는 말이 유행했지만 인간은 자연을 보호할 능력이
없습니다. 인간 역시 다른 동물과 마찬가지로 자연 속에서 창조된 피조물에
불과하니까요.

사모님,
배가 많이
고 프 셨 던
모양이지요?

10년 전만 해도 두바이가 어디에 있는 나라인지 몰랐습니다. 그러나 2003년 12월

우연히 들른 후로 네 번의 여행을 비롯, 비행기 환승을 위해 셀 수 없을 만큼 자주

방문하는 인연을 맺어왔습니다.

세이크 자이드 로드를 따라 즐비하게 늘어선 최첨단 고층 빌딩과 인간의 무한한

상상력을 보여주는 팜 아일랜드, 세계에서 가장 높은 건물 부르즈 두바이, 뜨거운

사막 한가운데서 즐기는 예상 불허의 스키장, 럭셔리 호텔의 대명사 7성 호텔

부르즈 알 아랍, 물의 도시 베니스를 연상케 하는 빌딩 숲 사이의 수로. 영국

유학파 국왕과 그가 이끄는 수천 명의 브레인 집단은 두바이를 세계 유수의

선진국들과 나란히 어깨를 겨룰 수 있는 나라로 만들겠다는 야심을 품고 지난

수년간 경이로운 일들을 많이 벌여왔습니다.

두바이에서 가장 인상 깊었던 것은 랜드 크루저 사막 사파리입니다. 이것은 케냐의 동물 사파리, 모로코의 사하라 사파리, 이집트의 피라미드 사파리와는 조금 다른 종류의 사파리입니다. 도요타 4륜구동 랜드 크루저를 타고 사막에 들어가 높은 모래 봉우리를 굉장히 빠른 속도로 오르내리며 스피드를 즐기는 사파리로 자동차 경주를 방불케 합니다. 랜드 크루저라는 차를 타고 하는 랜드 크루즈는 딱히 표현하기 어려울 만큼 독특한 기분인데요, 사막의 방랑자 또는 오지 탐험가가 된 듯한 기분이 들게 만듭니다.

사막을 향해 두 시간 가까이 차를 타고 들어가다 마침내 드넓은 황무지에 도착했을 때 사파리를 잘하기 위해 가장 우선적으로 해야 하는 일이 있답니다. 바로 자동차 타이어의 공기압을 낮추는 일입니다. 타이어 압력이 높으면 모래에서 쑥쑥 빠져 제대로 주행하기 힘들 뿐 아니라 위험하기까지 하거든요. 가이드이자 운전사인 인도 청년이 바퀴 4개의 바람을 차례대로 빼고 있는 동안 인생에 대한 여러 가지 상념에 젖게 되었습니다. 공기압 높은 타이어처럼 늘 긴장된 자세로 심각하게 살 수 없고 또 그렇게 살아서도 안 된다는 생각이 들더군요.

자동차가 타이어의 공기압을 낮추어야 사막과 같은 난이도 높은 땅을 주행할 수 있는 것처럼 우리도 때로는 빳빳한 자세를 굽히기도 하고 경직된 마음을 부드럽게 하며 한껏 부풀어 오른 자존심과 교만의 바람을 빼내어야 인생의 척박한 황무지를 잘 달릴 수 있습니다.

타이어 공기를 적당히 빼고 난 후 가이드는 우리에게 한 가지 사항을 못박더군요. 임산부, 노약자, 어린이, 신체(특히 심장) 허약자는 절대 사파리를 해서는 안

된다고요. 혹시 사고라도 생긴다면 자신은 책임질 수 없다는 말도 덧붙였습니다.

경각심을 유발하는 가이드의 중대 발표는 사파리를 시작하기도 전부터 우리를 공포에 몰아넣었습니다. 하지만 우리는 가이드의 위협에 조금도 굴하지 않고 랜드 크루저에 올랐답니다.

안전띠를 단단히 매고 손잡이를 꼭 잡고는 두근거리는 가슴을 쓸어내리면서 사파리에 임했습니다. 서서히 출발하자 슬쩍 겁이 나기 시작하더군요. 차는 놀이공원의 롤러코스터처럼 높은 봉우리에 천천히 올라갔다가 정상을 지나면서부터 속력을 높여 곤두박질하다시피 내리막을 치닫곤 했습니다. 자동차 속도에 비례하여 저의 긴장도 점점 가속화되더니 급기야 온몸이 덜덜 떨리더군요. 곡선을 그리며 커브를 돌 때는 차가 옆으로 뒤집힐 것 같았고 봉우리를 내려올 때는 차가 앞으로 통째로 구를 것 같았습니다. 시종일관 속도가 일정하다면 오르막과 내리막 간의 차이가 그리 크게 와 닿지 않을 텐데. 정말 이상했습니다. 짧은 거리의 오르막을 느린 속도로 올라가는 긴 시간 동안 온몸으로 느껴지는 설렘과 긴장감, 극적인 짜릿함은 빠른 속도의 내리막에서보다 오히려 묘하게 더 자극적이었습니다.

엄청난 스피드와 흔들림은 오금이 저려 "그만!" 하고 외칠 정도로 무서웠지만 어느 순간 괴로움을 은근히 즐기고 있는 저를 발견하고는 놀랐습니다. 이런 아이러니컬한 상황은

설명이 쉽지 않아 언어의 한계를 여실히 느낍니다. 도대체 인간은 왜 이런 위험한 행동을 통해 즐거움을 느끼는 걸까요?

한동안 스피드를 즐긴 뒤 가이드는 우리를 모래 스키장으로 데려갔습니다. 모래 봉우리가 보기보다 높아서 손잡이 하나 달린 간단한 구조의 패널로 어른 아이 할 것 없이 즐거운 시간을 보낼 수 있었습니다. 모래썰매도 눈썰매 못지않게 재미있다는 것이 무척 신기했습니다.

랜드 크루저 스피드 사파리를 마친 후 사막 한가운데에서 펼쳐지는 갈라 쇼를 즐겼습니다. 뷔페로 차린 저녁 식사와 함께 무희들의 쇼를 감상하는 것이 사파리에 포함된 프로그램이었습니다. 쇼는 흥겨운 게임과 만담으로 가볍게 시작됩니다. 그 후 자유롭게 저녁 식사를 하고 식사가 끝날 무렵 아름다운 무희가 출현합니다.

처음에 멋도 모르고 느긋한 동작으로 뷔페 테이블에 다가갔습니다. 하지만 얼마나 사람이 많던지 기차보다 더 긴 줄 끝에 선 저는 음식은 구경도 못했는데 어느새 무대에는 무희가 출현하고 있었습니다. 그런 뼈아픈 기억 때문에 두 번째 그곳을 방문했을 때는 초반에 펼쳐지는 게임과 개그가 끝남과 동시에 염치 불구하고 엄청나게 빠른 동작으로 뷔페 줄을 섰습니다. 달려가다가 한 번 자빠질 뻔하기도 했지만 무사히 상위 1%에 들었습니다. 제 앞에 선 사람은 딱 한 명뿐. '앗싸!' 통쾌함을 느끼며 뒤 돌아보니 저를 사모님이라 부르며 따르던 지인이 싱긋이 웃으며 저를 바라보고 있더군요.

"배가 많이 고프셨던 모양이지요?"

"아~ 그게…." 저에게 꽂힌 수많은 시선은 음식을 향해 달려갔던 제 행동이

대단히 추해 보였다고 아우성치는 것 같았습니다. 조금 민망했지만 뭐,

어쩌겠습니까. 무한 생존 경쟁에서 단지 밥 먹고 싶어 달려온 행동이 나쁜 것은

아니지 않습니까. 또한 사회에 악영향을 끼칠 만한 행동도 아니고요. 근데

부끄러운 느낌이 드는 것은 왜일까요?

무희들은 독특하고도 세련된 동작으로 벨리댄스를 선보였습니다. 아랍식

배춤이라 그런지 본능적으로 타고난 동작을 구사하는 아랍 여성들은 놀라움 그

자체였습니다. 가슴, 배, 엉덩이가 각각 따로

진동하는 벨리댄스는 허리가 잘록한 8등신 날씬

미인의 경우 제아무리 동작이 훌륭해도 결코

섹시하지 않다는 사실에 주목할 필요가 있습니다.

그들은 이전에 보지 못한 벨리댄스의 황홀경을

보여주었습니다. 정치, 사회, 경제, 문화 모든 면에서 우리와 철저하게 다른 곳,

우리가 생각하는 모든 가치관이 송두리째 뒤바뀔 수 있는 그곳에서 매력적인

아라비아의 밤은 그렇게 깊어갔습니다.

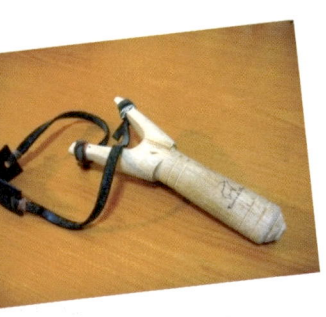

한국, 아프리카, 스페인
글로벌한 장난감

얼마 전 아이들 방을 정리하던 중 부룬디에 살 때 아이들에게 만들어준 새총이

나왔습니다. 우연히 Y자 모양의 나무를 발견해 고무줄과 작은 천 조각을 끼워서

만들어준 새총이었습니다. 장난감이라고는 찾아볼 수 없는 곳이라 그림 한 장

그려서 며칠 가지고 놀 정도였으니 새총은 그야말로 굉장한 장난감이었습니다.

하루는 어느 부룬디 사람이 새총을 가지고 노는 아이들을 보고 깜짝 놀라더군요.

왜 그러느냐고 했더니 "당신네 나라에도 이런 게 있나요?"라고 말했습니다.

그렇다는 저의 대답에 "이게 부룬디에만 있는 줄 알았어요"라며 큰 소리로
소탈하게 웃더군요.

그 부룬디 사람은 자기 나라에만 새총이 있는 줄 알았는데 한국에도 그런 게
있다는 사실에 적잖이 놀란 모양입니다. 그러나 저 역시 한국에만 있는 줄 알았던
새총이 아프리카에도 있다는 것을 알고, 문명이란 세계 어디를 가더라도 비슷한
부분이 존재한다는 사실을 통감했습니다.

그 후 몇 년이 지나 모로코에 살면서 스페인을 여행할 때였습니다. 유럽의 발코니,
스페인의 진주라 부르는 네르하의 어느 동굴에 갔습니다. 신비롭고 오묘한 동굴을
보고 나와서 기념품 파는 가게에 들어갔습니다. 한참 예쁜 기념품들을
만지작거리며 구경하고 있는데 아이들이 제게 뭔가를 사달라고 조르더군요.
"응? 뭔데?" 하며 몸을 돌리는 순간 깜짝 놀랐습니다. 바로 새총이었습니다.
'네르하 동굴'의 스페인어 로고인 'Cueva de Nerja'와 스페인의 상징인 투우가
함께 새겨져 있었습니다. 가격은 15유로!

새총 하나에 가격이 너무 비싼 거 아니냐고 했더니 사람이 직접 손으로 깎아
만들어서 그렇다고 하더군요. 새총을 아시아, 아프리카에 이어 유럽에서도
발견했습니다. 아마 미국, 호주, 남미에도 있는 글로벌 장난감이 아닐까요?

아프리카 속
숨
은
스페인

모로코에는 스페인이 스쳐 지나간 흔적이 곳곳에 남아 있습니다. 스페인과

지브롤터 해협을 사이에 두고 있는 최북단의 두 도시, 세우타와 멜리야는

현재까지도 스페인령입니다. 아프리카에 속해 있지만 행정상으로 스페인 영토인

세우타를 가려면 우선 카사블랑카에서 북쪽으로 약 350km 올라가 탕헤르라는

도시로 가야 합니다. 탕헤르에 도착해 아름다운 경치를 자랑하는 해안 길을 따라

동쪽으로 75km 정도 가면 스페인령 세우타에 도착하게 됩니다.

세우타는 아프리카 최북단에 있는 아름답고 풍요로운 도시입니다.

지정학적으로도 매우 중요한 위치에 있습니다. 세우타를 차지하기 위해 스페인과

모로코가 대단한 신경전을 벌입니다. 그런 이유로 세우타에 진입하는 초입부터

긴장감이 감돌았습니다. 원래 모로코 땅이었던 것을 스페인이 식민

통치하면서부터 지금까지 그 땅을 돌려주지 않고 있습니다. 그 도시에 살고 있는 스페인 사람들은 모로코에 무비자로 출입하지만 모로코 사람들은 반드시 스페인 입국 비자를 지참해야 출입할 수 있으므로 이 또한 신경전의 요인입니다. 특히 스페인 경찰의 삼엄한 경계와 고자세는 모로코와 스페인 간의 이해관계에 아무 상관없는 우리까지 주눅 들게 만들더군요.

무관세 쇼핑의 천국이라 이르는 세우타에 들어가기 위해 모로코 사람들은 새벽부터 출입국 사무실 앞에 줄을 길게 늘어섭니다. 이런 모습은 마치 전쟁 통의 난민촌을 연상케 합니다. 보따리를 메고 지고 와글와글 모여 있습니다. 주변에는 세우타에서 가져온 물건을 모로코 전역으로 수송하기 위한 택시가 엄청나게 줄 서 있습니다. 육로로 걸어서 세우타에 들어가려는 모로코 사람들의 긴 행렬도 보이고

언덕 위를 넘나드는 사람들도 보입니다. 이들은 주로 모로코 의류 도매상인입니다.

살벌한 분위기의 국경을 무사히 통과해 세우타 시내에 들어서고 보니 제일 먼저 눈에 들어오는 것은 성당의 십자가였습니다. 이슬람권에서 기독교 국가로 넘어왔다는 것이 피부로 와 닿더군요. 공기가 자유롭다고 할까요?

아프리카 대륙에 있으나 유럽 땅이어서 그런지 신기하게도 공기가 자유로웠습니다. 달라도 정말 놀라울 정도로 다르더군요. 교회의 낭만적인 종소리는 신선한 공기 속으로 은은하게 퍼져갔습니다.

세우타에 도착한 기념으로 도시에서 가장 높은 곳을 찾았습니다. 높은 곳에

이슬람권에서 기독교 국가로 넘어왔다는 것이 피부로 와
닿더군요. 공기가 자유롭다고 할까요? 아프리카 대륙에
있으나 유럽 땅이어서 그런지 신기하게도 공기가
자유로웠습니다. 달라도 정말 놀라울 정도로 다르더군요.

올라가는 일은 낯선 곳에 도착했을 때 그곳을 정탐하는 과정 중 가장 먼저 해야 할 일입니다. 낮은 곳에서는 보이지도 않고 볼 수도 없는 새로운 것들이 높은 곳에서는 쉽게 파악되거든요.

세우타의 제일 높은 곳에는 아름다운 성이 하나 있었습니다. 안을 보고 싶었으나 들어가지 못했습니다. 그리 늦지도 않았는데 개방 시간이 지났다고 하더군요. 이곳은 스페인령이라는 이유만으로 유럽과 동일한 시간대였습니다. 모로코보다 두 시간이나 빨라 우리가 도착한 오후 5시는 그곳에서 7시였던 거죠. 두 시간의 시차는 의외로 커서 가는 곳마다 대낮에 한밤의 분위기를 경험하는 듯한 느낌이 들었습니다.

성에서 내려와 항구에 정박한 럭셔리 요트를 구경하고 도시를 가로지르는 운하와 성벽도 보았습니다. 1961년에 건축한 성벽은 세우타 한가운데를 가로지르는 운하와 함께 만들었습니다. 바다와 도심을 잇는 이 인공 운하는 물류 수송 통로의 용도로 만들었으나 요즘은 잘 사용하지 않는 물길입니다. 수심이 비교적 깊지만 매우 얕아 보일 정도로 물이 깨끗하더군요.

낯선 도시에 도착하면 여러분은 무엇을 하시나요? 어스름한 석양에 길가의 가로등이 하나씩 켜지고 사람들이 바쁘게 발걸음을 재촉하는 낯선 도시! 이 도시의 사람들은 어떻게 살아갈까, 호기심 가득한 눈으로 미지의 세계를 바라보는 방랑자가 되어 도시 이곳저곳을 거닐어봅니다. 이국적인 야자수가 드리워져 있고 황혼의 붉은빛에 달뜬 도시는 이내 어둠에 휩싸입니다.

세우타는 아프리카 최북단에 있는 아름답고 풍요로운 도시입니다. 지정학적으로도 매우 중요한 위치에 있습니다. 세우타를 차지하기 위해 스페인과 모로코가 대단한 신경전을 벌입니다.

무색,
무취,
무소음…
내 마음도   사하라처럼
되고파

우리도 사막을 사랑했다.

인생에서 가장 좋은 시절을 보냈던 곳이

사막이었다고 말할 수 있을 만큼.

생텍쥐페리의 《바람과 모래와 별들》의 '사막의 인간' 중에서

사하라는 아랍어로 '사막' 이라는 뜻입니다. 그래서 '사하라 사막' 이라고 하면

'역전앞' 이나 '약숫물' 처럼 우스꽝스러운 표현이 됩니다. 사하라는 동쪽

이집트에서부터 서쪽 모로코에 이르기까지 11개국에 걸친 엄청난 규모입니다.

사막은 아무 색깔도 냄새도 소리도 없는 청정 지역입니다. 대기는 맑고 순수하며

밤하늘의 별들은 쏟아질 듯 영롱하여 그곳에서 우리는 자신의 내면을 들여다보고

우주의 무한한 기운을 받으며 하나님과 깊은 교제를 하게 됩니다. 적잖은

사람들이 사막을 여행하면서 인생에 닥친 여러 문제의 해결점을 찾고 돌아갑니다.

사막의 교부들에게서 시작되어 동방정교회에서 꽃피운 헤시카즘Hesychasm이 바로

고요한 사막에서 무념무상의 상태로 하나님을 만나는 영성의 한 조류입니다.

몇 년 전 한국에서 온 손님 한 분을 모시고 사하라 사파리 가이드를 했습니다.

사하라를 가려면 우리는 마라케시에 먼저 갑니다. 한때 모로코 수도이기도 했던

마라케시는 서양인의 눈에는 굉장히 이국적이고 매력적인 도시로 비쳐져 수많은

유럽인들이 별장을 두고 바캉스를 즐깁니다. 이곳을 배경으로 한 소설, 그림,

영화가 무척 많다는 것은 이 도시가 지닌 매력 지수가 얼마나 높은지 객관적으로

잘 보여줍니다.

이 도시 중심부에 제마 엘프나 광장이 있습니다. 옛날에는 죄인들의 사형이

집행된 곳이었으나 요즘은 밤만 되면 많은 관광객이 몰려드는 이름난 장소가

되었습니다. 그곳의 한 작은 호텔에 짐을 풀고는 '사하라 엑스퍼디션' 이라는

허름한 여행사로 걸어가 이튿날 아침 일찍 출발하는 사막 사파리를 예약했습니다.

사실 주변에 그와 비슷한 여행사가 무척 많지만 유독 그 여행사가 주관하는 사파리만이 불필요한 이동을 줄이고 효율적인 일정을 제시해 우리는 그곳에서 사파리 신청을 합니다.

사파리가 진행되는 2박 3일간 아침과 저녁 식사는 사파리 비용에 포함되어 있지만 점심은 관광객이 알아서 해결해야 한다는 사실을 미리 알고 있었던 저는 세 번의 점심을 위해 컵라면을 준비했습니다. 저야 모로코 시골의 어느 동네를 가든지 느끼하고 기름기 많은 모로코식 전통 음식을 맛있게 먹어줄 자신이 있지만 저와 함께 가신 분은 그다지 국제적인 취향을 지닌 분이 아니었기에 제가 준비한 6개의 컵라면은 그분을 위한 작은 배려였답니다.

사막 출정을 앞두고 저는 손님을 모시고 제마 엘프나 광장에서 양고기 수육과 모로코 전통 빵으로 저녁 식사를 했습니다. 그날따라 양고기에서 특유의 노린내가 전혀 안 나고 육질도 쫄깃한 게 무척 맛있더군요. 그렇게 맛있는 음식 앞에서 그분은 한 입도 먹지 못하고 메스꺼워했습니다. 지저분해 보이는 주위 환경과 비위에 거슬리는 향 때문이었을까요? 아니면 모로코 음식이 그분으로 하여금 어린 시절 가장 기억하기 싫은 그 무언가를 떠올리게 했을까요? 아무튼 그분의 그런 행동은 저의 '컵라면 선택'이 옳았다는 강력한 확신을 심어주기에 이르렀습니다.

다음 날 아침 6시에 기상하여 7시 10분 전 사파리 차량에 올랐습니다. 사람들은 차에 오르자마자 자신이 선호하는 자리나 사파리 내내 편안하게 여행할 수 있는

자리를 재빨리 차지했습니다. 사하라

사파리처럼 사나흘 동안을 십수 명이 한

차량으로 이동할 경우, 최초 출발 당시의

자리 배치가 여행 기간 동안 절대 변하지

않기 때문이라나요. 사고가 났을 때 가장 덜

다치는 자리도 있고 멀미를 피할 수 있는

자리도 있다며 경쟁적으로 자리를 골랐습니다. 아무튼 자신의 취향에 맞는 자리를

빨리 찜하는 것도 즐겁게 여행하는 하나의 방법이라고들 합니다.

차를 타고 한참을 가다가 점심시간이 되자 운전사는 우리를 어느 레스토랑 앞에

내려주었습니다. 프랑스, 벨기에, 독일, 이탈리아, 스페인, 포르투갈 등지로부터

와서 같이 여행하게 된 일행은 모두 그 레스토랑에 들어가 음식을 주문했습니다.

우리는 오렌지 주스와 커피를 한 잔씩 주문하며 뜨거운 물을 부탁했습니다.

"손님, 뜨거운 물은 어디다 쓰려고 그러세요?"

저는 컵라면을 내놓으며 뚜껑을 열고 표시된 선까지 물을 부어달라고 했습니다.

2개의 컵라면에 물을 붓고 기다리는 동안 함께 여행하는 서양인들의 눈이

동그랗게 커지는 것을 목격했습니다.

"세라, 이거 뭐야?"

"응, 인스턴트 누들이야."

그랬더니 다들 처음 본다며 무척이나 신기해하더군요. 저는 일행 중 프랑스에서

온 의사 부부와 벨기에에서 온 젊은 커플과 가까웠는데 그중 벨기에 커플이 특히

인상적이었습니다. 그들은 붉은색 머리와 주근깨 많은 얼굴, 족히 190cm는 넘어 보이는 장대 같은 키에 비쩍 마른 청년과 매우 작은 키의 땅딸막한 아가씨였습니다. 너무 닭살스럽게 엉겨 붙어 있기에 오랫동안 사귀어온 커플로 알았는데 알고 봤더니 이번 여행에서 처음 만났다더군요. 아무튼 그 벨기에 청년은 대포처럼 커다란 전문가용 카메라를 손에서 놓질 않았습니다. 컵라면이 무슨 예술 작품이라도 되는 양 심각한 포즈를 취하며 다양한 각도로 앵글에 담더군요. 얼마나 진지한 모습이었던지 속으로 웃음을 참느라 정말 혼났죠.

사하라에 가기 위해 우리는 하루 종일 차만 탔습니다. 중간에 쉬기도 하고 경치가 좋은 곳에서 사진 촬영도 했지만 거의 대부분의 시간을 차 안에서 보냈습니다.

길고 긴 밤이 지나고 아침이 되어 주위를 둘러보니 간밤의 고생을 다 잊을 만큼 아름다운 경치가 펼쳐져 있었습니다. 졸졸 흐르는 계곡에는 물안개가 모락모락 피어오르고 주변의 기암절벽과 이름 모를 멋진 나무들은 거대한 오아시스를 더욱 빛내주었습니다.

저녁 무렵 엉덩이가 짓물러질 즈음 도착한 곳은 사막으로 가는 길목에 있는 '토드라 계곡' 이었습니다. 낮에 뜨겁고 밤에 추운 것이 사막의 기후라는 것을 몰랐던 것도 아닌데 난방이 전혀 되지 않는 호텔 방은 눈 속에 텐트를 치고 잠을 청하고 있는 게 아닐까 착각하게 할 정도였습니다. 혹독한 추위를 경험했던 계곡에서의 밤은 지금 생각해도 온몸에 경련이 일어납니다. 영어로 된 어느 여행 가이드 책자에는 토드라 계곡에서의 추위를 'surprisingly cold' 라는 문구로 표현했더군요.

길고 긴 밤이 지나고 아침이 되어 주위를 둘러보니 간밤의 고생을 다 잊을 만큼 아름다운 경치가 펼쳐져 있었습니다. 워낙 늦은 밤에 호텔에 들어온 데다

사막 입구에는 낙타들이 무척 우아한 자세로 줄지어 앉아 있었습니다. 낙타 몰이꾼은 길을 어떻게 알고 가는지 무척 신기했습니다. 발자국도 없고 사람의 기척이 전혀 보이지 않는 곳, 도저히 길이라고는 안 보이는 밑도 끝도 없는 사막, 적막만이 가득한 모래더미 한가운데를 걸으며 매우 씩씩하게 길을 찾아갔습니다.

밤새도록 모진 추위와 씨름하느라 주변 경치가 이렇게 아름다우리라는 것은 상상조차 못했거든요. 졸졸 흐르는 계곡에는 물안개가 모락모락 피어오르고 주변의 기암절벽과 이름 모를 멋진 나무들은 거대한 오아시스를 더욱 빛내주었습니다. 상큼한 바람과 어우러진 계곡의 물소리는 무릉도원 같은 분위기를 자아내 타임머신을 타고 선사시대로 거슬러 올라간 것이 아닐까 싶었습니다.

또다시 출발하여 해가 질 무렵 사막에 도착했습니다. 사막 모래 위에서 하룻밤을 보내는 코스였습니다. 사막 입구에는 낙타들이 무척 우아한 자세로 줄지어 앉아 있었습니다. 일행은 각자 담요를 배당받아 많은 낙타 중 자신이 탈 낙타를 골라 담요를 안장 삼아 낙타 혹 위에 얹었습니다.

사막에서는 밤에 무척 춥기 때문에 담요를 배급받을 때 3~4장 정도는 받아놓아야 합니다. 담요를 나눠주는 사람은 기본적으로 한 장만 주기 때문에 아무 생각 없이 한 장만 달랑 받으면 사막으로 들어가 밤새 추위에 떨게 되거든요.

저는 많은 낙타 중 가장 콧대 높고 우아해 보이는 녀석을 골라 담요를 얹고 손잡이에 가방을 걸었습니다. 그러고는 가이드의 도움으로 안장에 바로 걸터앉았습니다. 모두가 낙타에 올라타자 낙타 몰이꾼이 제일 앞쪽 낙타를 끌고 출발하기 시작했습니다. 모든 낙타가 한 줄로 길게 늘어서서 터벅터벅 발을 옮겼습니다.

출발하자마자 외마디 재채기 소리가 들리더니 제게 물방울이 튀었습니다. 사막에

웬 때 아닌 이슬비일까 싶어 주위를 둘러보았더니 바로 제 뒤에 있는 낙타가 감기에 걸렸는지 연신 재채기와 기침을 해대며 침을 튀기고 있었습니다. 아뿔싸! 저는 제가 탈 낙타만 유심히 보고 골랐지 제 뒤에 따라올 낙타의 상태는 제대로 체크하지 않은 실수를 했습니다. 하지만 때는 이미 늦었습니다.

우리 일행은 낙타를 타고 사막 깊숙한 곳을 향해 이동했습니다. 낙타 몰이꾼은 길을 어떻게 알고 가는지 무척 신기했습니다. 발자국도 없고 사람의 기척이 전혀 보이지 않는 곳, 도저히 길이라고는 안 보이는 밑도 끝도 없는 사막, 태곳적 고요를 간직한 듯 절대 적막만이 가득한 모래 더미 한가운데를 걸으며 매우 씩씩하게 길을 찾아갔습니다. 뉘엿뉘엿 해가 지기 시작했고 우리는 낙타를 타고 가다가 사막 한가운데서 황홀한 해넘이를 보게 되었습니다.

한 시간 정도 갔을 때쯤 드디어 사막 한가운데 베르베르식 천막이 쳐진 캠프에 도착했습니다. 한 명씩 낙타에서 내렸습니다. 저도 가방과 담요를 챙겨서 내렸지요. 내리고 보니 제 등에 감기 든 낙타의 콧물이 범벅이 되어 있더군요. 낙타 몰이꾼과 캠프지기는 우리의 저녁 식사를 준비하면서 자투리 시간에 음악을 연주해주었습니다. 흥겨운 그들의 가락은 사막의 깊어가는 밤을 살포시 어루만졌습니다. 식사가 끝난 뒤 우리는 노래도 하고 대화도 나누며 사막에서의 밤을 즐겼습니다. 사파리를 통해 처음 만난 사람들이었지만 마치 오래된 친구처럼 다 같이 모래 위에 누워 하늘을 바라보았습니다. 프랑스인 의사 부부는 현재마다가스카르 섬에서 의료 봉사 활동을 하고 있다며 자신들을 소개했습니다.
어쩐지 우리에게 초콜릿을 나눠주는 등 개인주의가 강한 프랑스인답지 않게 착한
마음씨를 보이더니 그런 훌륭한 일을 하는 분들이었습니다. 낯선 이들과 함께
누워 밤하늘을 바라보는 것은 뭐라 말할 수 없는 감동을 줍니다. 마음의 벽을
허물고 너와 나의 경계가 무너지는 순간, 우리는 드디어 우주와 하나 됨을 경험할
수 있습니다. 얼마나 많은 별이 아름답고 찬란하게 하늘을 수놓고 있던지요. 별은
결코 먼 곳에 있는 것이 아니더군요. 손만 뻗으면 곧 닿을 수 있는 위치였고
우리는 그 별들 사이를 거닐었습니다. 보석처럼 반짝이는 별 가루는 강물이 되어
밤하늘을 유영했고, 태어나서 처음 본 은하수는 그렇게 제 마음속에서도 강이
되어 흘렀습니다. 그동안 인류는 이토록 아름다운 별들을 신에게 선물 받았다는
사실을 왜 모르고 있을까요? 왜 그리도 바보처럼 살고 있는 걸까요?
사막에도 새벽이 찾아왔습니다. 모래 봉우리 사이로 고개 내미는 해를 보려고
일찍 일어나 캠프 근처의 봉우리에 올랐습니다. 보기에는 별로 높지 않았지만
정상에 이르기까지 꽤 오랜 시간이 필요했습니다. 발이 빠지는 모래 봉우리를
빠른 속도로 오르는 데는 그다지 특별한 기술을 요하지 않습니다. 단지 포기하지
않는 끈기와 지치지 않는 체력만 있으면 되죠. 끈기와 체력 모두 자신이 없던 저는
봉우리 중간쯤에서 그냥 포기하고 내려와버렸습니다. 그러나 한국에서 오신 분은
은근과 끈기를 자랑하며 정상까지 올라가 사하라 해돋이를 감상하는 특권을
누렸습니다.
오는 길에 생각해보았습니다. 왜 이렇게 척박하고 아무것도 없는 사막에서 인생의

문제가 해결되고 마음이 순수해지는 걸까 하고요. 희극보다는 비극이 더 인간의

감정을 순화하고, 부자보다는 가난한 자가 마음의 감동을 주며, 풍요보다는

빈곤이 우리를 더욱 겸허하게 만듭니다. 그런 아이러니는 사막에서도 적용됩니다.

아무것도 없고 척박하기만 한 사막이야말로 그 어떤 아름다운 경치보다 더 우리를

부드럽게 하고 자연을 향한 감사의 마음이 생기게 합니다.

그렇다고 해서 경건해지기 위해 항상 사막에서 살 수만은 없습니다. 도시에서

사는 우리도 사막의 수도자처럼 경건하게 살아갈 수 있습니다. 사하라와 같이 꼭

물리적인 사막만이 사막인 것은 아니거든요. 세상 안에 있으나 광야에서 살아가듯

겸손하다면 얼마든지 마음을 무색, 무취, 무소음의 청정 지역으로 만들 수

있습니다. 물은 낮은 곳으로 흐릅니다. 따라서 은혜도 낮은 곳에 임합니다.

순수하고 깨끗한 마음으로 살면서 그 낮은 곳에 임한 아름다운 오아시스를

발견하고 싶습니다.

낙타의 얼굴에는 표정이 있 다?

1981년 노벨문학상을 탄 엘리아스 카네티의 〈모로코의 낙타와 성자〉라는 책에는 낙타에 관한 저자의 소견이 다음과 같이 나옵니다.

"낙타란 동물은 기품 있게 모여서 짐짓 권태로운 듯 차를 마시고 주변의 모든 것을 예의 주시하는 악덕을 억제하지 못하는 노부인들이다."

다들 비슷해 보이는 외모지만 하나하나 뜯어보면 정말 제각각이라는 것을 느낄 수 있습니다. 어떤 낙타는 딱 저의 이모님, 또 어떤 낙타는 영락없는 저의 고모님 같은 표정을 하고 있더군요. 정말 신기하답니다. 여러분도 기회가 된다면 낙타의 얼굴을 한번 가만히 들여다보세요. 분명 누군가가 떠오를 겁니다.

끝없이 펼쳐진 모래 바다, 사막에 들어가려면 낙타를 타고 한 시간 이상 가야 합니다. 처음 낙타를 탔을 때의 기분은 말을 타는 것과는 많이 달랐습니다. 말은

등에 태운 사람과 기 싸움을 벌이려는

영악함과 자신이 불리할 땐 금방 굽히고

숙이는 유연함을 가진 반면 낙타는 항상

우직하게 주인을 섬기고 어떤 조건에서도

묵묵히 자신의 길을 가는 충성심과 성실함을 가지고 있습니다.

낙타는 단봉낙타와 쌍봉낙타 두 종류가 있습니다. 쌍봉낙타는 말 그대로 등에

혹이 2개 있는 낙타로 아시아에 많이 분포합니다. 등에 혹이 하나인 단봉낙타는

아프리카에 많이 분포하죠. 낙타는 등의 혹 때문인지 말보다 안장이 훨씬

높습니다. 그래서 낙타를 타면 허공에 뜬 것 같은 공포심이 들기도 한답니다. 특히

단봉낙타는 안장이 혹 위에 있어 쌍봉낙타보다 안장 높이가 훨씬 높습니다.

그래서 더 무섭게 느껴지죠.

낙타의 걸음걸이는 앞뒤로 심하게 흔들리기 때문에 낙타 특유의 몸짓에 우리 몸을

맞추지 않으면 무척 힘들게 느껴지기도 합니다. 사막에 도달하기까지 적어도 한두

시간은 낙타를 타야 하는데 보통 사람들은 손으로는 안장을 꽉~ 쥐고 다리를 낙타

등에 밀착한 채 잔뜩 힘을 줍니다. 그렇게 한두 시간을 타고 나면 엉덩이에 물집이

생길 뿐 아니라 다음 날 반드시 허벅다리 안쪽과 엉덩이 근육에 말할 수 없는

극심한 통증을 느끼게 됩니다. 낙타에 올랐을 때는 온몸을 릴랙스한 상태로 하여

낙타의 리듬에 그냥 몸을 맡겨야 합니다. 리드미컬하게 흔들리는 그 움직임을

즐긴다면 당신은 진정한 사막의 랜드 크루저입니다.

낙타는 사막에 사는 사람들을 위한 신의 선물입니다. 사람과 짐을 실어다 주는

운송 수단으로서의 역할을 충실하게 수행합니다. 100kg의 짐을 싣고 하루 30km 이상 이동하는 아주 요긴한 동물이거든요. 긴 속눈썹과 귀 털, 두 겹의 눈꺼풀과 개폐식 콧구멍이 있어 모래 바람이 불 때 눈과 코와 귀를 막아 모래가 들어오지 못하게 합니다. 물이 없는 곳에서도 잘 견딜 뿐 아니라 먹이를 오랫동안 먹지 않고도 버틸 수 있답니다. 코와 입이 연결되어 있어 콧물이 자동적으로 입으로 들어가 수분 보충을 합니다. 튼튼한 이와 되새김질하는 위는 거친 먹이를 잘 소화하고 한 번에 100리터 이상 물을 마실 수 있습니다. 혹 속의 지방은 대사를 통해 수분을 제공합니다. 그리고 평평하고 커다란 발바닥은 사막을 걷는 데 알맞습니다.

낙타는 간혹 자신을 죽이려는 사람에게 복수를 합니다. 자신을 위협했던 사람이 잠들었을 때 밤중에 몰래 나타나 그 사람의 목에 무릎을 꿇고는 숨통을 막아 죽이는 거죠. 반면 밤에 사막에서 주인과 함께 자다가도 도둑이 오면 냄새로 알아차리고 주인을 깨우기도 합니다. 그리고 낙타는 혼자 있는 것을 싫어해 절대 혼자 어디론가 가는 행동은 하지 않습니다. 낙타의 젖으로는 버터나 치즈를 만듭니다. 낙타가 나이 들어 거동이 불편해지면 고기와 가죽까지 제공하며 뼈는 여러 장신구와 생필품을 만드는 데 사용됩니다. 사막에서 외로움을 달래주는 친구이자 가장 주요한 운송 수단인 낙타는 정말 무엇 하나 버릴 것이 없으며 재산 가치로도 충분한 역할을 하는 고마운 동물입니다.

낙타는 사막에 사는 사람들을 위한 신의 선물입니다. 사람과
짐을 실어다 주는 운송 수단으로서의 역할을 충실하게
수행합니다. 100kg의 짐을 싣고 하루 30km 이상 이동하는
아주 요긴한 동물이거든요. 낙타는 긴 속눈썹과 귀 털, 두
겹의 눈꺼풀과 개폐식 콧구멍이 있어 모래 바람이 불 때 눈과
코와 귀를 막아 모래가 들어오지 못하게 합니다. 물이 없는
곳에서도 잘 견딜 뿐 아니라 먹이를 오랫동안 먹지 않고도
버틸 수 있답니다

이상理想은
언제나
허 탈 하 다

시속 100km가 넘는 빠른 속도로 가고 있는데, 약 300~400m
전방에 연못처럼 물이 흥건하게 고여 있는 게 보입니다. 신기하게도
그곳엔 마주 오는 차나 앞차가 비쳐 마치 실제로 존재하는 물처럼
그림자까지 보입니다. 또 그 신기루는 차의 속도와 같은 속도로 계속
달아납니다. 절대 가까이 가서 볼 수가 없죠.

신기루는 온도나 습도의 영향으로 공기 밀도가 층층이 달라졌을 때 빛이 이상하게 꺾여 엉뚱한 곳에 물체의 모습이 물에 비치듯 보이는 현상을 말합니다. 사막에서 종종 오아시스로 착각을 일으키거나 대기가 건조할 때 아스팔트 위에 마치 물이 고인 것처럼 느껴지는 것도 신기루의 일종입니다. 가끔 바다에서도 이런 신기루 현상이 생깁니다.

저는 차를 몰고 가다가 이런 착시 현상에 종종 놀라곤 합니다. 시속 100km가 넘는 빠른 속도로 가고 있는데, 약 300~400m 전방에 연못처럼 물이 흥건하게 고여 있는 게 보입니다. 신기하게도 그곳엔 마주 오는 차나 앞차가 비쳐 마치 실제로 존재하는 물처럼 그림자까지 보입니다. 또 그 신기루는 차의 속도와 같은 속도로 계속 달아납니다. 절대 가까이 가서 볼 수가 없죠. 문학에서는 신기루를 홀연히 나타나 짧은 시간 유지되다가 사라지는 아름답고 환상적인 현상으로 표현하기도 합니다. 보는 사람의 애간장을 태우는 사막에서의 신기루처럼 가지려고 하면 달아나는 사랑을 신기루에 빗대기도 하고요.

누구나 자신의 삶 속, 그 마음속에 작은 신기루가 있습니다. 매력적이긴 하지만 결코 현실은 아닙니다. 현실이 아님을 알더라도 그냥 한번 붙잡아보고 싶은 심정이 있습니다. 한번 정도 모험해본다고 해서 나쁠 것은 없으니까요. 하지만 그것은 결코 손에 잡히지 않습니다. 그래서 그 아름다움을 그저 바라보는 것만으로 흡족해합니다. 꿈은 언제나 신기루처럼 내가 지치고 힘이 들 때 곁에서 힘을 주는 기분 좋은 환상이니까요.

사하라의 모래를
퍼 날라야 하나

사하라 여행자가 기념으로 모래를 퍼 가는 것을 모로코 당국은 민감하게

반응합니다. 무슨 이유에선지 모르겠지만 사하라 모래의 반출은 엄격하게

금지되어 있고 심한 경우 벌금을 물기까지 합니다. 그런 규정을 모르는

여행자들이 페트병에 모래를 담아 반출하려다가 공항에서 걸려 모래 병을

압수당하거나 심하면 벌금을 무는 경우도 있습니다. 그런데 현재 북아프리카는

사막화가 계속 진행되어 사하라의 반경이 점점 넓어지고 있는 상황입니다.

아프리카뿐 아니라 아메리카 대륙도 사막화가 심각합니다. 북미 건조 지역의

74%가 급속히 사막으로 바뀌고 있습니다. 그 지역 상당 부분이 이전에

목초지였음을 생각해보면 사막화 진행은 인류에게 닥친 또 하나의 큰 문제가

아닌가 싶습니다.

모로코의 크고 작은 수십 개의 강과 개울 중 예전에는 물이 흘렀으나 지금은 말라버린 곳이 너무나도 많습니다. 어차피 북아프리카가 빠른 속도로 사막화되고 있다면 관광객들이라도 사하라의 모래를 퍼 날라 사막의 반경을 줄여야 하지 않나 하는 생각도 듭니다.

사하라와 말라리아모기에 관한 흥미로운 사실
|
아프리카에 가면 특히 조심해야 할 것 중 하나가
바로 말라리아모기입니다. 차드와 부룬디에 살
때는 말라리아모기가 여간 신경 쓰이지
않았습니다. 하지만 모로코에 온 후로는

말라리아모기 걱정 안 하고 살 수 있어서 정말 좋습니다. 말라리아는 대개 사하라 남쪽에서만 기승을 부리기 때문입니다. 사하라를 기점으로 사하라 이남에는 말라리아모기가 분포하지만 사하라 이북은 말라리아모기는커녕 일반 모기도 찾아보기가 힘들답니다. 물론 일부 극심하게 지저분한 곳에는 일반 모기가 있기도 합니다만 사하라의 강렬한 태양으로 인해 모기가 서식할 만한 환경이 조성되기 어렵습니다. 그래서 말라리아모기 걱정 없는 모로코에서의 생활은 차드와 부룬디에서 살 때보다 삶의 질이 훨씬 높습니다.

42~56

impression 감동

빵은 인간이
창조한   ‘과일’ 이다

동네 아낙들이 밀가루 반죽을 해서 마을 공동 화덕에
갖다 줍니다. 소반에 담아 머리에 이고 오기도 하고
천에 싸서 가져오기도 합니다. 그러면 화덕
할아버지는 실비를 받고 빵을 구워줍니다. 모로코의
화덕은, 불린 쌀을 갖다 주면 빻고 쪄서 떡을
만들어주던 옛날 한국의 동네 떡집과 비슷한 느낌입니다. 할아버지가 화덕 앞에서
"너희가 직접 밀가루 반죽 한번 넣어볼래?"라며 아이들에게 손짓합니다.
쭈뼛쭈뼛, 쫄래쫄래 아이들이 다가가 긴 막대 끝에 달린 납작한 접시 위에 밀가루
반죽을 놓고 화덕 속에 밀어 넣습니다. 우리나라 백설기처럼 아무런 첨가물 없는
밀가루 반죽을 구워낼 때도 있고 간혹 그 반죽 위에 토마토나 감자, 올리브 같은
것을 올려 구워낼 때도 있습니다. 서민들이 즐겨 먹는 값싼 정어리도 차례를
기다리고 있습니다. 어느 반죽이 누구네 것인지 저로서는 통 알 길이 없으나
할아버지는 다 익은 빵을 한 치의 오차도 없이 사람들에게 정확하게 돌려줍니다.
다 구워진 빵을 꺼낼 때면 구수한 향기와 따뜻하고 훈훈한 기운이 온 동네에
퍼집니다. 가난하고 힘든 삶을 살아가는 그들에게 이
향기와 온기가 언제나 가득하길 소원해봅니다.

마을 전체가
아틀리에

사피는 모로코 전역에서 사용하는 거의 모든 도자기와 식기를 생산하는 곳입니다. 도시 전체가 전통적인 방법으로 도자기를 생산하는 것으로 유명합니다. 그곳에서 나는 흙이 도자기 재료로 적합한 질 좋은 붉은 흙이라고 합니다.

저는 여행을 무척 좋아합니다. 그 이유로 더 큰 세상을 통해 견문을 넓히겠다는 것도 있지만, 사실은 그보다 절박한 이유가 있습니다. 제가 여행을 좋아하는 진정한 이유는, 주부로서 끼니때마다 고민하는 먹을거리 걱정이 자동으로 해결되기 때문입니다. 2008년 노엘(프랑스어로 크리스마스) 휴가 때는 3박 4일 동안 모로코 남부 지방으로 여행을 떠났습니다. 카사블랑카를 출발해 남쪽으로 난 해안 길로 엘자디다를 거쳐 사피에서 하룻밤, 에사우이라에서 또 하룻밤을 보내고 다시 차를 몰아 마라케시를 거쳐 우카이메덴에서 마지막 밤을 보내자는 계획이었습니다.

첫 번째 코스는 '도자기 굽는 언덕colline potière' 이라는 별명이 붙은 사피Safi입니다. 사피는 모로코 전역에서 사용하는 거의 모든 도자기와 식기를 생산하는 곳입니다. 도시 전체가 전통적인 방법으로 도자기를 생산하는 것으로 유명합니다. 왜 사피가 유명한가 했더니 그곳에서 나는 흙이 도자기 재료로 적합한 질 좋은 붉은 흙이라고 합니다. 흙이 매우 차져 마치 돌처럼 보이더군요.

이곳에서 도자기 만드는 과정은 이렇습니다. ① 넓은 공간에서 흙을 반죽하여 이겨놓습니다. ② 이긴 흙을 쓰기 편리하도록 말아둡니다. ③ 말아둔 흙을 조금씩 떼어내 도자기를 빚습니다. ④ 빚은 도자기를 고온으로 예열된 가마로 운반하여 구워냅니다. ⑤ 유약을 바르고 그림을 그립니다. ⑥ 말린 후 다시 구워냅니다. ⑦ 두 벌 혹은 세 벌로 구운 도자기를 언덕 아래 마을 어귀에서 판매합니다.

마을 어귀에 전시된 도자기 코너를 둘러보니 온갖 각양각색의 도자기가 다 있더군요. 검은색 도자기만 모아놓은 곳, 푸른색 도자기만 모아놓은 곳 등 특색이

양질의 도자기를 생산하는 붉은
흙은 매우 차져 마치 돌처럼
보입니다. 이런 흙을 넓은
공간에서 이겨 쓰기 편리하도록
말아놓습니다. 그리고 흙을 떼
내어 도자기를 빚습니다. 구운
도자기는 언덕 아래쪽에 있는
마을 어귀에서 판매합니다.
사방에 전시한 알록달록한
도자기로 인해 마을 전체가
갤러리로 변해버립니다.

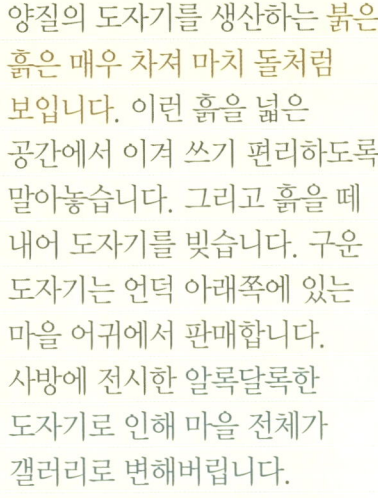

비슷한 도자기를 한곳에 모아서 진열, 판매도 했습니다. 특히 흙으로 빚는 과정에서 칼로 음각 무늬를 넣은 베르베르식 도자기는 디자인과 색상이 화려해 무척 인상적이었습니다. 흙으로 빚었는데 마치 나무를 깎아 만든 듯 나무 질감이 나는 도자기도 굉장히 특이했습니다. 나무 그릇인 줄 알고 가볍게 들다가 자칫 깨뜨릴 수도 있으므로 주의해야겠더군요.

도자기가 벽에 줄지어 걸려 있는 모습도 자주 볼 수 있습니다. 이는 스페인 남부 안달루시아 지방의 스타일입니다. 스페인에서는 집집마다 형형색색의 아름다운 도자기를 식기가 아닌 인테리어 용도로 사용합니다. 집 안 거실에 걸어놓는가 하면 집 외벽에도 못을 박아 주렁주렁 걸어놓습니다. 장식용으로 선택한 도자기를 보면 집주인 얼굴까지는 몰라도 최소한 그의 예술적 취향 정도는 알 수 있습니다. 간혹 집과 어울리지 않는 도자기로 웃음을 자아내는 집이 있는가 하면, 집과 잘 어울리면서 도자기 자체에서 굉장한 예술적 광채가 나 집주인의 고매한 취향에 나도 모르게 탄성을 내지르고야 마는 경우가 있거든요.

사피의 완성된 도자기들을 보면 재래 방법으로 생산했다는 사실이 믿기 어려울 정도로 화려하고 다채롭습니다. 사방에 전시된 알록달록한 도자기로 인해 마을 전체가 갤러리로 변해버린 풍경은 무척이나 생경하지만 주변에 넘쳐흐르는 아름다움으로 마음만큼은 정말 풍요로워집니다.

일몰 후 도자기 굽는 언덕의 모습은 영화 〈반지의 제왕〉 속 마을과도 같은 신비스러운 분위기를 자아내 실제로 존재하지 않는 마을이 아닐까 하는 착각이 들 정도였습니다.

그 들 이
보고 있는 것은
대체 무엇?

모로코 남부의 항구 도시 에사우이라에 가면 도시 초입부터 우리를 반갑게

맞이하는 것이 있습니다. 바로 정어리의 모습이죠. 정어리는 대서양 연안에서

가장 많이 잡히는 생선입니다. 가격이 저렴해 모로코 서민들의 식탁을 풍성하게

해줍니다. 그 도시 입구에 있는 관공서 로고에까지 정어리 형상이 있습니다.

관공서를 지나 좀 더 들어가면 아름다운 어촌 풍경을 감상할 수 있는 항구에

이르게 됩니다. 이곳은 주민의 70~80%가 어업에 종사하는 전통적인 어촌

마을입니다. 항구에는 배와 그물을 손질하고 있는 어부들과 고깃배, 그리고 호화
요트가 함께 어우러져 있습니다.

에사우이라는 16세기에 포르투갈의 침략을 받았습니다. 그래서 도시 곳곳에
포르투갈식 건축물이 많습니다. 포르투갈의 영향을 받은 항구 도시답게
에사우이라에서 가장 번화한 메디나 앞 광장에는 'Casa Vera(카사 베라)'라는
포르투갈어로 된 간판이 있습니다. 멀리 모스크도 보이고 포르투갈 사람들이
만들어놓은 외세 방어용 카스바도 있지요. 그.리.고! 우리는 정말 기이한 장면을
목격하게 됩니다.

그것은 바로 바다로 향한 긴 건물 위에 수없이 줄지어 앉아 있는 새 떼입니다.
자세히 보니 갈매기더군요. 우리나라 갈매기보다 크기가 훨씬 크고 빠릅니다.
하나같이 바다를 보고 있는데 도대체 왜 그렇게 줄지어 앉아 있는지
궁금했습니다. 갈매기는 작은 새나 물고기를 잡아먹습니다. 물갈퀴가 있어 물속을
헤엄쳐 먹이를 잡기도 합니다. 그런데 이 새들이 물과 동떨어진 건물 옥상에 앉아
있는 이유가 뭘까 곰곰이 생각해보았습니다. 먹잇감을 더 잘 보기 위해서가
아닐까 싶기도 하고 포식 후 달콤한 포만감을 만끽하기 위해 바다를 관조하며
앉아 있는 것이 아닌가 싶기도 했습니다.

에사우이라에서 갈매기와 마주치게 되면 일단 징그러울 정도로 빽빽하게 모여
있는 그 숫자에 무척 놀랍니다. 수백 마리의 갈매기가 소리도 내지 않고 한 줄로
점잖게 앉아 있다가 적당한 기회가 되면 일제히 날아오르는 모습은 장관을
이룹니다. 그 모습을 보고 있자니 리처드 바크의 〈갈매기의 꿈〉이 생각났습니다.

'조너선 리빙스턴 시걸'이라는 조금 특별한 갈매기에 관한 이야기입니다. 다른 갈매기들이 오직 먹이에만 관심이 있을 때 조너선은 어떻게 하면 더 높고 빠르게 비행할 수 있을까 하는 한 차원 높은 꿈을 가지고 있었습니다. 그런데 소설에서나 봄직한 조너선을 모로코 에사우이라에서 만날 수 있습니다. 그들은 먹이 따위는 안중에도 없는 듯 고고한 자태로 높은 곳을 점유하고 있습니다. 작은 물고기 한 마리를 놓고 서로 다투거나 오로지 새우깡에 올인하는 갈매기들과는 전혀 다른 모습으로….

에사우이라에서 갈매기와 마주치게 되면 일단 징그러울 정도로 빽빽하게 모여 있는 그 숫자에 무척 놀랍니다. 수백 마리의 갈매기가 소리도 내지 않고 한 줄로 점잖게 앉아 있다가 적당한 기회가 되면 일제히 날아오르는 모습은 장관을 이룹니다.

소설 세계에서 현실 세계로 나온 무수한 '조녀선'을 보며 꿈을 향해 눈을 높이

들어야 한다는 새로운 교훈을 얻었습니다. 꿈을 잘 바라봐도 이룰까 말까 한데

바라보지조차 않는다면 원하는 바를 어떻게 이룰 수 있을까 하는 생각이

들어서요. 아니, 어쩌면 우리는 어린 시절 가졌던 순수하고도 찬란한 꿈을 완전히

망각한 채 살아가는 것은 아닌지 모르겠습니다. 그래서 바라볼 꿈조차 없이

무의미하게 단지 하루하루를 메워가는 것에만 급급한 것은 아닌지요.

갈매기를 뒤로하고 조금 더 걸어가자 유럽에서 온 관광객들이 방파제에 앉아

식사를 하는 모습이 보였습니다. 1월 초인데도 온화한 기온과 화창한 날씨가

사람들의 겉옷을 벗기더군요. 그리고 곧, 야생화 향기가 천지에 진동하는

들판에서 양과 염소와 함께 뛰노는 아이들을 만났고 느림의 미학을 몸소 실천하고

있는 모로코 여인들도 보았습니다. 차를 타고 쌩쌩 달리는 우리와 달리 그녀들은

나귀를 타고 여유롭게 가고 있었습니다. 한 발 한 발 걷는 나귀의 느린 걸음에

몸을 맡기고 어디론가 가고 있는 여인들의 모습은 화창하고 한가로운 오후의

나른하고도 몽롱한 꿈결 같은 풍경이었습니다.

야옹아,
너   참
대담하다

한참 걸어가다 보니 수공예품을 파는 가게가 나왔습니다.
모두 가까이 다가가 이것저것 만져보며 구경을 하고
있는데 어느 관광객 한 명이 제게 "쉿~!" 하며 조용히
하라는 시늉을 하더군요. 무슨 일인가 싶어 보았더니
가게에서 판매하려고 내놓은 수공예 바구니 중 하나에 웬
털 뭉치가 들어 있었습니다. 고양이였습니다. 몸을
동그랗게 말고서 잠을 자는.

에사우이라에는 500년의 역사를 자랑하는
파사주passage가 있습니다. 파사주는 건물과
건물 사이에 난 좁은 길에 지붕을 얹어 또
하나의 실내 공간처럼 만든 곳입니다. 주로
상가나 갤러리로 운영되고 있습니다. 비가

와도 우산 없이 긴 거리를 이동할 수 있어 무척 낭만적인 곳이죠. 그런데 이곳의
파사주는 프랑스 파리에 있는 깨끗하고 잘 정돈된 파사주와는 다르게 약간은
무질서한 듯 지저분해 보이지만 나름대로 매우 유서 깊은 곳입니다. 이 파사주는
에사우이라 메디나 안에 있습니다. 메디나 입구에서 골목 깊숙이 들어가다가
오른쪽에 있는 어느 문으로 쏙~ 들어가면 아기자기하고 소담한 골동품 거리가
나옵니다.

포르투갈 지배 당시에 만들어 포르투갈 양식을 그대로 따른 파사주는 돌을
차곡차곡 쌓아 올린 멋진 기둥들이 건축물을 지탱하고 있습니다. 유럽풍 테라스가
딸린 건물, 거친 질감의 돌로 고풍스럽게 지은 석조 건물을 비롯, 작고 네모난
돌을 포석 삼아 깔아놓은 골목길은 모두 중세 유럽을 옮겨다 놓은 듯한
인상이었습니다. 그러나 건물의 문만큼은 나무 재질에 금속 장식이 드문드문 달려
있는 이슬람식 아치형이라 매우 독특한 퓨전 문화를 보여주었습니다.

가족과 함께 하는 여행은 큰 기쁨임과 동시에 정서적 불안감을 조성하기도
합니다. 그 정서적 불안감은 마냥 불안으로만 그치는 것이 아니라 실제적으로
경제적 손실을 가져오기도 한답니다. 에사우이라 골동품 거리에서만 해도

그렇습니다. 개구쟁이 두 아들 녀석들은 떠들고 장난치느라 관찰하고 공부하라는 엄마 말은 안중에도 없습니다. 골동품 사이사이로 다니며 장난치기 바쁜 녀석들에게 아무리 조심하라고 일러도 그 말은 곧 반사되어 허공을 메아리치기 일쑤입니다. 그러다 물건을 깨뜨리거나 한 녀석이 삐쳐서 뾰로통해져야 상황이 종료됩니다. 값비싼 골동품을 사이에 두고 오가는 녀석들의 장난은 엄마인 저를 정서적 불안을 넘어 살 떨리는 공포로 몰아넣습니다.

골동품 거리를 벗어나 한참 걸어가다 보니 수공예품을 파는 가게가 나왔습니다. 모두 가까이 다가가 이것저것 만져보며 구경을 하고 있는데 어느 관광객 한 명이 제게 "쉿~!" 하며 조용히 하라는 시늉을 하더군요.

무슨 일인가 싶어 보았더니 가게에서 판매하려고 내놓은 수공예 바구니 중 하나에 웬 털 뭉치가 들어 있었습니다. 이 털 뭉치가 뭘까 싶어 얼굴을 들이대고 자세히 보다가 그만 깜짝 놀라 뒤로 넘어질 뻔했습니다. 고양이 한 마리가 들어가 잠을 자고 있는 게 아닙니까. 몸을 동그랗게 말고서.

주인에게 당신이 키우는 고양이냐고 물었더니 아니라고 하더군요. 정말 대담한 길고양이입니다. 새근새근 자고 있는 모습이 얼마나 귀엽던지요. 천연 재질로 만든 그 바구니는 고양이가 안식처로 삼기에 더할 나위 없이 좋아 보였습니다.

단지 고양이가 자는 모습일 뿐인데 그 평안하고 고요한 느낌은 관광객들을 안식의 세계로 인도했습니다. 저 역시도 졸렸습니다. 그 졸음의 정체가 고양이에게서 비롯된 것인지 아니면 골동품 거리에서의 초긴장 상태가 그곳을 벗어나면서 해소되어 그런 것이었는지는 알 수 없습니다.

너희들
왜 그곳에
있어?

에사우이라는 전 세계에서 유일한 아르간 나무 자생지입니다. 그러니까 아르간

나무가 있는 곳은 세계에서 단 한 군데 모로코뿐입니다. 그것도 모로코 전역에

분포한 게 아니고 남부 에사우이라에서 아가디르에 이르는 지역에만 한정되어

분포되어 있다는 거죠. 아르간 나무의 줄기는 대개 꼬여 있는데 그 줄기를 타고

염소가 올라가 아르간 열매를 따 먹기도 한다는 얘기를 들은 적이 있습니다.

그런데 그 광경을 직접 목격하는 행운이 올 줄이야~!

에사우이라에서 출발해 마라케시로 가다가 에사우이라 근처에서 많이 보이던

아르간 나무가 마라케시로 갈수록 점점 사라지고 있는 것을 확인했습니다. 기온,

강수량, 날씨 등 모든 기후 조건이 비슷한데 왜 에사우이라에 자생하는 아르간

나무가 다른 곳에는 전혀 없는지, 자연의 신비는 당최 인간의 머리로 다 알 수가

없습니다. 차를 멈추고 사진을 찍는 우리를 보고 지나가던 다른 관광객들이

덩달아 모여들어 사진을 찍더군요. 아르간 나무에 올라가는 동물은 주로 염소라고

합니다. 양은 겁이 많아서 나무에 올라가는 모험 같은 것은 절대 하지

않는다는군요.

나무에 올라간 염소들~! 얼마나 열심히 아르간 잎사귀와 열매를 먹어대던지,

용감한 행동 덕분에 좋은 먹잇감을 차지했군요. 물론 아르간 나무 주인에게는 좀

미안하지만요.

아르간 나무는 아래로는 지하 100m 깊이에 있는 물을 끌어 올리는 생명력과

위로는 공기 중의 수증기를 빨아들이는 탁월한 능력이 있기 때문에 적은 양의

물로도 버틸 수 있는 강인한 식물입니다. 더위나 가뭄, 척박한 토양 등 열악한

환경에 적합한 나무라 사막 어디서든 자생할 것 같은데 그게 아니더군요. 전

세계적으로 에사우이라 한 군데에서만 자라는 희귀한 나무죠.

아르간 나무는 1219년 이집트의 저명한 의사 이브넬 베이타르Ibnel Beithar의 저서 〈단순 처방〉에 처음으로 언급되었습니다. 그 후 1999년 유네스코로부터 유용한 세계유산으로 지정되어 보호받고 있으며 현재 국제연합식량농업기구FAO에 식품으로 등록되어 있답니다.

아르간 나무 열매에서 짠 오일은 다량의 불포화지방산과 토코페롤이 들어 있어 피부에 바르면 보습과 영양 공급 효과가 있습니다. 비타민 E와 카로틴도 함유되어 있어 피부 탄력과 주름 완화에 좋고, 프리라디칼을 중화시키는 특징과 트라테르펜 성분이 있어 자외선 방지와 미백 효과에도 탁월하답니다. 피부뿐 아니라 모발에도 매우 좋은데요, 특히 탈모 예방에 효과가 크다더군요.

아르간 오일은 콜레스테롤 제로라 식용으로도 높은 가치를 인정받고 있습니다. 우리나라 들기름처럼 고소한 맛이 나는 아르간 오일에 빵을 찍어 먹으면 가히 환상입니다. 아르간 오일로 스파게티를 해 먹어도 기가 막히게 맛있습니다.

난   나만의
식기를
사   용   해

모로코에는 큰 산맥이 남북으로 4개나 뻗어 있습니다. 하이아틀라스 산맥, 안티아틀라스

산맥, 미들아틀라스 산맥, 리프 산맥이 그것입니다. 하이아틀라스 산맥과 안티아틀라스

산맥 사이엔 때때로 지각 변동이 일어나 간혹 화산과 지진이 발생합니다. 땅속에서 서로

으르렁거려 이름이 '하이'와 '안티'가 됐는지도 모르겠습니다. 그 덕분에 사람들은 온천을

즐기는 행운을 누리기도 하죠. 우리는 하이아틀라스 산맥 언저리에 있는

우카이임단이라는 곳을 목표로 갔습니다. 가는 길이 얼마나 위험하고 아슬아슬한지 자칫

잘못했다간 차가 낭떠러지로 굴러떨어지겠더군요. 길이 험해 운전하긴 힘들었지만 경치

하나는 끝내주었습니다.

아프리카에도 눈 덮인 산이?

|

아프리카에서 가장 높은 산은 탄자니아에 있는 킬리만자로 산(해발고도 5895m)입니다. 참고로 킬리만자로 산은 탄자니아 언어인 스와힐리어로 '빛나는 산'이란 뜻입니다. 일 년 내내 거의 눈으로 덮여 있기 때문에 그런 이름이 붙지 않았나 싶네요. 가수 조용필이 부른 노래에도 등장해 우리에게 꽤나 잘 알려진 산입니다.

아프리카에서 두 번째로 높은 산이 바로 모로코 하이아틀라스 산맥에 있는 투브칼 산(해발고도 4167m)입니다. 투브칼 산은 우카이임단 바로 옆에 있습니다. 우리나라 백두산의 해발고도가 2744m인 것을 생각하면 킬리만자로 산이나 투브칼 산이 얼마나 높은지 쉽게 짐작할 수 있습니다. 이번 여행 중 저는 3260m까지 올라갔는데 거의 죽을 뻔했습니다. 호흡곤란에 심박 증가에 두통에 어지럼증에, 게다가 날씨는 또 얼마나 춥던지. 눈밭에 푹푹 빠지는 발을 한 걸음 한 걸음 옮기는 게 그렇게 어려운 일인지 몰랐습니다.

그릇 위 토마토의 정체는?

|

산에서 고생하느라 식사 시간을 훌쩍 넘겨버린 터. 산을 내려오면서 식당을 찾기에 바빴습니다. 다행히도 꼬불꼬불한 산길 가운데 단 한 곳, 구수한 냄새를 풍기는 식당을 찾았습니다. 들어가보니 우리나라 동네 분식점 같은 정겨운

곳이었습니다. 그런데 그릇들 위에 토마토가 얹어
있더군요. 이 토마토의 정체는 무엇일까 궁금했습니다.
모로코를 비롯한 북아프리카 나라들의 전통 음식은
타진과 쿠스쿠스입니다. 사진에 보이는 것처럼 원뿔
모양의 뚜껑 달린 그릇에 담아 숯불 위에서 몇 시간에
걸쳐 천천히 익히는 음식입니다. 타진은 주로 당근,
호박, 감자, 올리브와 같은 야채에 쇠고기나 닭고기 혹은 양고기를 넣고 약한 불에
쪄내는 이른바 찜 요리입니다. 요리하는 데 워낙 오랜 시간이 걸리다 보니 식당
주인은 이른 아침부터 점심 식사 준비를 한답니다. 그러곤 먹기 알맞게 익은
음식의 그릇 위엔 토마토를 얹어놓죠. 토마토가 얹혀 있으면 식사가 가능하다는
뜻입니다. 토마토가 없으면 음식이 아직 덜 익었거나 그날 만든 음식이 다
팔렸거나 둘 중 하나겠죠.

타진 위에 토마토가 올려져 있어 재빨리 들어가 식사 주문을 했습니다. 식당
전체에 퍼진 구수한 타진 냄새를 음미하며 음식이 나오길 기다렸죠. 타진은 미리
준비된 음식이라 주문한 뒤 식탁 위에 올라오기까지 그리 긴 시간이 걸리지
않는답니다. 드디어~~ 맛있는 타진이 눈앞에 출현~! 타진과 빵 그릇만 달랑 갖다
주는 주인 할아버지에게 포크와 스푼도 갖다 달라고 했습니다. 할아버지가 다시
와서 주고 간 포크를 들고 음식을 먹으려는 순간, 포크에 묻은 비위 거슬리는
얼룩이 눈에 띄더군요. 그것은 다른 사람들이 먹은 흔적임에 분명했습니다.

'물이 귀한 곳이라 설거지를 제대로 하기 힘든가 보다' 생각하고 묵묵히 그 포크들을 들고 직접 수돗가에 가서 씻었습니다. 그런데 어찌 된 셈인지 아무리 손톱으로 긁어도 말라붙은 음식이 벗겨지지 않더군요. 할 수 없이 손으로 음식을 와구~ 와구~ 집어 먹었습니다. 모로코 사람 다 됐나 봅니다.

'문명의 이기를 누리는 너희 문명인들이여~ 손으로 음식을 먹는 우리를 더럽다느니 미개하다고 말하지 마라. 스푼, 포크, 나이프 같은 도구를 사용한다고 결코 깨끗한 것은 아니다. 기껏 문명의 도구를 사용한답시고 당신들은 남들이 실컷 빨던 것을 다시 자기 입속에 집어넣지 않나! 손으로 먹는 나는 당신들보다 훨씬 위생적이다. 왜냐고? 나는 나만의 도구를 사용하니까.'

다른 사람 입에 들어갔던 도구로 밥을 먹는 것이 문명이라면 자신은 자기 손으로 밥을 먹는 건강한 원시에 머물겠노라고 한 어느 아프리카인의 항변은 많은 것을 느끼게 합니다. 자연으로 돌아가 미개해 보이지만 아름다운 원시 속에서 '나'를 재건하는 창조적 퇴행이야말로 때로는 현대의 물질문명에 찌든 도시인에게 가장 필요한 것이 아닐까요.

마흔여덟 번째 이야기 _ **수동식 주유소**

해발 3000m,
세상에서
가장 불편한
주유소

해발 3000m가 넘는 우카이임단입니다. 사진을 보면
구름이 바로 눈 위치에 있습니다.

여기는 무엇을 하는 곳일까요? 뭔가를 판매하는 곳임에는 분명한데, 막대기에 플라스틱 통이 걸쳐 있고 가게 앞에는 기름병이 있어요. 이곳은 해발 3000m가 넘는 우카이임단입니다. 눈 위치에 구름이 있어 얼마나 고도가 높은 곳인지 잘 알 수 있습니다. 저는 지나가다가 이곳이 식용유 파는 가게인 줄 알았습니다. 그런데 아니더군요. 차가 한 대 서더니 차 주인이 가게 점원에게 무언가를 주문합니다. 점원은 빠른 동작으로 커다란 플라스틱 통을 가져다가 작은 병에 옮겨 붓습니다. 작은 병에 옮겨 부은 액체를 깔때기를 이용해 자동차에 다시 옮겨 붓더군요. 말하자면 이 가게는 주유소였습니다. 자동차의 기름통을 가득 채우려면 얼마나 오랫동안 이와 같은 일을 반복해야 하는지 모릅니다. 해발 3000m 산악지대에 주유기를 갖춘 주유소가 있을 리 만무합니다. 이런 수동식 주유소를 보고 있자니 2002년 차드에서 봤던 주유소가 생각납니다.

차드는 세계 3대 최빈국에 속하는 나라였는데 2002년 무렵 석유가 발견되어 지금은 최빈국의 오명은 탈피했습니다. 아래 사진은 주유소입니다. 기름병이 있어서 식용유나 올리브유를 판매하는 곳처럼 보이죠? 차드는 전기도 수도도

없는 나라였습니다. 시설은 있지만 전혀 보급이 되지 않는 상태였죠. 전기가 원활하지 않으니 당연히 주유기를 갖춘 주유소도 없습니다. 불편한 수동식 주유소를 보니 우리가 얼마나 편리한 생활을 하는지 알 수 있었습니다. 인건비 비싼 유럽이나 미국의 경우만 해도 운전자가 직접 나와서 기름을 넣어야 합니다. 우리는 감사하게도 아프리카는 물론 심지어 유럽이나 미국보다도 훨씬 편리한 생활을 하고 있습니다.

모로코
베스트 민박집,
예약은 필수!

모로코 카사블랑카에서 남쪽으로 약 80km 떨어진 곳에 아제무르Azemmour라는

작은 도시가 있습니다. 그곳에 있는 메종 도트maison d' hôte를 소개할까 합니다.

번역하면 여인숙 내지는 민박집 정도가 되겠네요.

입구에 들어서면 바로 보이는 분수대! 흐르는 물소리가 마치 시냇물 같았습니다.

그랜드 피아노가 있기에 그냥 지나칠 수 없더라고요. 직업의식(?)이 발동해 쇼팽의

'즉흥 환상곡'을 연주했습니다. 10여 명의 손님과 민박집 주인, 종업원들의

박수갈채를 받고는 앙코르 곡으로 '문 리버'를 들려주었죠.

프랑스인이 주인인 이 민박집에는 그림이 무척 많이 걸려 있었습니다. 왜 이렇게

그림이 많느냐고 물었더니 아제무르가 원래 화가촌이라고 하더군요. 객실료는

1인당 약 300디르함(한화로 약 3만 6000원 선)입니다. 객실이 9개뿐인 데다 항상

손님이 많아서 반드시 예약을 해야 합니다.

1 입구로 들어가서 왼쪽에 있는 거실.
2 오른쪽에 보이는 큐비즘 양식의 그림이
눈길을 끈다. 3 들어가자마자 오른쪽에 있는
거실. 4 2층으로 올라가는 계단 끝에 있는
조형물. 귀엽기도 하고 독특하기도 해서
자세히 들여다봤더니 다름 아닌 삽이었다. 5
2층에서 내려다본 1층 거실. 6 1층과 2층
사이의 거실. 2층에 있는 모던한 의자도
예상외로 잘 어울린다. 7 옥상에 올라가서
바깥을 내다보면 움르비아Oum Rbia 강이 보인다.
강물을 가만히 보고 있으려니 시간이 정지한
듯 몽롱해진다. 강과 바다가 만나는 곳으로
멀리 대서양도 볼 수 있다. 확 트인 풍경이
마음까지 시원하게 해준다.

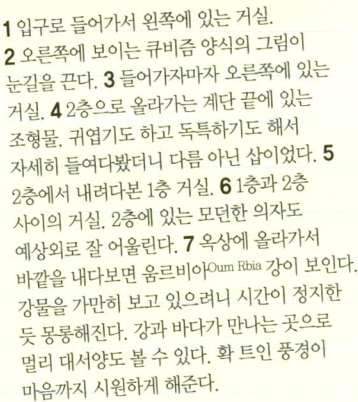

살아 있음을   느끼려면
시   장   에   가라

에리히 프롬은 그의 저서 〈사랑의 기술〉에서 '실연 후 곧바로 새로운 이성을

만나는 것은 배고플 때 시장에 가는 것과 같다' 며 판단력이 떨어져 있을 때 행동을

조심할 것을 언급했습니다. 그런 충고를 모르는 바 아니지만 그래도 저는 배 고플

때 시장에 잘 가게 됩니다. 시장에 갈 때마다 우연히 배가 고팠던 것인지도

모르겠지만요.

사실 출출할 때 시장에 가면 자신이 의도하지 않은 식품을 많이 사게 되어 예상치

못한 지출은 물론 다이어트에도 나쁜 영향을 미치긴 합니다. 하지만 사람이 어디

그렇게 두부 자르듯 원칙대로만 살아갈 수 있나요. 그렇게 사는 게 무슨 재미가

있겠습니까. 그래서 저는 배가 고플 때, 마음이 허전할 때, 기분이 울적할 때, 내

존재 가치를 느끼고 싶을 때 의도적으로 재래시장을 이용합니다. 활력 넘치는

시장은 그때마다 제게 인생은 살아볼 만한 가치가 있는 것이라고 일러줍니다.

모로코에는 각 도시마다 '메디나'라고 하는 재래시장이 있습니다. 원래 메디나는 아랍어로 '도시'라는 뜻인데 오래전에 형성되었기 때문에 고풍스러운 구시가지를 일컫는 말이 되었습니다. 그러다 메디나에 하나 둘 가게가 생기면서 자연스럽게 시장이 형성되었고 그러면서 '도시'라는 의미와 아울러 '시장'이라는 의미도 갖게 되었습니다.

메디나의 오래된 돌길을 거니는 것은 평범한 모로코 생활 가운데 누릴 수 있는 가장 흥미롭고 즐거운 행위입니다. 착한 가격의 물건, 약간은 무질서하지만 정감 넘치는 거리, 그리고 다혈질의 서글서글한 모로코인들이 붐비는 시장이야말로 진정한 인생을 느끼게 만듭니다. 물건을 사라고 소리치는 상인과 구경꾼들, 다투듯이 큰 소리로 흥정하는 사람들. 그렇게 복잡한 거리에서 느끼는 활력은 우리로 하여금 살아 있음을 느끼게 합니다. 모로코 재래시장에서 제가 특히 좋아하는 것은 문명사회에서는 보기 힘든 물건들입니다. 전기가 발명되기 훨씬 전부터 사용해온 삼각뿔 모양의 호롱불, 마치 중세를 배경으로 한 영화에 나옴직한 보물함과 단도, 화롯불에 바람을 불어넣는 부채, 아프리카 리듬을 귀로 만끽할 수 있는 전통 북과 만돌린까지 직접 손으로 만져가며 세월을 느껴볼 수 있습니다. 또 주렁주렁 걸려 있는 전통 도자기와 다기 세트를 바라보고 있노라면 요술 램프를 들고 지니를 불러내는 알라딘이 금방이라도 모습을 드러낼 것만 같습니다.

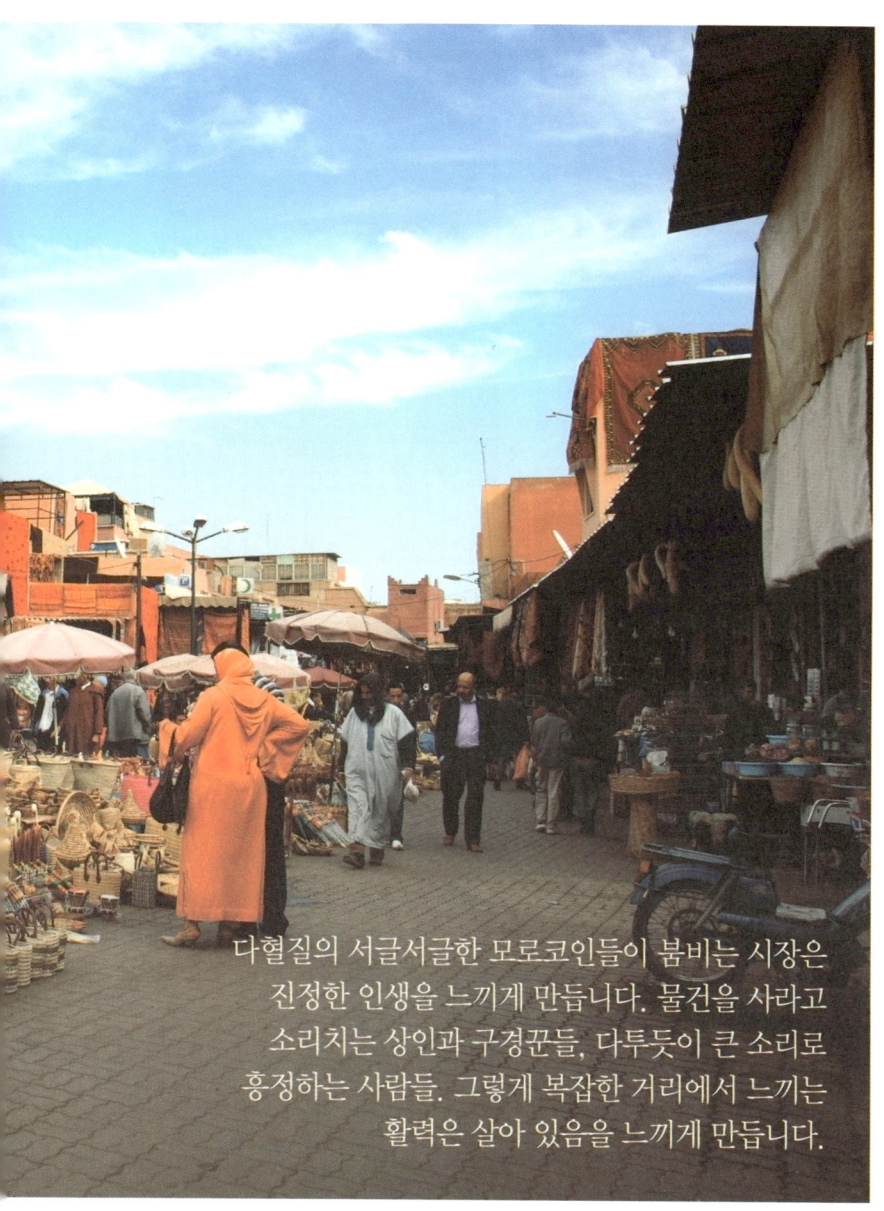

다혈질의 서글서글한 모로코인들이 붐비는 시장은
진정한 인생을 느끼게 만듭니다. 물건을 사라고
소리치는 상인과 구경꾼들, 다투듯이 큰 소리로
흥정하는 사람들. 그렇게 복잡한 거리에서 느끼는
활력은 살아 있음을 느끼게 만듭니다.

모로코 재래시장에는 늘 활력이 넘칩니다. 야시장에 있는
먹자골목은 먹을거리가 풍성하고 마치 중세를 배경으로 한
영화에나 나올 법한 보물함과 단도 등 특색 있는 소품들도 볼
수 있습니다. 집에서 직접 키운 가축을 내다 팔기도 하고요.
천연 아로마 향유를 구할 수도 있습니다. 베르베르 전통
카펫도 보이네요.

모로코에서는 애체이(민트 차)를 식사할 때 함께 마시므로 다기 세트가 없는 집이 없습니다. 아무리 형편이 어려워도 집집마다 손님 접대용의 화려한 다기 세트는 모두 갖추고 있죠. 베르베르 전통 카펫을 깔고 앉아 따르는 모로코 전통의 민트 차는 마시기도 전부터 벌써 멋스러운 분위기가 감돕니다.

간혹 시장에서 엄청나게 많은 유리병이 진열된 가게를 보기도 합니다. 그 유리병에는 모두 천연 아로마 향유가 들어 있습니다. 가게 근처에만 가도 아름다운 향기가 진동합니다. 〈성경〉에도 나오는 향유는 1ml에 1달러 정도로 만만치 않은 가격이지만 해열이나 진통 효과가 있어 민간요법으로 많이 쓰입니다. 쉿~ 이건 비밀인데요, 모로코에서 암암리에 퍼져 있는 주술용 마법 묘약의 재료도 이곳에서 판답니다.

이런 전통 소품들은 모두 7세기경 아랍인들이 중·근동 지역에서 이곳으로 이주해 올 때 전파한 것들인데 요즘은 도리어 모로코 물건을 중동으로 역수출한다는 흥미로운 소식이 들립니다. 지난해 두바이에 '샴스('태양'이라는 뜻의 아랍어)'라는 5성급 호텔이 완공되었는데 실내 장식용 인테리어용품을 모두 모로코에서 수입해 사용했다고 하더군요.

한참 돌아다니다 보면 어느새 시장기를 느끼게 되죠. 이럴 때 메디나의 먹자골목에 가면 바삭거리는 견과류, 신선한 오렌지를 그 자리에서 갈아 만든 생오렌지 주스, 구수한 양고기 바비큐, 담백한 생선튀김, 새콤달콤한 토마토 샐러드 등 온갖 산해진미가 우리의 미각을 만족시켜줍니다.

세   상   에!
비스킷
닮은 건물도
다   있네

이게 웬 비스킷일까?

사진 속의 조형물이 마치 비스킷처럼 보인다 싶은 분들은 희망을 가지십시오.

아직 세상의 때가 묻지 않은 순수한 동심을 간직한 분들이니까요.

이것은 모로코의 수도 라바트에 있는 담장의 일부입니다. 라바트에는 역대 왕들의

무덤이 모여 있는 곳이 있는데 그곳에 천년 역사를 자랑하는 하산Hassan 탑이

있습니다. 1196년경에 야쿱 알 만수르가 지은 이 첨탑은 높이가 44m, 둘레는

16m입니다. 1755년에 지진으로 주변 모든 건물이 다 무너졌으나 이 첨탑만

무너지지 않았습니다. 이때 모스크 담장으로 추정되는 벽도 무너지고 마치 먹다

만 비스킷 모양으로 남아 하산 탑과 나란히 서 있습니다.

하산 탑을 우리나라의 첨성대와 비교해보면, 첨성대는 높이 9.4m로 하산 탑에

비해 규모가 작지만 647년에 지어 하산 탑보다 훨씬 오랜 역사를 자랑한답니다.

모로코의 오래된 건물 벽은 왜 이렇게 구멍이 뚫려 있는 걸까요?

구멍에 나무를 박아 넣고 그 나무를 밟고 올라가 높은 곳의 청소나 공사를 쉽게

하기 위한 것 같기도 하고, 또 단순히 장식용 같기도 합니다. 좀 더 깊이 추측해

보건대, 밤에 춥고 낮에 뜨거운 사막 기후에서는 건물이 수축과 팽창을

주기적으로 하기 때문에 뒤틀림을 방지하기 위해 구멍을 뚫지 않았을까 하는

생각도 듭니다. 아무튼 구멍이 숭숭 뚫린 모로코 건물의 외벽을 배가 고플 때

바라보면 정말 비스킷으로 보이더군요.

하산 탑 정문과 후문에는 각각 2명의 카발리에(cavalier:말 탄 기사)가 문을

지키고 있습니다. 그 모습은 천년의 역사를 거슬러 올라간 듯한 느낌을 줍니다.

종일 부동자세로 문을 지키고 있자면 기사는 물론 말도 얼마나 힘들지 여간

측은해 보이지 않습니다. 기사는 볼일을 어떻게 처리하는지 모르겠지만 말은

대소변을 그 자리에서 봅니다.

여기도 구멍, 저기도 구멍~~!

라바트의 우다야는 12세기에 지은 카스바입니다. 21세기인 오늘날 그 성안

사람들은 아직도 전통 방식 그대로 살고 있답니다. 우아하고 아름다운 모로코

전통은 꽤나 매력적이어서 그 문화를 동경하는 유럽인들이 각 도시의 카스바 내

가옥을 많이들 구입하고 개조해 모로코인들과 함께 살고 있습니다.

모로코 남부 와르자자트 근처에 있는 '아이츠벤하두'라는 카스바casbah는

고풍스러운 외양 덕분에 〈벤허〉〈글래디에이터〉〈아스트릭스〉〈사하라〉〈미라〉와

같은 중세를 배경으로 한 할리우드 영화에 많이 등장했습니다. 사실 이 카스바도 꼭 비스킷을 닮았답니다.

카스바

|

카스바는 대개 좀 높은 언덕이나 단구 위에 자리 잡은 성채입니다. 원래는 외세의 침략을 막으려는 방어 공동체로 지은 성곽이죠. 성곽 안에는 지배자가 사는 집과 병영 등이 있는데 모로코 라바트에 있는 카스바 우다야와 페스에 있는 카스바처럼 관광지가 된 곳이 많습니다. 넓은 뜻으로는 성채뿐 아니라 주변의 성벽으로 둘러싸인 시가지, 즉 성곽 도시 전체를 가리키는 경우도 있습니다. 19세기 이후 식민지 시대에 북아프리카 여러 도시에서는 성곽 도시 주변에 새로운 유럽풍 시가지가 조성되었죠. 밀집된 아랍풍 시가 지구와 넓은 가로로 이루어진 유럽풍 시가 지구의 대조로 인해, 유럽인은 성관城關의 유무에 관계없이 아랍풍 시가 지구를 포함한 옛 성곽 도시 전체를 카스바라고 부르게 된 듯합니다.

아랍인은 아랍풍 시가 지구를 카스바와 구별하여 메디나(medina:아랍어로 '도시', '시가지' 라는 뜻)라고 부릅니다. 성채, 성벽은 거의 남아 있지 않고 구항舊港 위쪽 사면斜面에 안뜰이 있는, 희고 네모난 집이 다닥다닥 밀집되어 있는 카스바입니다. 결코 암흑가가 아니며, 터널과 같은 미로 모양의 길을 걸어가면 옛 아랍의 따뜻한 분위기를 느낄 수 있고, 테라스에서 바라보는 대서양과 지중해 조망이 일품이죠. 라바트의 우다야는 유네스코 세계문화유산에 등록되어 있습니다.

라바트에는 역대 왕들의
무덤이 모여 있는 곳이
있는데 그곳에 천년 역사를
자랑하는 하산 탑이

있습니다. 1196년경에 야쿱 알 만수르가 지은 이 첨탑은
높이가 44m, 둘레는 16m입니다. 1755년에 지진으로 주변
모든 건물이 다 무너졌으나 이 첨탑만 무너지지 않았습니다.

묘한 마력을 풍기는
낭만적인   페스의
골   목   길

모로코에는 아름다운 골목길이 많습니다. 그중에서 세계인들이 놀랄 정도로 묘한 마력을 풍기는 골목길이 있는 곳이 바로 페스입니다. 가이드를 대동하지 않고는 결코 길을 빠져나올 수 없을 정도로 복잡하게 얽혀 있는 페스의 골목길은 판타지 SF에 나오는 미로 찾기 게임을 방불케 합니다. 제아무리 뛰어난 기억력과 동물적 방향 감각을 가진 관광객이라 할지라도 페스의 메디나 안에 들어가면 영락없이 '길치'가 되어버립니다.

'메디나에 들어온 다음 옷 가게에서 오른쪽으로 돌고 50m쯤 가다가 도자기 가게에서 왼쪽으로 돌고…' 이런 식으로 외우는 데는 한계가 있습니다. 단단히 마음먹고 기억을 해도 돌아서면 이 길이 그 길 같고 그 길이 저 길 같거든요. 비슷비슷하면서도 저마다 특이한 풍경이 펼쳐지는 바람에 구경하다 보면 어느새

몇 번째 코너를 돌았는지조차 까마득해집니다. 게다가 나중에 나올 때는 외웠던 방향과는 반대로 나와야 하니 이러다 길을 잃게 되는 것 아닌가 하여 모골이 송연해지죠.

이쯤 되면 길을 찾기 위해 애를 썼던 헨젤과 그레텔을 떠올릴 수밖에 없습니다. 그러나 불행하게도 동화 속 어린이들이 했던 방법, 즉 빵 조각을 떨어뜨리거나 조약돌을 떨어뜨리며 길을 가는 방법은 그 복잡한 시장통 골목길에서는 전혀 활용할 수 없는 팁입니다. 이곳에서 외국인은 길을 인도해줄 가이드가 꼭 필요합니다. 신기하게도 가이드는 우리가 찾으려고 노력하지 않아도 도처에서 우리를 도와주고 싶어 안간힘을 쓰고 있습니다. 표정을 보아 가식이 없고 진실해 보이는 사람으로 골라 가이드 삼으면 꽤 괜찮은 선택이 됩니다.

일단 가이드를 골라 함께 가기 시작하면 그는 필요 이상으로 우리를 꼬불꼬불한 곳으로 인도하며 보란 듯이 자신의 길 찾기 기술을 자랑합니다. 급기야 따라가는 관광객은 현기증으로 졸도하기 일보 직전이 되어버립니다. 아무튼 아련하고 정겨우며 매력적인 곳이 골목길이지만 때로는 아연실색할 정도로 혼란스러운 곳이기도 합니다.

페스의 골목길은 판타지 SF에 나오는 미로 찾기 게임을
방불케 합니다. 제아무리 뛰어난 기억력과 동물적 방향
감각을 가진 관광객이라 할지라도 페스의 메디나 안에
들어가면 영락없이 '길치' 가 되어버립니다.

100개의

머리를   가진

용   을

보   셨   나   요?

이곳은 건물 기둥이 모두 모래로 만들어져 있습니다.
기둥과 벽이 모래로 되어 있어 자칫 무너져 내릴 것
같지만 의외로 튼튼하더군요. 입구에 들어서자 바로 훅~
불어오는 찬 바람이 무척 신선하게 느껴졌습니다.

모로코 북쪽 도시 탕헤르에서 남서쪽으로 5km 정도 가면
헤라클레스 동굴Grotte d' Hercule이 나옵니다. 동굴 규모가 작은 데다
이정표가 제대로 없어 찾아가는 데 고생을 좀 했지만 바다로 난
동굴의 아름다운 풍광이 그곳까지 찾아간 노고를 충분히 치를 만큼
가치가 있었습니다. 동굴 입구에 도착해 차를 세우자 어디선가
갑자기 베르베르 어린이가 나귀를 타고 나타났습니다. 어린 나이에
나귀를 타고 관광객들 근처에서 무엇을 하는지 애처롭기만 하더군요.
이곳은 건물 기둥이 모두 모래로 만들어져 있습니다. 기둥과 벽이 모래로 되어
있어 자칫 무너져 내릴 것 같지만 의외로 튼튼하더군요. 동굴 입구로 들어가니
아래로 내려가는 계단이 나왔습니다. 입구에 들어서자 바로 훅~ 불어오는 찬
바람이 무척 신선하게 느껴졌습니다. 보통 양이온보다 음이온이 건강에 도움
된다고 하는데 양이온이 가장 많이 나오는 공간은 콘크리트 벽으로 된 아파트
안이고요, 음이온이 가장 많이 나오는 공간은 다름 아닌 동굴 속이랍니다.
이 동굴은 헤라클레스가 머물렀다고 전해지는 곳으로 100개의 머리를 가진 용이
이곳을 지켰다는 전설이 있습니다. 입구에서부터 바다로 향한 절벽의 통로까지
30m도 채 되지 않는 짧은 길이의 동굴이지만 그 끝에서는 정말로 환상적인
장면에 감동하게 됩니다. 입구로 들어갔을 때는 분명 동굴이었는데, 둥그런 곡선
길을 지나가면 바다로 통하는 커다란 통로를 발견하게 됩니다. 그 통로는
신기하게도 아프리카 지도 형상입니다. 해 질 녘에 가면 특히 아름다운 일몰을
감상할 수 있고 사진도 멋지게 찍을 수 있답니다.

무 엇 이
이브 생 로랑을
세계적   예술가로
키웠을까

이브 생 로랑이 생전에 아끼고 사랑했던 Jardin Majorelle에 대해

알려드리겠습니다. 프랑스어 'Jardin'은 영어의 'garden', 우리말의 '정원'에

해당하는 말입니다. 마조렐Majorelle은 정원을 가꾼 프랑스 화가 자크 마조렐Jacques

Majorelle의 성입니다. 그럼 이제 이 정원에 얽힌 이야기를 풀어가겠습니다.

아프리카 모로코 마라케시에는 이브 생 로랑(1936~2008)이 살았던 집이

있습니다. 정원이 아름답기로 유명한 그 집을 구경하기 위해 언제나 사람들의

발걸음이 끊이지 않습니다. 그 집에 처음부터 이브 생 로랑이 살았던 것은

아닙니다. 1886년 프랑스 낭시에서 태어난 자크 마조렐이라는 화가가 살던

집이죠. 자크는 33세가 되던 1919년 프랑스를 떠나 모로코로 와서 작품 활동을

하기 시작했습니다. 1924년에 훗날 유명하게 된 이 정원의 터를 마련해

가꾸어오다가 1947년부터 일반인에게 공개하기 시작했고 그 전통은 오늘날까지 계속되었습니다. 1962년 어느 날 그는 자동차 사고를 당해 프랑스로 후송되었으나 아쉽게도 76세의 일기로 생을 마감합니다.

마조렐 정원은 자크 마조렐이 평생을 바쳐 가꾸어온 역작으로 최면술을 걸 듯 방문자의 넋을 잃게 하는 진정한 예술 작품입니다. 이 정원에는 5대양 6대주에 널리 분포하는 식물이 많이 있습니다. 또 흔히 볼 수 없는 희귀한 식물들도 있습니다. 개인이 수집했다고 믿기 어려울 정도로 굉장한 가치를 지니고 있어 20세기 가장 미스터리한 정원 중 하나로 손꼽히기도 합니다. 정원을 처음 가꾼 사람은 마조렐이지만 실제로 그 정원을 세계적인 작품으로 끌어올린 데에는 이브 생로랑의 역할도 컸습니다. 자크 마조렐이 사망한 후 이브 생로랑과 피에르 베르제가 그 정원을 가꾸고 보살피지 않았다면 아마 원형이 보존되기가 어려웠을 것이고 지금처럼 이름난 정원이 되지 못했을 것이라는 게 일반적인 견해입니다.

모로코에는 각 도시마다 프랑스인이 가꾼 훌륭한 개인 정원이 있습니다. 수도인 라바트에도 '자르댕 엑소티크(Jardin Exotique:이국적 정원)' 라는 정원이 있습니다. 이 정원도 마조렐 정원만큼 아름다운 데다 규모 면에서는 훨씬 더 크답니다. 그러나 전 세계에 알려진 모로코 최고의 개인 정원을 들라면 거의 모든 사람들이 마조렐 정원을 꼽습니다. 그 이유는 이브 생 로랑의 지명도 때문이 아닐까 하고 제 나름대로 추측했습니다. 하지만 이곳을 방문해보고는 제 생각이 100% 틀렸다는 것을 깨닫게 되었습니다. 이브 생 로랑의 지명도 때문에 이 정원이 유명해진 것이 아니라 이 정원에 의해 그가 유명한 예술가가 되었던 것입니다.

이브 생 로랑이 남긴 다음의 말을 보면 그 사실이 더욱 명확해집니다.

"지난 수년 동안 나는 마조렐 정원에서 무한히 솟아나는 마르지 않는 영감의 근원을 찾았다. 그리고 이 톡톡 튀는 독특한 색깔들을 자주 꿈꾸곤 한다."

유럽의 많은 예술가와 문학가들이 자연과의 교감을 통해 예술적 영감을 얻고자

모로코로 이주해 왔습니다. 인간이 자연 속에서 예술적 영감을 받는다는 것은 예술가 사이에서는 진리로 통합니다. 인간은 환경의 지배를 받는 동물이거든요. 가장 아름다운 예술은 조물주가 만든 자연이고 그 자연을 모방하는 것이 인간의 예술이니까요. 자크 마조렐도 아프리카 자연의 거친 듯 원색적인 아름다움에 이끌려 마라케시까지 오게 되었고 결과적으로 그가 만든 정원은 이브 생로랑을 자극했습니다. 말하자면 이브 생로랑의 마르지 않는 상상력의 원천은 바로 마조렐 정원이었던 것입니다.

정원은 이브 생로랑에게 예술적 영감을 주었으며 그의 열정에 불을 붙이는 점화 장치 역할을 했습니다. 말하자면 그를 훌륭한 예술가로 키워낸 장본인이 바로 마조렐 정원이라는 겁니다. 그렇기에 더더욱 이브 생로랑과 정원은 서로 뗄 수 없는 관계입니다.

정문으로 들어가면 자그마한 분수가 나옵니다. 분수를 지나 숲 입구로 진입하면

중국에서 발원하여 서남아시아를 거쳐 유럽에
전파된 대나무가 우리를 반깁니다. 십수 종에
달하는 울창한 대나무 숲은 더위를 잊게 해주는
데 더할 나위 없이 좋은 피난처입니다. 뜰에는
100여 종이 넘는 온갖 재미있는 모양의

선인장이 자라고 연못에는 동양적 매력을 풍기는 아름다운 연꽃이 피어 있습니다.
정겨운 오솔길을 걸으면 금방이라도 사랑에 빠질 것만 같고 작은 나뭇잎들은
무척이나 다정다감해 마치 우리에게 말을 거는 듯합니다. 꽃잎은 흐드러지게
사방에 날리고 향기는 가슴을 가득 채웁니다. 이브 생 로랑이 무수히 많은 날 이
정원을 거닐면서 작품 구상을 했다고 생각하니 감회가 새로웠습니다. 저도 이곳에
살면 이브 생로랑처럼 되지 않을까 하는 막연한 기대까지 생겼습니다.

정원을 지나 안쪽으로 깊이 들어가자 자크 마조렐에 이어 이브 생 로랑이 살던
집이 보였습니다. 그 집은 지중해를 연상케 하는 코발트블루와 샛노란색이
어우러져 환상적인 느낌을 자아냈습니다. 마조렐 정원에서는 알록달록한 화분
항아리까지도 하나의 풍경이 되었습니다. 1층 어느 방 창문에서 나오는 코발트
빛을 바라보며 '이 창문은 어떤 사연을 간직하고 있을까?' 하고 상상의 나래를
펼쳐봅니다. 이브 생 로랑이 살았던 집이 어떻게 생겼는지 들어가보고 싶었으나
마침 그날이 휴관일이라 아쉽게도 발걸음을 돌려야 했습니다. 여행을 하면서 늘
생기는 의문이 있습니다. 왜 항상 가는 날이 장날일까요?

혼돈 속   안정감,
마치 주술에 걸린 듯한
묘한 느낌

이탈리아에 '모든 길은 로마로 통한다' 는 말이 있다면 모로코에서는 '모든 관광은

마라케시로 통한다' 고 해도 될 만큼 마라케시는 모로코 내에서는 물론 전

세계적으로도 매우 유명한 관광지입니다. 마라케시라는 말은 '붉다' 라는 뜻이며

모로코 국가명도 이 도시 이름에서 유래했습니다. 이곳은 모든 벽과 집,

공공건물이 적갈색으로 된 적색 지대입니다. 세계 각지에서 몰려든 관광객이

사시사철 끊이지 않는 매혹의 도시이며 유구한 역사의 도시로 곳곳에 볼거리가

풍성하고 아울러 사막으로 통하는 가장 중요한 길목이기도 합니다.

그곳에 '공개 처형 장소' 라는 뜻을 지닌 '제마 엘프나' 광장이 있습니다. 해 질

무렵이 되면 사람들이 서서히 이 광장으로 몰려듭니다. 물건을 파는 사람, 음식을

파는 사람, 진기한 재주를 보여주는 사람, 원숭이 같은 동물을 보여주는 사람,

서커스를 하는 사람, 마차를 타고 관광객을
기다리는 사람, 낙타를 타고 나타난 사람 등
각양각색의 사람들이 모여 즐거운 난장이
펼쳐집니다. 그중 가장 당황스럽고 엽기적인 것은 바로 코브라입니다. 군중 속에
묻혀 구경하고 있는 제게 느닷없이 다가와 그 크고 끔찍한 코브라를 제 목에 턱
걸쳐놓을 때의 기분이란 실로 공포 그 자체입니다. 얌전히 구경했던 죄밖에 없는
제게 그런 곤욕스러운 일이 생기다니…. 무슨 죄가 있나 가만히 생각해보니 제가
공짜로 구경을 하고 있었더군요. 아차~ 그게 가장 치명적인 잘못이다 싶어 재빨리
팁을 주었습니다. 그런데도 코브라 영감님은 그 독사로부터 저를 구출해주지
않았습니다. 한참을 끙끙대며 괴로워하다가 드디어 코브라를 거둬 가는 순간 저는
뒤도 돌아보지 않고 서둘러 그곳을 빠져나왔습니다. 그런 제 뒤꽁무니를 보며
많은 모로코 사람들이 즐거워하더군요. 그들의 반응에 약이 올랐지만 '그래, 이 한
몸 바쳐 수많은 사람을 즐겁게 해주었으니 이것으로 만족하자' 라고 생각하며
스스로 위로해봅니다.

광장 한쪽에는 두 필의 말이 끄는 마차가 관광객을 기다리며 나란히 줄지어
있습니다. 200디르함을 내면 한 시간 정도 마차로 시내 투어를 시켜주는데 경쾌한

말발굽 소리와 불규칙적인 덜컹거림이 머릿속 열을
식히기에 딱이었습니다. 마차를 타기 전에는 몰랐는데
마부 옆자리에 타고 보니 웬만한 운전 솜씨로는

제마 엘프나 광장에서는 자동차, 자전거, 마차, 오토바이, 버스, 택시, 보행자가 한데 어울려 복잡하기 짝이 없는데도 그 속에 모종의 질서가 있습니다. 마차가 다가서면 자동차들은 으레 길을 비켜줍니다. 마부는 양손을 자유롭게 사용하며 자동차 깜빡이에 해당하는 수신호를 하고 사람들과 자동차는 홍해가 갈라지듯 길을 만들어 마차가 지나갈 수 있도록 배려해줍니다. 이런 풍경은 다른 도시에서는 보기 힘든 모습입니다.

마라케시에서 마차를 몰 수 없을 것 같더군요. 시끄럽고 복잡하고 혼란스러운 마라케시는 질서와는 거리가 먼 곳이었습니다. 사람의 혼을 쏙 빼놓는 마라케시 한복판에서 마차를 모는 일이란 마치 눈을 가린 채 태초의 혼돈 속을 더듬는 것과 마찬가지처럼 보였습니다. 그런데 자동차, 자전거, 마차, 오토바이, 버스, 택시, 보행자가 한데 어울려 복잡하기 짝이 없는데도 그 속에 모종의 질서가 있다고나 할까요? 마차가 다가서면 자동차들은 으레 길을 비켜주더군요. 마부는 양손을 자유롭게 사용하며 자동차 깜빡이에 해당하는 수신호를 하고 사람들과 자동차는 홍해가 갈라지듯 길을 만들어 마차가 지나갈 수 있도록 배려해주었습니다. 모로코에 오래 살았지만 다른 도시에서는 보기 힘든 장면이었습니다.

극과 극은 하나라지요. 사랑은 증오와 통하고 강한 부정은 긍정으로 간주되며 적막은 다른 이름의 아우성인 것처럼 혼돈과 질서는 원래 하나일까요? 어지러운 듯 복잡한 곳에서 느끼는 왠지 모를 안정감, 그 속에서 발견하는 아이러니컬한 질서의 아름다움, 인간미가 흐르되 인위적이지 않은 곳, 지저분하고 떠들썩한 가운데 고요가 있는 곳, 마라케시는 그런 곳입니다.

잔인한   달
4월의 잔인한
아 름 다 움

아프리카의 나라들은 대부분 봄, 여름, 가을, 겨울
사계절로 나뉘는 우리나라와는 달리 일 년이 건기와
우기로 나뉩니다. 지역에 따라 다르지만 대체로
건기에는 짧은 건기와 긴 건기가 있고 우기에도 짧은
우기와 긴 우기가 있습니다. 〈구약 성경〉 시편에 보면 '이른 비'와 '늦은 비'라는
용어가 나오는데 그것은 바로 연중 두 차례 맞는 우기를 그렇게 표현한 것입니다.
모로코는 주로 가을·겨울철이 우기입니다. 일 년 내내 비가 거의 한 방울도 오지
않다가 11월부터 2~3월까지 비가 옵니다. 우기라고 해도 비가 매일 오는 것은
아닙니다. 비가 귀한 곳이니만큼 집에 손님이 왔을 때 비가 오면 손님이 '비'를
몰고 왔다고 여겨 대접이 후할 정도지요. 그해 강우량에 따라 이듬해 국가 수입이

결정되기도 합니다. 말하자면 비가 많이 와야 농사도 잘되고 꽃도 많이 피어

양봉도 잘됩니다. 2008년 겨울에는 예년에 비해 비가 많이 와서 2009년은 사상

유례없는 풍년이 들었습니다. 풍년이 들어 마음도 풍요로워진 데다 아름다운

꽃으로 스트레스도 단박에 날아가버렸습니다. 들판에 가보면 오른쪽으로는 빨간

꽃이, 왼쪽으로는 노란 꽃이 마치 양탄자가 펼쳐진 듯 쫙 깔려 있습니다. 들판마다

흰색, 보라색, 주황색 군락을 이룬 꽃의 향연은 보기만 해도 피로를 가시게 하며

향기는 또 사람의 마음속까지 파고들어 아름답게 물들입니다.

T.S. 엘리엇은 라일락꽃 피는 4월을 '잔인한 달'이라고 묘사했습니다. 저는

모로코에 와서야 그 시구를 이해하게 되었습니다. 아름다운 달 4월에 들판을 가득

수놓은 붉은 양귀비꽃을 보고 나서지요. 양귀비꽃은 원래 아편의 원료로 가공이

가능한데 모로코에서 피는 양귀비꽃은 아편을 생산하지 못하는 양귀비라

'개양귀비'라고도 부릅니다.

양귀비가 흐드러지게 피어 붉게 물든 들판은 정말이지 잔인하리만치

아름답더군요. 화가 모네도 〈개양귀비〉라는 작품을 남겼습니다. 양귀비꽃이 핀

들판을 보니 예술은 자연의 모방이라는 말이 결코 틀린 말이 아닌 것 같습니다.

'아름답다'는 단어만으로 턱없이 부족하여 오히려 미안함마저 들게 하는 꽃들이

들판을 장식하고 있습니다. 들판을 화려하게 수놓은 꽃들의 함성! 그리고

어지러울 만큼 치명적인 향기~! 4월의 아프리카는 그렇게 인간에게 잔인한

아름다움을 선사합니다.

57~67

remind 깨달음

사막의 　　여자들은
왜
검은색 　　옷을 입을까

머리부터 발끝까지 검은색으로 뒤집어쓴 아랍 여성들은
검은색 옷 속에 휘황찬란한 장신구와 섹시한 속옷을 즐겨
착용한답니다. 아무도 봐주는 사람이 없지만, 겉모습을
검은색으로만 두른 것에 대한 보상 심리가 작용한 것인지
자신만의 만족감을 위해서인지 모르겠습니다.

일반적으로 검은색 옷은 흰옷보다 빛을 더 잘 흡수해서 훨씬 덥습니다. 실제로 검은색 옷 속의 온도는 흰옷 속 온도보다 6℃가량 높다고 합니다. 그런데도 사막의 여인들은 왜 검은색 옷을 입는 걸까요?

아랍 남자들은 대부분 '디슈다샤'라는 흰옷을 착용합니다. 그러나 여자들 옷은 검은색 일색입니다. 여기서 남녀 불평등을 거론할 분도 있을지 모르겠습니다. 그러나 뜨거운 사막에서는 흰옷보다 검은색 옷이 훨씬 시원하다는 사실을 알면 그런 말이 나올 수 없죠. 그 이유는 검은색 옷 속 높은 온도가 공기를 빨리 데워서 위로 올라가게 하고 밑으로 찬 공기가 다시 들어오게 해 공기의 대류 현상을 원활하게 하는 것이랍니다. 이런 현상으로 옷 속에선 바람이 부는 듯한 효과가 생겨 매우 시원하다고 합니다. 단~! 길이가 길고 헐렁한 옷이어야 합니다.

아무리 바람 부는 듯한 효과가 있어서 시원하다고 해도 저더러 누가 검은색 옷을 입으라고 강요한다면…. 글쎄요, 제가 그 옷을 입고도 시원함을 느낄 수 있다고는 장담할 수 없습니다.

머리부터 발끝까지 검은색으로 뒤집어쓴 아랍 여성들은 검은색 옷 속에 휘황찬란한 장신구와 섹시한 속옷을 즐겨 착용합니다. 아무도 봐주는 사람이 없지만, 겉모습을 검은색으로만 두른 것에 대한 보상 심리가 작용한 것인지 자신만의 만족감을 위해서인지 모르겠습니다. 아무튼 세상의 어느 나라든 어느 부족이든 아름다워지려고 하는 것은 여자의 본능이 아닌가 싶습니다.

아랍 여성의
섹시 페 티 시

아랍 여성의 상징은 두말할 나위 없이 머리에 쓰는 베일일 것입니다. 베일은 여성의

순결을 상징하는 것으로, 무슬림 여성에게는 의무 사항으로 〈코란〉에도 분명히

명시되어 있습니다.

〈코란〉에 명시된 남성의 의무가 경제력이라면 여성의 의무는 '순결' 입니다.

순결을 지키려면 여성은 가족 이외의 남성과 눈길도 마주쳐서는 안 됩니다. 구두

굽 소리를 내며 걷는 것도 금지되어 있는데 그 까닭은 구두 굽 소리를 내는 행위가

유혹의 행위로 간주되기 때문이라고 합니다. 휘파람을 불어서도 안 되고 심지어

휘슬 소리가 나는 주전자나 압력솥을 사용해서도 안 됩니다. 몸에 달라붙는

의상을 입어서도 안 되고 외출할 때는 반드시 머리에 베일을 써야 하며 가슴을

가리는 쿠므르와도 별도로 착용해야 한다고 합니다. 〈코란〉엔 얼굴과 손을 제외한

나머지 부분을 가리라고 되어 있지만 간혹 얼굴은 물론 손까지도 검은색 장갑을 착용해 가리는 가문도 있더군요.

요즘은 그 규정이 많이 완화되어 가장의 종교적 신념에 따라 비교적 자유로운 경우도 더러 있습니다. 하지만 아무리 자유로워도 머리에 착용하는 베일만은 거의 의무화되어 있답니다. 수영을 할 때도 베일을 착용하는 정도이니 얼마나 엄격한지 잘 알 수 있습니다.

한번은 두바이에서 여성 수영복 패션쇼를 본 적이 있습니다. 아름다운 몸매의 모델들이 하나같이 온몸을 가리고 머리에 히잡을 쓰고 나오더군요. 그래서인지 수영복 차림의 여성에게서 느껴지는 아슬아슬한 성적 아름다움은 찾아볼 길이 없었습니다. 그렇다 보니 아랍 사회에서 여성의 머리카락은 성적 매력의 대표 주자가 되어버렸습니다. 온갖 광고판에는 머리를 풀어 헤친 여성의 사진이 심심찮게 등장하고 아랍 전통 무용은 여성이 머리카락을 사방으로 흔들어대며 섹시함을 과시합니다.

머리카락을 음란의 상징으로 여기고 노출을 엄격하게 금지하다 보니 오히려 그것이 페티시의 상징이 돼버렸습니다. 머리를 풀은 채 흔들며 춤을 추는 장면은 간혹 TV에서도 방영이 됩니다. 다들 섹시하다고 생각하는 것 같은데 제 눈엔 왜 그 광경이 무서워 보이는지 모르겠습니다.

이 슬 람
대중목욕탕에서는
반 드 시
팬티 착용을?

제가 어렸을 때 친척분 중 유난히 머리숱이 없는 분이 계셨습니다. 그분은

콧수염과 턱수염을 길게 기르셨습니다. 머리는 대머리인데 수염만큼은 제법 숱이

많았습니다. 어린 마음에 "아저씨, 왜 머리는 밀고 수염은 기르세요?"라고

물어보고 싶었으나 말수가 적었던 저는 기회만 노리다가 결국 질문을 못하고

말았습니다. 제가 장성하여 결혼 적령기가 되었을 때 그분과 유사한 남성을 만난

적이 있었습니다. 콧수염과 턱수염은 예쁘게 길렀는데 반대로 머리숱은 약한

모습을 보였습니다. 그때는 용기를 내어 물어보았죠. 그랬더니 그분 왈,

"머리카락이 없는 것에 대한 보상 심리로 수염이라도 무성했으면

해서요"라더군요. 듣고 나니 안쓰럽기도 하고 민망하기도 해 눈을 어디다 둬야

할지 모르겠더군요. 머리를 바라보기도 미안하고 수염을 바라보기도 미안하고.

아무튼 남성은 여성보다 체모가 많기 때문에 체모에 관한 여러 가지 말이
많습니다. '가슴에 털이 있는 남성은 그렇지 않은 남성에 비해 두뇌가
우수하다' 라든가, '아무리 인격이 훌륭한 사람도 다리 털 세 가닥만 뽑으면
화낸다' 를 비롯, '대머리 남성은 정력이 왕성하다' 등의 말이 있죠. 제가 밝히려는
털에 관한 비밀은 바로 이슬람 남성들의 '털 개념' 입니다. '털 개념' 이라는 용어가
너무 품위 없다면 '체모 철학' 정도로 해두죠.

한국에는 동네마다 대중목욕탕이 있습니다.

www.flicker.com

대중목욕탕 안에는 한증막이란 것도 있지요. 커다란
욕조에는 물이 가득 채워져 있고 군데군데 거울 달린
샤워 시설이 있습니다. 그런데 함맘hammam이라고 하는
모로코의 대중목욕탕은 물이 지천으로 첨벙거리는
한국의 대중목욕탕과 좀 다릅니다. 물이 귀한 곳이라
그런지 함맘 입구에는 물이 나오는 작은 수도꼭지가
하나 있고 그곳에서 물 한통을 받아 들어갑니다. 그
물을 끼얹어가며 몸을 씻습니다. 물론 물을 다
사용하면 한 바가지 정도 더 받을 수 있습니다. 바닥은 우리의 온돌방처럼
뜨끈뜨끈하고요. 이곳에 여성들은 옷을 다 벗고 들어가기도 하고 속옷을 입은 채
들어가기도 합니다. 옷은 벗고 머리에는 히잡을 쓰고 들어가는 사람도 있습니다.
남성들은 절대로 옷을 다 벗지 않습니다. 반드시 팬티를 입고 함맘에 들어갑니다.

그것을 모른 채 발가벗고 함맘에 들어가는 한국인 남성들은 주변 이슬람 남성들에게 좋은 구경거리를 제공하게 됩니다. 이슬람 남성들은 집에서 혼자 샤워할 때도 팬티를 입고 합니다. 무슨 대단한 비밀이 있다고 꼭 팬티를 착용할까요? 알고 보니 대단한 비밀이 있었습니다.

무슬림 남성들은 100명이면 100명 다 성기 주변의 체모를 깨끗하게 밉니다. 그들은 성기 주변의 체모를 불결하게 여겨 항상 깨끗하게 미는 풍습이 있습니다. 수염은 기르면서 성기 주변의 체모는 미는 겁니다. 그리고 절대 노출하지 않고요. 물론 가족 간에도 그곳을 노출하지 않습니다. 어린아이라 할지라도 팬티는 꼭 입고 있습니다. 그들에게 수염이란 '나는 성인이며 현재 결혼한 상태의 남성이다' 라는 것을 상징합니다. 그래서 어른 대접을 받으려면 반드시 수염을 길러야 하며 반대로 아랫도리 털은 모조리 없애야 하죠. 왜 이런 풍습이 생겼는지 아십니까?

근원은 〈성경〉에서 찾아볼 수 있습니다. "시체를 만지거나 죽은 동물을 만진 경우, 그리고 피가 몸에 닿거나 부정한 여인을 가까이했을 경우 몸의 털을 밀고 의복과 몸을 깨끗이 하고 성문 밖에서 하루 종일 있다가 해가 지고 난 후 집으로 돌아올 수 있다"라는 구절이 〈구약 성서〉에 있습니다. 어쨌거나 얼굴에는 털이 없고 아래쪽에는 털이 무성한 한국 남성들이, 얼굴에 털이 있고 아래쪽에 털이 없는 이슬람 남성들 사이에서 신기한 동물처럼 구경거리가 됐다는 에피소드는 정말 재밌기도 하고 우습기도 합니다. 이슬람 지역에 계신 한국 남성분들은 주의하시길 바랍니다. 대중목욕탕에 들어갈 때는 반드시 팬티를 입어야 합니다.

경건한 낮,
흥 청 망 청
비틀거리는 밤

알라에 귀의하고 신의 뜻에 복종해야 하는 이슬람인에게는 현세의 삶에서 꼭

지켜야 할 많은 실천 사항이 있습니다. 그중에서도 신앙의 다섯 기둥이라고

부르는 것은 반드시 실행해야만 하는 의무적인 것이고, 이슬람을 다른 종교와

확연히 구별시키는 특징적인 것이라고 할 수 있습니다. 그것은 다음과 같습니다.

첫째, 샤하다(신앙 고백)

둘째, 살라트(예배:하루에 다섯 번씩 시간을 정해놓고 하는 기도)

셋째, 자카트(구제:연간 수입의 40분의 1을 의무적으로 냄)

넷째, 사움(라마단:일 년에 한 달씩 단식을 함)

다섯째, 하지(성지 순례:건강과 재정 형편이 되는 모슬렘은 적어도 평생에 한 번은

반드시 사우디의 메카를 순례해야 함)

이슬람력(우리나라 음력과 비슷합니다)으로 매년 9월 첫날이면 단식월인

라마단이 시작됩니다. 〈코란〉에서는 14세 이상의 모든 모슬렘은 아침 해 뜰

때부터 저녁 해 질 때까지 밥은 물론이고 물조차 마셔서도 안 된다고 합니다. 만약

조금이라도 무엇을 먹으면 천국에 들어가지 못하고 벌을 받아 지옥에

떨어진답니다. 그래서 일부 극단적인 모슬렘들은 침을 삼키는 것까지도

삼가합니다. 어떤 것이든 씹거나 먹어서는 안 되고, 약 복용이나 흡연도 허용되지

않습니다. 한 모금의 물도 먹어서는 안 되고 부부관계도 할 수 없습니다(성행위를

한 경우 60일 동안 금식하거나 최소한 60명에게 식사 대접을 해야 합니다). 또한

배우자나 자녀에게 하는 가벼운 입맞춤은 허용되나 깊은 키스는 금지되어

있다는군요.

음식 섭취는 해가 진 뒤에나 가능합니다. 일몰 후 7시경에 대추야자 열매나 간단한

수프로 빈속을 부드럽게 하는 아침 식사를 합니다.(아랍 지역에는 흔히 팥을 넣어

수프를 끓입니다. 〈구약 성경〉에 나오는 야곱이 에서에게 끓여주고 장자권을

쟁탈한 그 팥죽으로 추측됩니다.) 그런 다음 2~3시간이 경과하면 양고기나

쿠스쿠스 같은 정찬으로 점심 식사를 합니다. 자정 무렵 먹는 점심 식사 후에는

일가친척과 친구들이 모여 밤새 차 마시고 수다 떨고 노래 부르며 즐거운 시간을

보냅니다. 그리고 새벽녘에 잠시 눈을 붙인 뒤 해 뜨기 전에 재빨리 일어나 저녁

식사를 합니다. 이렇듯 낮에는 단식을 하지만 밤에 아침, 점심, 저녁 세 끼를 다

챙겨 먹습니다.

물 한 모금도 마시지 않는 단식 의무가 다행히도 모든 사람에게 똑같이 적용되는 것은 아닙니다. 임산부, 생리 중인 여성, 해산모, 수유부, 여행자, 노약자, 어린이, 병자, 정신이상자는 예외지요. 하지만 대개 금식을 깬 날수만큼 후일에 따로 실행해야 한답니다. 이슬람력 9월에 실시하는 라마단은 해마다 날짜가 다릅니다. 이슬람력은 한 달이 30일이기 때문에 9월의 첫날이 해마다 열흘 정도 앞당겨지기 때문입니다. 라마단이 가까워오면 별을 관찰하는 점성가들이 사막으로 나가 9월의 시작을 알리는 초승달을 관찰하는데, 초승달이 보여야만 라마단이 시작됩니다. 만약 날씨가 흐려 초승달이 보이지 않으면 보일 때까지 라마단의 시작이 미뤄집니다.

모로코에서도 이슬람력 9월 1일 저녁, 육안으로 초승달을 확인할 수 있는 시간이 되었을 때 수도 라바트에서 라마단을 알리는 축포를 쏘아 올림으로써 그들이 말하는 거룩한 성월聖月이 시작됩니다. 라마단이라고 하는 단식월은 원래 영적 훈련의 의미를 지니고 있습니다. 신의 명령에 복종하고 신앙심을 고양시키며 나 아닌 타인, 특히 가난하고 배고픈 사람들과 본질적인 동일성을 깨닫게 하는 것에서 라마단의 근본적인 뜻을 찾을 수 있습니다. 이 훈련을 통해 종교적 경외감을 새롭게 할 뿐 아니라 타인에 대한 배려, 형제애 같은 것이 돈독해지죠. 아울러 자선, 사랑, 정직, 헌신, 관용, 봉사 등의 정신이 함양되고 사회적 관심이 깊어집니다.

이런 사회적 효과 외에 내적인 목적은 육체와 정신의 통제력을 기르기

위함입니다. 배고픔의 고통과 의미가 무엇인지를 배우고 가난한 사람들에 대한
동정을 느끼며 우리 삶이 얼마만큼 먹고 마시는 것에 의지하고 있는지를 이해하게
합니다. 동물적인 충동과 욕구를 통제하는 것을 배우고 명상과 예배, 줄기차고
진지한 기도를 통해 의식과 사고를 깨끗하게 하는 것이 라마단의 목적입니다.
화를 억제하고 자비와 용서, 자선과 선행을 베푸는 습관을 기르는 기간이기도
하죠. 이렇게 좋은 의도를 지닌 라마단이 세월이 흐를수록 기본 정신이 퇴색되어
많은 사람들의 눈살을 찌푸리게 하는 기이한 행사로 전락되고 있습니다.
우선 음식 소비량의 증가가 정말 이해하기 어렵습니다. 경건과 절제를 기본으로
하는 라마단 기간의 음식 소비량은 평상시 음식 소비량의 두 배를 훨씬 웃돈다고
합니다. 낮에 먹지 못했다는 생각에 엄청난 양의
음식을 먹고 해가 뜨면 먹을 수 없다는 생각에 또

먹습니다. 일반적으로 의사들은 건강을 위해 해가 진
후에는 가급적 간식을 삼가라고 조언하지만 라마단
기간에 모슬렘들은 해가 진 후부터 엄청난 양의
음식을 섭취하니 비만은 물론 위장 장애로 고통을
호소하는 사례가 많습니다. 거리에는 평소 볼 수 없던
담배꽁초와 음식 봉지가 수북하고 패스트푸드점에서는 햄버거를 먹는 사람이
심심찮게 보입니다. 그들은 과연 무엇을 위해, 누구를 위해 라마단을 하는 걸까요?
학교에서는 수업 시간을, 직장에서는 근무 시간을 단축합니다. 거리에서도 무서운
속도로 차가 질주해 교통사고 발생률이 엄청나게 높아집니다. 사람들은 신경이

예민해져서 쉬 짜증을 내고 동네마다 싸움 소리가 그치질 않습니다. 곁에 가면 그들의 입에선 온종일 굶어서인지 악취도 납니다. 그러다가 밤만 되면 먹고 놀자 판이 벌어져 '부어라~ 마셔라~' 하며 열광의 도가니이자 광란의 밤이 이어집니다. 밤새 웃고 떠들고 즐기다가 다시 낮이 되면 힘없이 앉아 졸고 있으니 관공서든 상점이든 일이 제대로 돌아갈 리가 없습니다. 말 그대로 '아라비안나이트' 입니다. 그래서 아랍 문화를 밤 문화라고 하는지도 모르겠습니다. 참으로 그들의 문화가 우리에겐 충격으로 다가오지 않을 수 없습니다. 라마단 시작일로부터 27일째 되는 날은 선지자 모하메드가 신으로부터 계시를 받은 날이라 하여 이른바 '권능의 밤' 으로 불립니다. 무슬림들은 그날을 하늘의 천사가 강림하는 날이라고 굳게 믿고 있습니다. 한 달 내내 밤마다 견딜 수 없을 만큼 계속되던 소음은 급기야 그날 최고 절정에 이르게 됩니다. 그래서 저도 할 수 없이 대책을 세웠습니다. 그 대책이란 바로 귀.마.개. 입니다. 귀마개로 그 소음을 모두 차단할 수는 없지만 딱히 뾰족한 방도가 없습니다.

아브라함이 이스마엘을 하나님께 바치려다
하나님의 극적인 만류로 아들 대신 양을 잡았던
역사적 사실을 기념하는 날이 이슬람력 12월
10일, 바로 큰 명절입니다.

큰　　명절
에이드 크비라의
진　풍　경

라마단이 끝난 후 두 달 열흘 후인 12월 10일이면 이슬람 최대 명절인 에이드 알 아드하Eid al Adha가 됩니다. 모로코에서는 그 명절을 에이드 크비라Eid Kbira라고 하죠. '큰 명절'이란 뜻입니다. 기독교 경전인 〈성경〉에서는 아브라함이 자신의 아들 이삭을 하나님께 제물로 바치는 장면이 나옵니다. 하지만 이슬람 경전 〈코란〉에서는 아브라함이 이삭의 이복형제 이스마엘을 하나님께 바치는 것으로 나옵니다. 같은 사건을 두고 해석이 이렇게 다르니 과연 누가 역사를 왜곡하고 있는지에 대해 서로 상대방을 향해 손가락질만 하고 있습니다. 아무튼 아브라함이 아들을 하나님께 바치려다 하나님의 극적인 만류로 아들 대신 양을 잡았던 역사적 사실을 기념하는 날이 이슬람력 12월 10일, 바로 큰 명절입니다.

일 년에 한 차례 큰 명절이 되면 집집마다 짐승을 잡아 신께 제사를 지냅니다. 소, 낙타, 양이나 염소를 잡아 칼로 목을 베고 전신의 피가 목의 상처를 통해 밖으로 나오도록 그대로 둡니다. 피를 다 흘리고 난 후 짐승이 기절하면 뒷다리를 묶어 천장에 매달아 가죽을 벗깁니다. 에이드 크비라 하루에만 모로코 전역에서 도살되는 양의 숫자가 무려 200만 마리가 넘습니다. 이런 도축 방법을 할랄halal이라고 하는데 신실한 이슬람교도들은 할랄식으로 도축하지 않은 고기는 입에 대지도 않는답니다. 남자들은 하얀색 전통 복장 차림으로 명절 1~2일 전 양을 구입해 집으로 몰고 옵니다. 명절이 될 때까지 양을 집에 묶어놓고 먹이를 주며 잘 돌봅니다. 그리고 명절 아침이 되면 국왕이 양의 목을 베는 장면이 TV로 방영됩니다. 왕이 시행을 하고 나면 모로코 온 국민이 양을 잡기 시작하죠. 그들은 할랄식으로 잡은 고기를 3등분합니다. 3분의 1은 가족이 먹고, 3분의 1은 이웃에게, 그리고 나머지 3분의 1은 가난한 사람들에게 나누어줍니다.

북아프리카 최대의 양 시장에 가보았습니다. 명절이 되자
동네가 거의 축제 분위기입니다. 아이들은 양 가면을 쓰고
거리로 뛰쳐나옵니다. 양들은 자신이 죽을 운명이란 것을
아는지 한사코 가지 않으려고 합니다. 명절이 될 때까지 양을
건강하게 돌보려면 양이 먹을 건초를 함께 사 가야 합니다.
양고기를 구울 숯을 파는 모습도 볼 수 있습니다. 마트에서도
양을 팝니다.

예순두 번째 이야기 _ **가격 흥정**

주 인 만 이
그 비밀을
알고 있다

저희 집 큰아들이 요즘 바이올린을 배웁니다. 제가 3년 정도 가르치다가 아들

실력이 저의 한계를 초월하여 지금은 모로코 오케스트라에 속해 있는 바이올린

주자에게 배우고 있습니다. 2/4 사이즈의 악기를 사용했는데 아이가 자랐으니

이제 악기를 바꿔주라고 하더군요. 어~ 악기를 바꾸려면 한국에 가야 하는데….

아직 한국 갈 시기가 아니라 무척 난감했습니다.

그래서 여름에 한국에 가서 악기를 사야겠다고 생각하고 어떻게든 여름까지 작은

악기로 버텨보려고 했습니다. 그런데 아무리 생각해도 지금 악기를 바꿔주는 것이

아이의 실력 향상에 도움이 될 것 같았습니다. 할 수 없이 카사블랑카에 단 하나

있는 악기점을 수소문해서 찾아갔습니다.

악기점은 메디나 안에 있었습니다. 가게 규모는 작은데 클래식 악기부터 대중음악

248 remind

악기까지 없는 악기가 없더군요. 제가 좋아하는 스페인식 만돌린과 아프리카식 북도 있었습니다. 아무튼 3/4 사이즈의 바이올린을 보여달라 했더니 점원이 다양한 가격대의 악기들을 가져왔습니다. 이것저것 만져보면서 가장 소리가 크고 아름다운 것으로 골라 가격을 물어보았습니다. 점원이 "이 악기는 이탈리아제라서 좀 비싼데요"라고 하더군요. 그러면서 일러주는 가격에 저는 깜짝 놀랐습니다. 450디르함(한화로 약 7만 원)이었습니다. 연습용 바이올린을 사려면 최하 20만 원은 생각해야 하는 한국에 비해 너무나도 싼 가격이었습니다. 이렇게 싼 가격에 품질도 괜찮고…. '혹시 점원이 가격을 잘못 알았나?' 하는 생각도 들었습니다. 점원이 450디르함을 불러서 저는 400디르함으로 깎아달라고 했고 결국 가격은 420디르함에 낙찰되었습니다.

이 시점에서 정찰제가 아닌 가게에서 물건 살 때의 가격 흥정에 대해 이야기해볼까 합니다. 한국도 1980년대 중반까지는 정찰제를 실시하지 않는 상점이 많았습니다. 그래서 옛날에는 시장이나 상점에서 한 푼 두 푼 깎는 엄마들의 흥정 장면을 많이 보셨을 겁니다. 요즘 한국에는 그런 가게가 거의 없습니다. 그 말은 바꿔 말하면 한국인은 이제 가격 흥정의 능력을 많이 상실했다는 말이기도 합니다.

그럼 그런 '고무줄 가격=바가지 가격'을 어디서 볼 수 있을까요? 동남아시아와 아프리카 여러 나라(흔히들 제3세계라고 부르죠)를 비롯해 세계 도처에 흩어져 있는 유명 관광지와 남미, 태평양 바다 한가운데 섬나라들이 그러합니다. 여러분이 그런 곳에서 소비자가 상인을 못 믿고, 상인이 소비자를 못 믿는 안타까운 상황에 처했다고 가정해보십시오. 이럴 때 상인이 적당한 이득을 취하면서 여행자도 합리적인 가격에 물건을 구입할 수 있는 방법이 있습니다. 상점에 가서 처음 보는 물건의 가격을 정확하게 맞히기란 여간 어려운 일이 아닙니다. 게다가 정찰제를 실시하지 않는 가게에서 주인이 물건 값을 얼마나 높여 부를 것인지를 가늠하며 잔머리를 굴리는 것도 결코 쉬운 일이 아닙니다. 속지 않고 구매하는 것이 물건 사는 사람의 명예일진대 그 명예란 것을 얻으려고 하는 행위는 어둠 속을 더듬거나 안개 속을 헤매는 행동과 똑같답니다. 그런 어려움을 겪고 있는 손님에 비해 물건의 값어치를 정확하게 알고 있는 주인은 절대 답답하거나 불편하지 않습니다. 물건의 정확한 가격은 비밀로 봉해진 채 손님에게는 영영 알려지지 않죠. 그래서 흥정을 할 때면 왠지 모를 생생한 긴장감과 신비감까지 느껴집니다. 오직 주인만이 손님이 그 비밀에 얼마큼 근접했는지를 알 수 있습니다. 그리고 그 비밀을 지키는 자신의 초연함이 손님으로부터 강탈당하는 위협에서 피하는 방법이겠지요. 어떤 의미에서 보면 난해한 수수께끼 같은 물건 가격을 손님만 모르는 게 아니고 주인도 모르는 경우도 있습니다. 그 이유는 부르는 값이 여러 가지이기 때문이죠. 상황에 따라 다르고 구매자에 따라 다르며 아침과 저녁이 다르고 일주일의 어느 날이냐에 따라 다르니까요. 그렇기 때문에 때론 주인도 물건 가격을 어떻게 불러야 할지 영~ 오리무중일 때가 있다는 거죠.

그럼 부르는 가격에서 얼마를 깎아야 할까요? 어떤 사람은 가격의 30%만 내면 된다고 주장하는 사람도 있는데 제 생각엔 50% 정도 깎으면 된다고 봅니다.(왜 내가 바이올린 가격을 조금밖에 못 깎았나? 그것은 초기 제시 가격이 너무 싸서 깎기가 미안할 정도라 그냥 조금만 깎은 거지요.) 물론 어떤 주인은 너무나도 단호해 10%의 에누리도 없는 경우도 있지만요. 그런데 여기서 주의 사항~! 절반 값을 내고 싶다면 처음 제시하는 가격을 절반 값으로 부르면 절대로 그 값에 살 수가 없습니다. 예를 들어 주인이 1000원을 불렀을 때 "이거 500원에 주세요~!"라고 하면 절대 여러분이 원하는 대로 안 된다는 거죠. "에이, 300원이면 충분하겠는걸요?" 해야 합니다. 그러면 주인이 "참나, 적어도 500원은 주셔야죠!" 이렇게 흥정을 해야 된다는 겁니다.(이 상황은 결코 한국의 상황이 아닙니다. 정찰제가 실시되지 않는 아프리카 상황이랍니다.)

여행지에서 가격 흥정의 기술
|
1 그 물건이 꼭 필요하다는 인상을 주지 마라.

2 싸다고 좋아하는 티 내지 마라.

3 깎아달라고 할 때는 자신이 원하는 가격보다 조금 밑에서 시작하라.

4 한번 흥정하다 돌아선 가게에 다시 갈 경우 대부분 가격을 더 이상 깎을 수 없다.

5 끝까지 주인이 주장을 굽히지 않으면 자신이 원하는 가격만큼 돈을 꺼내 주인 손에 쥐여주라.(돈을 보면 사람 마음이 녹는 법~!)

6 흥정이 좀처럼 종결되지 않을 경우 지는 척하고 상인의 체면을 세워주라.

걱정이 아닌
자 유 를
맛보세요

커피는 에티오피아 어느 목동에 의해 최초로 발견되었습니다. 처음에 약용으로 사용하던 커피가 인간의 기호식품으로 바뀐 것은 아랍의 무슬림들 때문이었습니다. 명상과 기도에 도움이 된다고 하여 무슬림들이 커피를 많이 마셨던 겁니다.

12세기에 이르러 유럽에 전해진 커피는 이슬람 음료라 하여 유럽의 일부 기독교인들에게 배척당했습니다. 17세기 초 클레멘스 8세 교황 시절 고위 성직자들이 이교도의 음료인 커피를 금지해달라고 간청했습니다. 그러자 교황이 커피를 홀짝 마셔보았답니다. "술탄의 음료지만 무척 감칠맛이 나는군. 하나님을 모르는 이교도들만 마시게 하는 것은 무척 유감스러운 일이다. 세례를 베풀어 기독교 음료로 만드는 건 어떤가?" 교황은 기도 시간에 졸음을 쫓는 데 커피가 매우 유용하다는 것을 미리 알았나 봅니다.

커피 생산국의 평균 수명이 커피 소비국 평균 수명의 절반밖에 되지 않는다는 걸 아십니까? 정작 커피 생산국의 국민들은 커피 맛을 제대로 알지도 못하고 일만 합니다. 매일같이 힘들게 일해도 돌아오는 수입은 몇 푼 되지 않죠. 모든 이익을 중간 상인과 선진국 사람들에게 다 뺏기는 안타까운 현실이 지구 곳곳에 현존합니다.

커피 얘기를 하니 프랑스 파리에 있는 어느 커피숍이 떠오릅니다. 파리에는 수많은 카페가 있습니다. 그중 프랑스 파리 6구에는 위키페디아 백과사전에도 등재된 유명한 카페가 있습니다. 바로 생제르맹 거리에 있는 '카페 드 플로르Cafe de

Flore' 입니다. 1887년에 문을 연 이후 오늘날까지 성업 중인 파리의 대표적인 카페입니다. 사르트르와 시몬 드 보부아르 부인이 자주 갔던 곳으로도 유명합니다. 피카소도 자주 들렀다는군요. 파리에 있는 카페는 서서 마시는 커피와 앉아서 마시는 커피 값이 다릅니다. 물론 서서 마실 때 가격이 좀 더 싸죠. 시간이 급한 경우가 아니라면 거의 대부분 앉아서 마시는데 서서 마시는 것을 선호하는 사람도 꽤 있더군요. 프랑스 사람들은 길거리에 앉아서 오가는 사람들을 구경하며 커피 마시는 것을 좋아합니다. 그래서 프랑스에 있는 카페나 레스토랑은 대부분 보행자가 다니는 인도를 다 점령해 테이블을 놓고 손님을 받습니다. 노천카페는 자신을 길모퉁이에 숨겨두고 타인의 삶을 관찰하기에 정말 좋은 장소입니다. 길가에 앉아서 오가는 사람들을 보는 것은 만나고 헤어짐이 잦은 우리 인생을 닮았습니다. 나와는 다른 사람들의 모습을 보고 그들의 대화를 엿들으면서 나를 잊고 무념무상에 빠지기도 하죠.

우리에게는 여유를 가지고 삶을 돌아보는 차 한잔의 시간이 절대적으로 필요합니다. 어떤 영성가는 현대인을 가리켜 차 한잔도 제대로 마시지 못하는 걱정덩어리라고 합니다. 걱정을 하면서 차나 커피를 마시면 실상 차나 커피를 마시는 게 아니라 걱정을 마시는 것이라고요. 몸속에 걱정과 근심이 들어가서 좋을 리가 없습니다. 오늘 하루만큼은 모든 걱정을 내려놓고 온전한 자유를 맛보는 것, 어떠세요?

죄책감은
없 고
수 치 심 만
남은 사람들

인샬라

|

'인샬라'는 아랍 사람들의 특징을 가장 잘 나타내는 말입니다. 약속을 하거나
불확실한 미래에 대해 이야기할 때, 자신의 의견이나 생각을 전달할 때, 부탁을
받거나 청할 때 광범위하게 쓰는 말입니다. 굳이 번역하자면 '알라신께서
원하신다면' 또는 '만약 이것이 알라신의 뜻이라면' 입니다. 알라의 뜻을 인생에서
가장 중요한 기초로 삼는 그들의 종교관을 엿볼 수 있습니다. 발음은 '샤'에서
살짝 끊어 '인샤~알라' 라고 합니다.

인샬라는 종교가 그들의 삶과 문화 속에 깊숙이 침투해 있음을 나타내는 말로 영어의 'Oh, my God!' 보다 훨씬 무게 있고 근엄한 말입니다. 그들이 말끝마다 알라신을 부르는 이유는 바로 열악하고 메마른 자연환경 때문입니다. 뜨거운 날씨에서는 물 한 방울이나 태양을 가릴 수 있는 작은 그늘이 얼마나 귀한지 모릅니다. '기름보다 물'의 가격이 실제로 조금 더 비쌉니다. 힘들고 어려운 삶을 살면서 자신에 비해 상대적으로 크고 위대해 보이는 신을 찾는 건 인간의 본능이 아닐까요.

이와 같이 '인샬라' 본래의 뜻은 무척 좋습니다만 요즘은 그 진정한 의미가 변해 자신들의 게으름이나 체념을 합리화하는 용어가 되어버렸습니다. 모든 실수나 잘못을 알라신께 덮어씌우고 본인은 책임을 지지 않으려는 비열함까지 느껴지니까요. 신의 뜻인지 자신의 뜻인지 분간이 되지 않는 경우가 허다합니다. 정권이 독재를 해도 '인샬라~', 상대방이 약속을 못 지켜도 '인샬라~', 자신이 약속을 깨뜨려도 '인샬라~', 찢어지게 가난하여 헐벗고 굶주려도 '인샬라~', 다음에는 잘 해보자고 파이팅할 때도 '인샬라~' 입니다. 얼마나 다각도로 두루두루 쓰이는지 '인샬라~' 만 잘해도 아랍어 실력이 유창해 보이기까지 합니다.

이렇게 모든 것을 알라의 뜻으로 받아들이고 사는 사람들이라 죽음에 대해서도 비교적 담담합니다. 하나밖에 없는 자신의 인생을 알라신을 위해 기꺼이 바치는 청년도 있고 알라를 위해 세 아들을 모두 전쟁터에 보내 순교자로 만든 어머니도 있습니다. 이런 그들의 맹목적인 살신성인은 악명 높은 테러 집단인 알카에다를 통해 전 세계에 널리 알려지게 되었습니다.

모든 것을 신의 뜻으로 받아들이고 사는 그들은 약속 불이행에 대해 여간해서 화내지 않습니다. 사실 뜨거운 날씨에 열 받고 화를 냈다간 제 명에 살 수 없을지도 모릅니다. 상대방이 약속을 못 지켜도, 일을 엉망으로 만들어도 다 알라신의 뜻이라 생각하면 그다지 화가 나지 않는 모양입니다. 여기에는 바로 자신이 그런 잘못을 저질러도 똑같이 이해받길 원한다는 의지가 숨어 있습니다.

아랍 사람들과 사업하는 분 중에 처음 이곳에 와 그들의 인샬라를 이해하지 못해 곤욕을 치르는 경우를 많이 봤습니다. 그들의 약속을 굳게 믿고 있다가는 황당한 일을 당하곤 합니다. 약속 시간에 늦는 건 그나마 양호합니다. 아예 언제 약속했냐는 듯 능청스러운 표정을 지을 때도 많으니까요. 비행기 티켓을 예약했는데 그 날짜가 되고 보니 예약이 안 되어 있는 경우도 있고, 물건을 몇 컨테이너 사겠다고 주문하고선 컨테이너가 도착하자 하나도

살 수 없다고 발뺌하는 경우도 허다합니다. 우리 상식으로는 이해할 수도 없고 상상할 수도 없습니다. 황당해서 화를 내면 좋았던 관계가 자연스럽게 끊기게 됩니다. 그래서 아무리 부조리해도 '내 맘' 간수를 잘해야 합니다. 괜히 화냈다간 나만 손해니까요.

하지만 세월이 흐르고 나이가 들어가니까 '내 맘대로 되지 않는 것이 인생이구나'

하는 생각이 들어 그들의 문화가 조금씩 이해가 됩니다. "내일 만나자" 하고
헤어졌는데 교통사고를 당한 친구도 있습니다. 저 역시 갑작스러운 병으로 약속을
못 지키기도 했고요. 약속이라면 칼같이 지키는 제가 요즘은 약속을 못 지키는
입장이 되어버려서 그런지 점점 아랍인들의 인샬라가 마음에 와 닿습니다.

수치심

|

아랍인들은 죄책감보다 수치심을 더 크게 느낍니다. 얼핏 들으면 무슨 뜻인지 잘
알 수가 없습니다. 세계적으로 아랍권에 만연해 있는 '수치심 문화sahm-culture' 에
대한 연구도 활발하게 이루어지고 그것을 주제로 발표한 논문도 수를 헤아리기
힘들 정도라고 합니다.

짧게 설명하면 어떤 사람이 도둑질을 했다고 가정해보겠습니다. 그는 그 범죄

행위를 하면서 일말의 죄책감을 느끼지 않을 수도 있습니다. 그러나 그 장면을 누군가에게 들켰을 경우 엄청난 수치심을 느낍니다. 수치심 문화에서 파생된 사회적 현상이 무척 많습니다. 명예 살인(가문의 명예에 누가 되는 행동을 한 가족의 일원을 같은 가족 내에서 죽이는 행위)이 그렇고 분수에 맞지 않는 허례허식이 그러하며 상대방의 요구에 '노'라고 대답하지 못하는 체면치레와 앞서 말씀드린 인샬라가 그것입니다.

모로코에서 지내는 동안 이들의 수치심 문화를 이해하지 못해 고민하는 서양인을 많이 봤습니다. 저 또한 그 문화를 십분 알지 못하기는 마찬가지지만 유교 영향을 받은 우리의 체면 문화와 비슷한 면이 많아서 그런지 그리 낯설게 느껴지지는 않습니다.

말 탄 신랑과   가마 탄 신부는
결 혼 식   장에서
무엇을 할까요?

모로코에서는 결혼식을 한밤중에 합니다. 보통 밤 9시 무렵에 시작해 다음 날

새벽 6시까지 이어집니다. 결혼식, 폐백,

피로연, 신랑 신부의 친구 모임을 각각 따로

하는 우리나라와는 달리 모로코 결혼식은 그

모든 것을 한자리에서 합니다. 밤새도록 먹고

마시고 놀고 춤추는 등 일가친척과 친구들, 온

동네 이웃들이 한데 어우러져 한바탕 축제

마당이 펼쳐집니다. 요즘은 1박 2일에 그치는 결혼식이 많지만 예전에는

일주일씩이나 지속되었다고 합니다. 일주일 내내 밤을 새우려면 어지간한

체력으로는 어림도 없습니다.

우리나라의 하객들은 축의금을 들고 식장에 가는데 모로코 하객들은 신혼살림에

필요한 물건을 신랑 신부에게 선물합니다. 식장에 먼저 도착한 하객들은 주최

측에 선물을 전달하고는 음악에 맞춰 춤을 추며 주인공인 신랑 신부를

기다립니다. 준비가 완료되면 결혼식을 알리는 팡파르가 울리고 주례도 없이

예식의 막이 열립니다. 요란한 음악과 함께 신부가 등장합니다. 신부는 4명의

장정이 들어 올린 가마를 타고 나타나는데, 가마를 멘 장정들은 가마 손잡이를

오른쪽 어깨에 올렸다가 내리고 왼쪽 어깨에 올렸다가 내리기를 반복합니다.

웬만큼 건강한 신부가 아니고서는 아마 어지러워 멀미를 일으킬지도 모릅니다.

신부를 태운 가마가 제 위치를 잡고 안착하면 곧이어 신랑 입장 순서가 됩니다.

신랑은 기백 넘치는 모습으로 백마를 타고 입장합니다. 우리나라에 신부 들러리가

있다면 모로코에는 신랑 들러리가 있습니다. 신랑 곁에서 함께 말을 타고 신랑을 보필하는 서너 명의 청년들인데요, 대개는 신랑 친구들이죠. 신랑이 입장한 다음 가마 탄 신부 옆에 나란히 서서 하객들을 바라봅니다. 그러면 하객들은 일제히 일어나 그들을 축하하며 신명나게 춤판을 벌입니다. 하객들이 춤추며 즐거워하는 동안 신랑 신부는 각자 가마와 말에서 내려 화려한 의자에 앉습니다. 이때도 요란하고 시끌벅적한 음악은 멈추질 않습니다.

모로코인들은 남녀노소 할 것 없이 춤추는 것을 좋아합니다. 그들은 여성(특히 젊은 여성)의 몸속에 말로 설명하기 어려운 '리듬 정령'이 있다고 믿습니다. 여성들이 리듬에 굴복하여 스스로의 행동을 조절할 수 없는 무아지경에 빠지는 경우를 심심찮게 볼 수 있는데 어떤 때는 꼭 신이 내린 것처럼 보이기도 합니다. 심하면 기절하거나 혼수상태에 빠지는 경우도 있어 리듬 정령설이 정말 맞는 말이 아닐까 하는 생각이 들 때도 있습니다. 한바탕 신나게 춤판이 벌어지고 난 뒤 신랑 신부는 퇴장하여 옷을 갈아입습니다. 옷 갈아입는 횟수로 신분이나 경제적 형편을 짐작할 수 있는데 물론 횟수가 많을수록 신분이 높고 부유한 계층이라고 보면 됩니다. 왕족의 경우 열 번 가까이 갈아입기도 합니다. 옷을 갈아입고 두 번째

입장할 때 신랑 신부는 양가 부모님과 함께 사각 뿔로 된 4~5개의 커다란 통을 들고 들어옵니다. 그런 다음 자리를 잡고 앉아 사각 뿔로 된 용기의 뚜껑을 하나씩 개봉합니다. 그 속에서는 온갖 화려한 음식과 패물이 나오는데 그중 하나의 용기에 놀랍게도 이슬람 경전인

〈코란〉이 들어 있습니다.

양가 어른들은 〈코란〉을 들고 신랑 신부에게
종교 선언을 하게 합니다. 이슬람의 5대
의무(신앙 고백, 하루 다섯 번의 기도,
라마단, 구제, 성지 순례)를 잘 이행할 것과
알라에게 충성을 다할 것을 결혼식장에서
맹세하게 하는 거죠. 그러고는 결혼했다는

증명, 즉 계약서를 쓰고 서명을 합니다. 이렇게 이슬람 결혼식은 우리의
결혼식과는 많이 다릅니다. 사랑의 맹세보다 종교의 맹세에 더 큰 의미를
두거든요. 그러한 종교적 신념이 오늘날 모로코를 지탱해주는 정신적 기둥이
되었지요. 대략적인 순서가 끝나면 신랑 신부는 하객들 사이를 다니며 인사를
합니다. 그 후에는 음식이 나오는데 온갖 산해진미가 순서대로 나옵니다. 자정을
한참 넘어 새벽녘까지 푸짐하게 먹고 마시며 즐기는 시간이면 괴로우면서도
즐거워하는 묘한 상태가 되어버린답니다.

희망은
어느 곳에서나
스   스   로
만들어야   해요

유럽 대륙과 아프리카 대륙 사이를 흐르는 지브롤터

해협입니다. 왼쪽 위 땅이 스페인이고 오른쪽 아래 땅이

모로코입니다. 따라서 오른쪽 바다는 지중해, 왼쪽 바다는

대서양입니다. 이 해협의 폭은 약 14.4km이고 깊이는 300m 정도입니다. 날씨가

맑은 날 모로코 최북단에서 바라보면 멀리 바다 건너 스페인 땅이 보입니다.

해마다 수만 명의 아프리카인들이 몇 달에 걸쳐 맨발로 사막을 관통하여 모로코로

옵니다. 모로코는 유럽을 가기 위한 최상의 거점 국가거든요. 물론 그들 대부분이

불법 체류자입니다. 그들은 유럽을 젖과 꿀이 흐르는 비옥하고 풍요로운 '언약의

땅'으로 생각합니다. 그래서 위험을 무릅쓰고 사막을 건너옵니다.

일단 무사히 사막을 통과하면 지브롤터 해협을 건너 유럽으로 가는 난코스가

기다립니다. 그게 만만치 않습니다. 모로코를
관광하려는 승객을 실은 관광버스가 스페인에서
하루에 몇 대씩 들어옵니다. 그 버스는 유럽을
출발하여 페리로 운반된 뒤 모로코 전역을
일주합니다. 모로코 투어가 끝나면 다시 페리에

실려 유럽으로 가게 되죠. 그것을 아는 아프리카인들이 관광버스 밑에 몇

시간이고 붙어서 가려고 시도합니다. 하지만 배에 타기 직전 검색대에 걸려

심하게 매질을 당하곤 감옥으로 향합니다. 용감한 흑인들은 지브롤터 해협을

헤엄쳐 가려고도 합니다. 눈앞에 바로 스페인이 보이니 쉽게 갈 수 있는 곳인 줄

착각하나 봅니다. 하지만 파도가 거세고 위험한 바다 생물이 있어 결코 쉽지

않습니다. 한 해에 공식 집계된 인명 피해만 5000여 명, 비공식 집계로는 1만 명이

넘게 사망합니다. 사막을 건너면서 죽고, 버스 밑에 붙어 오면서 죽고, 바다를

헤엄쳐 가면서 죽고.

무엇 때문에 그들이 이런 희생을 감수하고 유럽으로 가려는 걸까요? 유럽에

가봐야 모진 인종차별만이 기다리고 있는데 말이죠. 〈갈매기의 꿈〉에 나오는

갈매기처럼 아무런 희망 없는 검은 대륙 아프리카를 탈출하려는 그들의 시도가

과연 현명한지, 그리고 실현 가능한지 의문입니다.

하 루
1000원으로
사   는
사   람   들

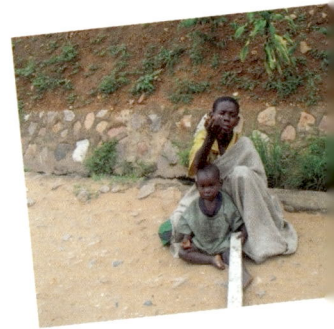

학창 시절 안톤 슈나크의 '우리를 슬프게 하는 것들' 이란 글을 자주 낭송하곤
했습니다.

숱한 세월이 흐른 후 우연히 발견된 돌아가신 아버지의 편지가 우리를 슬프게 하고
포수의 총부리 앞에 있는 짐승도 우리를 슬프게 하며 어린 시절 단짝 친구의
죽음도 우리를 슬프게 하죠. 보람 없이 하루가 지나가는 것도 우리를 슬프게 하고
어느 날 문득 발견하게 된 어머니의 굽은 등도 우리를 슬프게 하며 굶주림에 지쳐
쓰러져 울고 있는 아이도 우리를 슬프게 합니다.

얼마 전 저는 카사블랑카 시내를 운전하다가 양 떼와 목동이 한가롭게 노니는 아름다운 곳을 발견했습니다. 차를 세우고 카메라를 들었습니다. 도심 속에서 이런 초원을 발견하기란 쉬운 일이 아니거든요. 그런데 눈을 돌려보니 믿겨지지 않을 만큼 비참한 광경이 펼쳐졌습니다. 그날 저는 하루 1000원 미만으로 사는 사람들의 처절한 생활을 엿보고 말았습니다.

도시 한가운데 움푹 파인 곳에 빈민촌(프랑스어로 비동빌bidonville이 있었습니다. 줄잡아 100가구 이상이 살고 있는 것 같았습니다. 얼마나 지저분하고 냄새가 나던지 비위가 꽤 강하다고 자신하는 저도 구역질을 참을 수 없더군요. 자세히 보았습니다. 이런 참혹한 곳에서 어떻게 사람이 사는지 마음이 아팠습니다. 비가 오면 사람들이 죄다 밖에 나와서 비를 맞고 있습니다. 집 안에 비가 샐 뿐 아니라 저지대라 동네 모든 빗물이 이곳에 고이기 때문이지요. 가난하게 살지만 자존심이 있는지라 자신들의 비참한 모습을 타인이 들여다보는 것을 원치는 않았습니다. 그래서 사진을 찍다가 그들로부터 원성을 사기도 했습니다.

보고에 따르면 하루 1달러 미만 생활자가 전 세계에 12억 명이라고 합니다. 그런데 나라도 구제할 수 없다는 가난, 그 가난한 사람들을 위해 우리가 무엇을 해야 할까요? 풍요와 행복이 별개의 문제이긴 하지만 우리는 스스로 풍요롭다는 것과 많은 축복을 받았다는 사실을 종종 잊고 삽니다. 하루 1000원 미만으로 살아가는 사람들을 보면 '하루 세끼를 굶지 않고 사는 것만으로도, 아무리 볼품 없어도 비를 피할 공간이 있다는 것만으로도 행복해 해야 한다' 는 생각이 절로 듭니다.

67

행복한 떠 남

oasis

surprising 놀라움

프랑스 정착 초기에 반드시 거쳐야만 하는 시청이다. 프랑스 유학생들에게는 특히나 애환이 서린 아주 특별한 곳. 이곳에서 체류증을 발급 받아야만 정식 체류가 가능하다.

프랑스 리용에 있는 어학원 알리앙스 프랑세즈. 다시 아이가 된 기분으로 이국의 말을 배웠다. 남의 나라 말을 터득하는 것이 결코 쉽지는 않았다.(2000, 프랑스)

0층이 있는 프랑스 엘리베이터. '0' 이란 숫자가 동양은 비우려 하고 서양은 가득 채우려 하는 문화적 차이를 극명하게 보여준다.(2000, 프랑스)

늦은 나이 프랑스 국립음악원E.N.M에서 최고 연주자 과정 디플롬을 취득했다.(2002, 프랑스)

자동식 비데에 익숙한 현대인에게 무한 궁금증을 유발하게 만드는 수동식 비데. 프랑스에 가서 처음 이 비데를 접했을 때의 당혹감, 그리고 이 비데 때문에 일어난 여러 해프닝은 모두 잊을 수 없는 추억이다.(2002, 프랑스)

프랑스 툴루즈에 있는 출퇴근하는 감옥 메종 다레. 입구에는 제2차 세계대전 때 독일군에게 잔인하게 희생된 무고한 시민들의 명단이 적혀 있다.(2009, 프랑스)

프랑스의 박물관이나 미술관에서는 바닥에 앉아 선생님 설명을 듣고 그림 그리는 귀여운 초등학생들을 자주 만나게 된다.

assimilation 하나 됨

나의 사랑하는 아들 녀석들. 처음 아프리카에 갔을 당시 큰아이 안드레는 다섯 살, 작은아이 사무엘은 네 살이었다. (2003, 차드)

아프리카 중부 차드의 어느 주택가에서 본 화장실. 이 지역 문화 수준을 극명하게 보여주는 한 부분이다. (2003, 차드)

계절이 없고 건기와 우기만 있는 아프리카에서 우기 때 꼭 필요한 긴 장화. 마을 전체에 오물과 분뇨가 넘쳐흐르는 이 시기가 되면 장화의 고마움은 더욱 절실해진다. (2003, 차드)

오지에 고립되었을 때 무전으로 본부와 소통할 수 있게 해주는 라디오. (2003, 차드)

밤에만 왕성하게 활동하는 흡혈귀 말라리아모기의 공격을 막기 위한 최전방 마지노 선은 바로 모기장. (2003, 차드)

적도 부근에서 흔히 볼 수 있는 도마뱀. 몸통(꼬리 빼고)이 성인 손바닥 길이 정도로 그리 크지 않다. (2003, 차드)

친구가 보낸 크리스마스 선물. 한국에서 온 소포는 오지 생활에서 큰 낙이자 기쁨이다. (2003, 차드)

에티오피아 전통 빵, 인젤라. 종이처럼 얇으면서 길쭉하고 누런빛에 가까운 아이보리 색 빵이다. 이 빵에 양고기를 싸 먹으면 그 맛이 일품이다. (2003, 에티오피아)

내가 좋아하는 벨기에산 초콜릿, '코트 도르'. 초콜릿이라고 해서 다 똑같은 것이 아니란 사실을 알게 해준 최고의 초콜릿이다. (2001, 프랑스)

이집트 카이로 국제공항. 부룬디에서 모로코로 이사를 하게 되었을 때 나는 이곳에서 기적을 경험했다.

10년 된 내 팬티. 이 팬티가 2004년 우리 집에서 연 거라지 세일에서 최고 인기 상품이었다. (2004, 부룬디)

대부분의 모로코인들은 손을 높이 들어 차를 따르는 기상천외한 실력을 지녔다. 유쾌하고 발랄하며 재기 넘치는 그들의 다도를 보고 있노라면 무척 즐겁다. (2009, 모로코)

'알라딘과 요술 램프'에 나오는 '지니' 요정이 모로코에는 변기 속에 도사리고 있다. 그래서 이 나라 사람들은 늘 변기 속에 뭔가를 집어넣어 변기를 고장 낸다. (2009, 모로코)

본의 아니게 이웃집 아저씨의 나체를 보게 된 후 나 역시 그분에게 볼일 보는 모습을 보여주고 말았다. 집들이 서로 너무 가까운 데다 이제 막 이사해 커튼을 달지 않아 일어난 웃지 못할 사건이었다. (2009, 모로코)

adventure 모험

이집트 카이로 택시는 고속도로에서 후진을 하기도 하는
전천후 비밀 병기. 이 택시를 타고 나는 정말 기절하는 줄
알았다.(2005, 이집트)

이집트 피라미드. 도대체 이 거대한 화강석 탑을 어떻게
만들었는지, 그 비밀은 과학 기술이 발달할수록 점점 더
풀기 어려운 미스터리가 되었다.(2005, 이집트)

서구 열강이 휩쓸고 간 자리를 머리 없는 스핑크스가 지키고
있다. 덩그맣게 남아 이렇게 엽기적인 장면을 만들고
있다.(2005, 이집트)

'클레오파트라의 바늘'이라고 불리는 오벨리스크. 이것을
가지면 전쟁에서 승리한다는 미신 때문에 쟁탈전이
벌어졌다.(2005, 이집트)

이집트 파피루스 박물관 근처의 어느 상점. 전통 방법으로
파피루스 제작 과정을 시연해주는 바람에 필요도 없는
이집트 달력을 구입했다.(2005, 이집트)

이집트 룩소르 열기구 체험장에서 만난 영국인 조종사.
숙달된 그의 말을 무시했다가 낭패를 겪기도 했다.
(2005, 이집트)

열기구를 타러 가는 길은 무척 낭만적이다. 버스 타고 택시
타고 통통 배도 타고 나중엔 마차까지. 열기구를 타기도 전
기분은 벌써 하늘을 날 듯하다.(2005, 이집트)

케냐 국립공원은 동물의 왕국이다. 영화 〈쥬라기
공원〉에서는 사파리용 지프가 등장하지만 우리는 낡은
승합차를 타고 들어갔다. 동물을 보러 간 나 자신이
동물원의 동물이 된 듯한 생경한 느낌이었다. (2005, 케냐)

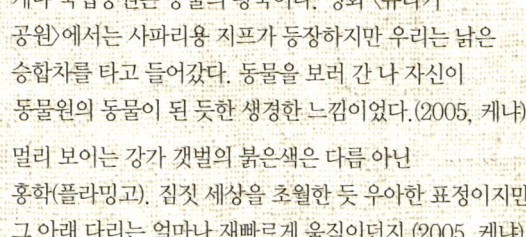

멀리 보이는 강가 갯벌의 붉은색은 다름 아닌
홍학(플라밍고). 짐짓 세상을 초월한 듯 우아한 표정이지만
그 아래 다리는 얼마나 재빠르게 움직이던지. (2005, 케냐)

두바이 랜드 크루저 사막 사파리에 앞서 반드시 해야 할
일은 타이어 바람을 빼는 일. 타이어 바람만 뺄 것이 아니라
자신의 바람을 빼는 것도 중요하다. (2003, 부룬디)

두바이 사막 한복판에서 즐기는 셰헤라자드. 아랍 여인의
오리엔탈 벨리댄스는 누구도 근접하지도 흉내 내지도 못할
예술 그 자체다. (2003, 부룬디)

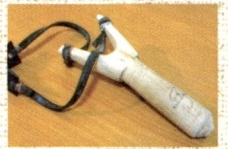

2007년 스페인에서 구입한 새총. 놀라운 것은 이 비슷한
새총이 아프리카와 유럽에도 있다는 사실. 전 세계 어딜
가나 인간의 삶과 유희는 똑같다. (2007, 스페인)

아프리카 속 숨은 스페인을 찾아 떠난 여행 중 발견한
세우타 국경 지역. 상인들의 행렬이 마치 전쟁 통
피난민들의 모습 같다. (2009, 스페인)

이슬람 국가인 아프리카 모로코에서 몇 발자국만 내딛으면
도착하는 스페인의 세우타. 기독교 국가로 단지 종교만 다를
뿐인데 신기하게 공기부터 다르다는 느낌을 받았다.
(2009, 스페인)

adventure 모험

세우타의 번화한 거리. 간접 조명으로 화려한 자태를 드러내는 이곳은 세우타 시의회 건물이다. 여기서는 누구나 자유로운 영혼이 된다. (2009, 스페인)

가만히 앉아 한곳에 시선을 고정시키고 있는 노신사의 여유가 부럽다. 허겁지겁 달리지만 말고 때로는 이렇게 가만히 앉아 주위를 바라볼 필요가 있다.

무관세 자유무역 지대인 세우타의 명품 거리. 모든 물건에 관세가 없다 보니 관광객에게는 천국 같은 곳이다. (2009, 스페인)

스페인 본토 말라가에 있는 어느 성당의 외등. 말라가는 피카소가 태어난 곳으로 유명하다. (2009, 스페인)

메르주가 사막으로 들어가는 초입 어느 카페의 모습이다. 곧 세계에서 가장 아름다운 사막을 볼 것이라는 기대감으로 충만한 곳이다. (2006, 모로코)

사막 가는 길에 있는 '아이츠벤 하두'라는 카스바 근처의 기념품 가게. 나귀를 탄 남성은 사막의 베두인족으로 푸른색 옷은 그들의 전통 의상이다. (2006, 모로코)

메르주가 사막으로 가는 길에 있는 카스바, 아이츠벤하두의 모습이다. 이곳은 〈글래디에이터〉〈벤허〉〈예수〉〈아스트릭스〉 같은 영화를 촬영한 장소로도 유명하다. (2006, 모로코)

사라하 인근에 있는 티즈니 마을(북아프리카 원주민인
베르베르인의 마을). 이곳에서는 베르베르 전통 방식으로
카펫을 생산한다.(2006, 모로코)

아이츠벤하두는 거대한 오아시스다. 종려나무가 있고
시냇물이 졸졸 흐르는 곳으로 일찍이 마을이
형성되었다.(2006, 모로코)

아이츠벤하두로 들어가는 계단. 마치 천국으로 가는 계단
같은 느낌을 받는다.(2006, 모로코)

사하라에 들어가 첫날 묵었던 천막이다. 사막은 낮에 뜨겁고
밤에 춥기 때문에 옷을 잘 챙겨 입어야 한다. 담요도 미리
여러 장 챙겨둘 필요가 있다.(2006, 모로코)

유목민의 천막에서 보내는 하룻밤은 무척 아름답고
감성적이다. 그들이 들려주는 북소리는 마치 "들어보렴!
사막이 속삭이는 소리를." 이렇게 말하고 있는 것
같다.(2006, 모로코)

본격적으로 사막으로 들어가기에 앞서 일렬종대로 정렬해
있는 낙타를 만난다. 그중 자신이 탈 낙타를 골라야
한다.(2006, 모로코)

사막에 사는 유목민의 천막. 계절에 따라, 물과 목초지에
따라 이동하는 유목민들은 21세기인 요즘도 전기와 수도의
혜택 없이 잘 살고 있다.(2006, 모로코)

adventure 모험

황혼이 지고 태양의 고도가 낮아지면 보금자리로 이동하는 낙타의 그림자가 한없이 외로워 보인다. (2006, 모로코)

해 질 무렵 사막은 온통 붉은색이다. 붉은 태양, 붉은 노을, 붉은 모래, 붉은 능선. 모로코Morocco 라는 이름도 '붉다' 라는 뜻이다. (2006, 모로코)

모든 낙타의 얼굴에는 각각 다양한 생의 흔적이 드러난다. 점잖고 우아한 그들에게도 희로애락이 있나 보다. (2006, 모로코)

말없이 묵묵히 걸어가는 낙타와 고요한 사막, 무아지경의 '내' 가 하나가 되어야만 비로소 무색, 무취, 무소음의 사막을 제대로 느낄 수 있다. (2006, 모로코)

사막이나 바다에서만 보일 것 같은 신기루를 도로 위에서도 볼 수 있다. 먼 발치의 일렁임은 정말 환상적이다. (2009, 모로코)

사하라는 계속 넓어져가고 아프리카 동물의 왕국은 점차 사라질 위기다. 오존층 파괴로 인한 일조량 증가는 지구온난화와 더불어 사막화를 가속시키고 있다. (2009, 모로코)

impression 감동

한국에 동네마다 방앗간이 있었던 것처럼 모로코에도 동네마다 빵을 구워내는 공동 화덕이 있다. 그곳에서 만난 소녀의 손에 빵 반죽이 들려 있다.(2008, 모로코)

어느 반죽이 누구네 것인지 우리로서는 도저히 가늠할 수 없지만 화덕 할아버지는 단번에 구분한다. 주변에 훈훈하고 구수한 빵 냄새가 진동한다.(2008, 모로코)

미소 띤 얼굴로 우리를 반기는 할아버지, 갓 구운 빵을 이방인에게 내미는 동네 사람들. 가난하지만 마음만큼은 한없이 부유한 사람들이다.(2008, 모로코)

모로코인들이 아침 식사로 먹는 빵이다. 각각 다른 종류의 밀가루로 만들어 굽고 튀긴다.(2008, 모로코)

모로코 전 지역에서 사용하는 도자기를 생산하는 도자기 마을 사피. 마을 전체가 도자기 굽는 언덕이다. 마치 영화 〈반지의 제왕〉에 나오는 호빗들의 마을 같은 분위기다.(2009, 모로코 사피)

도자기를 만들 때 사용하는 붉은색 차진 흙이다. 쓰기 편하도록 둥글게 말아놓았다.(2009, 모로코 사피)

이곳의 도자기는 모두 일일이 손으로 빚어 만든다. 그 모습이 영화 〈사랑과 영혼〉을 연상케 한다. (2009, 모로코 사피)

impression 감동

도자기 굽는 언덕에 밤이 찾아왔다. 땅거미가 살포시
내려앉아 그 빛은 더 짙어지고 이국의 야자수는 어둠 속에서
자신의 영혼을 누인다.(2009, 모로코 사피)

모로코 에사우이라 마을에서 만난 갈매기. 모두 어디를 보고
있는 것일까? 모두 꿈을 가진 갈매기가 분명하다. 눈앞의
작은 먹이에 연연하지 않는, 참으로 독특한
갈매기들이다.(2009, 모로코 에사우이라)

포르투갈식 항구 도시 에사우이라는 갈 때마다 항상 마음을
설레게 한다. 이국의 정취라는 것이 바로 이런 것일까? 설렘,
호기심, 기대, 희망, 낭만이 느껴진다.
(2009, 모로코 에사우이라)

항구에 정박해 있는 럭셔리 요트와 생계형 고깃배가 무척
대조적인 모습을 보인다. 그물을 손질하는 어부의 거북 등
같은 투박한 손은 거칠다기보다 오히려 아름답다.
(2009, 모로코 에사우이라)

에사우이라 파사주에서 만난 대담한 길 고양이. 수공예품
가게에서 판매용으로 내놓은 가방 속에 들어가 낮잠을
즐기고 있다.(2009, 모로코 에사우이라)

골동품 가게에 들어가는 순간 우리는 과거로 시간 여행을
하게 된다. 정적인 느낌의 포르투갈식 돌기둥과 파릇파릇
동적인 바나나 잎이 의외로 잘 어울려 볼거리를
제공한다.(2009, 모로코 에사우이라)

먹이를 찾아 아르간 나무 위까지 올라간 용감한 염소들.
아르간 나무가 신비의 식물이라는 것을 어떻게 알았는지,
똑똑하고 현명한 녀석들이 아닐 수 없다.
(2009, 모로코 에사우이라)

에사우이라와 마라케시 사이에 있는 안티아틀라스 산맥의 어느 고개에서 만난 여인들. 나귀를 타고 가는 그녀들은 느림의 미학을 몸소 실천하는 사람들이다. (2009, 모로코 에사우이라)

지천에 피어난 꽃의 향기가 상상의 나래를 펼치게 만드는 평화로운 지대. 이곳의 양 치는 소녀는 진정으로 행복해 보였다. (2009, 모로코 에사우이라)

모로코 전통 음식 타진을 손으로 맛있게 집어 먹었다. 처음엔 포크를 요구했으나 다 먹을 때까지 나오지 않았고, 다 먹고 보니 눈으로 더러워 보이는 것이 꼭 더러움이 아니라는 것을 깨닫게 되었다. (2009, 모로코)

모로코의 전통 음식 타진을 파는 음식점. 음식점 앞에는 원뿔 모양의 뚜껑이 달린 용기 위에 토마토가 올려져 있다. 토마토가 있으면 식사가 가능하고 없으면 불가능하다는 그들만의 소셜 랭귀지social language다. (2009, 모로코)

타진은 당근, 호박, 감자, 올리브와 같은 야채에 쇠고기나 닭고기 혹은 양고기를 넣고 약한 불에 쪄내는 모로코식 슬로 푸드다. (2009, 모로코)

해발 3000m가 넘는 우카이임단의 설경. 산 아래에서는 더위에 허덕였는데 산 정상에서는 추워서 얼어 죽을 지경이었다. (2009, 모로코 우카이임단)

우카이임단의 수동식 주유소. 전기 공급이 원활하지 않아 주유기 설치가 불가능하다. 유리병에 들어 있는 자동차용 연료가 인상적이다. (2002, 차드)

impression 감동

차드의 수동식 주유소에 비치된 자동차용 연료. 차드 사람들은 이곳이 주유소라는 것을 다 아는데 나만 식용유 가게로 착각했다.(2002, 차드)

카사블랑카 남쪽 아제무르에 있는 갤러리 같은 민박집. 시간이 멈춘 듯 적막하고 평화로운 이 지역은 예부터 화가촌이었다고 한다.(2008, 모로코 아제무르)

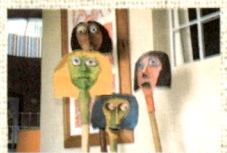

삽에다 사람 얼굴을 갖다 붙인 작품. 유머러스함과 신선함이 가히 쇼킹할 정도다.(2008, 모로코 아제무르)

갤러리 같은 민박집 입구에는 조그만 분수가 시냇물 흐르는 소리를 내며 손님을 반긴다. 정겨운 물소리가 잠시 무릉도원에 온 것 아닌가 착각하게 만든다. (2008, 모로코 아제무르)

민박집 옥상에 올라가면 강과 바다가 만나는 지점이 한눈에 들어온다. 이곳에서는 시간이 정지된 듯한 느낌이다. (2008, 모로코 아제무르)

시골 장터는 언제 봐도 푸근하고 넉넉하다. 많으면 많은 대로 적으면 적은 대로 즐길 수 있는 곳이다. 설령 가진 게 적으면 어떤가. 보는 것만으로도 흡족하다.(2009, 모로코)

아라비안 나이트에 나옴직한 고풍스러운 단도이다. 실제로 날이 선 칼이 아닌 장식용 칼이다.(2008, 모로코)

자연에서 나온 향신료들. 모로코 음식에는 화학조미료를
거의 쓰지 않고 이런 향신료와 아로마를 사용한다. 곱고
화려한 색이 보는 것만으로도 미각을 자극한다.
(2009, 모로코)

집에서 키운 닭을 장터로 들고 나온 모로코 아낙. 이 시골
아낙 앞에 다소곳이 앉아 있는 닭들이 대견하다. 어떻게
저렇게 얌전히들 앉아 있는 걸까.(2009, 모로코)

향료, 약재, 주술 재료 등을 판매하는 곳이다. 이슬람은 원래
우상 숭배가 금지되어 있는데 어찌 된 일인지 주술이 널리
퍼져 있다.(2009, 모로코)

이렇게 큰 호박은 처음이다. 너무 커서 그런지 여덟
조각으로 잘라 판매하고 있었다. 호박 주인은 문구용 칼처럼
조그만 칼로 저 큰 호박을 쓱싹쓱싹 수월하게 잘라냈다.
(2009, 모로코)

모로코의 오래된 건물이나 외벽은 대부분 비스킷을 닮았다.
색상도 색상이려니와 드문드문 뚫린 구멍은 영락 없이
비스킷 모양이다.(2009, 모로코 라바트)

모로코 수도 라바트에 있는 천년 가까운 역사를 지닌 하산
탑. 그 유구한 세월 앞에 한없이 작아진다.
(2009, 모로코 라바트)

하산 탑을 지키는 카발리예들.(2009, 모로코 라바트)

impression 감동

모로코 페스의 골목길. 근대화의 미명 아래 사라진 골목길은 아련한 추억과 향수를 불러일으킨다. (2007, 모로코 페스)

유네스코의 위대한 인류문화유산으로 지정된 페스의 메디나. 가이드 없이 혼자 들어갔다가는 들어온 길을 찾지 못해 낭패를 당하기 일쑤다. 세상에서 가장 복잡하게 얽힌 미로가 아닐까?(2007, 모로코 페스)

라바트의 카스바 '우다야' 안에 있는 골목길. 고풍스럽고 비밀스럽기까지 한 우다야 골목길은 지중해의 맑고 푸른 빛깔을 닮았다. (2007, 모로코 페스)

모로코 북쪽 탕헤르 근처에 있는 '헤라클레스 동굴'. 헤라클레스와 그를 지키던 백두용 전설이 전해오는 곳으로 유명하다.(2006, 모로코 탕헤르)

지중해의 해넘이는 대서양과는 또 다른 감동을 준다. 수만 년을 하루같이 해는 뜨고 지는데 우리는 왜 그것을 바라볼 여유조차 없을까?(2006, 모로코 탕헤르)

모로코 북쪽 탕헤르 근처에 있는 '헤라클레스 동굴'. 헤라클레스와 그를 지키던 백두용 전설이 전해오는 곳으로 유명하다.(2006, 모로코 탕헤르)

마라케시에는 이브 생 로랑이 아끼며 가꾸었던 마조렐 정원이 있다. 그가 살았던 집의 '남쪽으로 난 창'은 많은 이야기가 서려있는 듯 하다.(2009, 모로코 마라케시)

이브 생 로랑의 예술적 영감의 원천이 되었던 마조렐 정원. 입구의 분수가 시원하다.(2009, 모로코 마라케시)

마조렐 정원에서는 알록달록한 화분도 향긋한 꽃과 나무와 어울려 예술적 감흥을 자아낸다. 오랜만이었다, 이토록 원색적 아름다움에 취하는 것이.(2009, 모로코 마라케시)

마라케시의 자마 엘프나 광장에서 만난 피리 부는 사나이. 그는 피리를 불어 킹코브라를 불러내는 묘기를 한다. 코브라가 주인을 알아보는 모양이다. (2007, 모로코 마라케시)

자마 엘프나 광장의 야경. 자마 엘프나 광장은 원래 공개 처형장이었다. 요즘은 관광 명소로 이곳에 가면 의식주와 유흥까지 모든 것이 해결 가능하다.(2009, 모로코 마라케시)

자마 엘프나 광장 주변 카페의 외등. 저녁이 되어 가로등이 켜지면 이 앙증맞고 귀여운 램프에도 불이 켜진다. (2006, 모로코 마라케시)

노랗고 파랗고 빨간 꽃들의 향연에 제일 즐거워한 사람은 바로 내 어머니다. 60대 중반의 어머니가 꽃을 한 움큼 꺾어 쥐고는 소녀처럼 웃고 있다.(2009, 모로코)

remind 깨달음

검은색 옷으로 온몸을 감싼 사막의 여인들을 보면 얼마나
더울까 안쓰럽지만, 실은 그렇지 않다고 한다. 오히려
공기의 대류 현상이 활발해져 더 시원하다고. (2006, 두바이)

두바이에서 만난 차도르를 쓴 아름다운 여인. 그녀는 바닥에
끌리는 검은색 차도르 속에 스키니 진을 입고 있었다.
수려한 외모를 감추고 있는 모습이 왠지 신비롭고도
안쓰럽다. (2006, 두바이)

라마단 금식 기간에 초대받아 갔던 어느 집의 조촐한 아침
상차림. 라마단 기간에는 낮에 단식을 하고 해가 지면
아침을 먹는다. (2008, 모로코)

이슬람 최대 명절 '희생제 축제일'에 만난 소년. 명절이라
마음이 들떴는지 양 가면을 쓰고 거리를 신나게 뛰어다니고
있었다. (2006, 모로코)

모로코 양 시장에서 양은 자신이 죽을 운명이라는 것을
직감하고 있는지 이리저리 갈팡질팡하고 있다.
(2006, 모로코)

공포에 질린 양들이 침묵하고 있다. 희생제 축제일이 있는
시기 모로코 전역에서 200만 마리의 양이 도축된다고
한다. (2006, 모로코)

아들 녀석의 바이올린. 카사블랑카 메디나에서 구입했다.
처음부터 가격을 싸게 부르는 바람에 많이 흥정할 필요도
없었다. (2006, 모로코)

에티오피아 어느 목동이 처음 발견한 커피는 이슬람 교도에 의해 음료로 널리 퍼지게 되었다. 그전까지 기독교인에게는 금기 식품이었다.(2009, 모로코)

이프란에서 만난 모로코 여인들. 그들은 서로 어떤 관계일까? 설마 모두가 한 남자의 아내는 아니겠지? (2007, 모로코)

모로코 결혼식에서는 신랑은 말을 타고, 신부는 가마를 타고 등장한다. 결혼식은 저녁 9시 무렵 시작해 이튿날 새벽 6~7시까지 계속된다.(2009, 모로코)

신랑 신부 두 사람의 그윽한 눈빛이 보는 이의 마음까지 푸근하게 한다. 그나저나 밤새도록 결혼식을 한다면 초야는 언제 치를까?(2009, 모로코)

중부 아프리카인들이 유럽에 밀입국하기 위해 죽음을 불사하고 사하라를 건너 모로코까지 온다. 그들은 지브롤터 해협을 헤엄쳐 건너다 한 해 1만 명 이상 목숨을 잃는다.(2008, 모로코 탕헤르)

부룬디에서 만난 가여운 모자. 옷도 제대로 입지 못하고 음식도 변변치 않은 그들이 내게 손을 내민다. 나는 과연 그들에게 무엇을 해줄 수 있나.(2004, 부룬디)

여러분은 마음의 오아시스가 있나요?
언제든지 가서 쉴 수 있고 기댈 수 있는 그런…

etc.

모로코 라바트는 국왕이 상주하는 곳인 만큼 무척 깨끗하고 현대적인 도시다.

라바트의 카스바 '우다야'에 있는 카페. 그곳에서 새어 나오는 따뜻한 불빛이 마음까지 따뜻하게 한다.

카사블랑카 해변. 짚으로 얼기설기 엮어 만든 파라솔이 흔히 볼 수 있는 코카콜라 파라솔과는 비교도 안 될 만큼 멋지고 운치 있다.

라바트 해변 절벽에 위치한 카페에서 바라본 해 질 녘 풍경. 서쪽에서 비치는 어슴푸레한 빛이 붉은 노을과 함께 마지막 남은 태양의 찬란함을 느끼게 한다.

메르주가 가는 길의 하이아틀라스 산맥에 있는 어느 무너진 성벽. 고대 시대를 배경으로 한 영화의 촬영 장소로 유명하다.

라바트 숨나 모스크에서 중앙역을 지나 메디나에 이르는 길. 수십 년 된 야자수가 두 줄로 늘어서 있고 그 가운데는 화려한 분수와 광장이 조성되어 있다.

마라케시에 있는 메나라 인공 호수. 오래전 왕족과 귀족들이 배를 띄워 놀던 곳이다.

카사블랑카에 있으며 세계에서 두 번째로 큰 '하산 II 모스크' 광장. 모로코 전통 의상인 젤라바를 입고 지나가는 남성의 모습이 무척 한가로워 보인다.

카사블랑카 아라비안 리그 파크 전경. 모로코에서는 나무를 이렇게 꼭 두 줄로 심는다. 어쨌거나 야자수가 저 정도 자라려면 수십 년은 족히 걸릴 것이다.

하이아틀라스 산맥의 어느 고개에서 화석을 팔고 있는 할아버지. 뒤로 첩첩이 산을 배경으로 한 모습이 마치 산신령이나 도사처럼 느껴진다.

페스에 있는 '부 이나니아 신학교(Bou Inania Medersa 이슬람 신학교)' 뜰에 있는 성수에 손을 씻고 있는 남성. 무슬림은 기도 드리기 전 반드시 손과 얼굴을 씻는다.

사하라 가는 길에 있는 카스바 '아이츠벤하두'의 계단. 인공미가 배제되어 투박한 자연미가 살아있다.

메르주가 가는 길의 티즈니 마을. 양지바른 곳에 앉아 있는 저 남성은 무엇을 하고 있나? 무슨 생각을 할까? 전혀 바쁠 것 없고 전혀 심각할 것 없는 '스트레스 제로'의 삶이 엿보인다.

라바트 우다야의 성벽. 이 성안에는 의외로 유럽인이 많이 살고 있다. 아, 나도 이곳에서 천년 전의 방식으로 살고 싶다!

인 생 이라는
사 막
한 가 운 데 서

"나는 지도를 보면서 하룻밤을 꼬박 세웠다.

하지만 다 소용없는 일이었다.

내가 어디에 있는지 알 수 없었으므로."

생텍쥐페리의 〈바람과 모래와 별들〉의 '사막의 죄수'

인생은 목표가 분명히 보이는 산보다 어디로 가야 할지 모르는 사막을 더 닮았습니다.

죽음을 앞둔 인간의 모습은 어떠할까요? 정신과 의사 퀴블러 로스Elisabeth Kubler-Ross는 자신의 저서 〈죽음의 순간On Death and Dying〉에서 어느 날 갑자기 시한부 선고를 받은 인간에게서 부정, 분노, 타협, 우울, 수용(승화)의 다섯 가지 심리 상태를 발견할 수 있다고 했습니다.

의사에게 불치병 진단을 받은 환자라면 누구나 '암이라니, 그럴 리 없어. 분명히 오진일 거야' 라는 반응을 보입니다. 이것이 '부정disapproval' 의 단계입니다. 이 단계가 지나면 '왜 하필 나야? 다른 사람들은 다 건강하게 잘만 사는데. 그들보다 더 착하게 살아온 내가 왜 이런 천형을 받아야 하지?' 라고 분노하기 시작합니다. '분노anger' 의 단계가 지나면 환자는 타협하기 시작합니다. 신을 믿는 환자는 '하나님, 이제 정말 신앙생활 잘할 테니 낫게 해주세요' 라고 기도하고, 무신론자는 '병만 나으면 이제부터 정말 착하게 살 텐데' 라고 합니다.

간혹 신과 같은 절대자가 아닌 인간에게 매달리는 경우도 있습니다. "의사 선생님! 딸 아들 시집, 장가 보낼때까지만이라도 살게 해주십시오! 내가 욕심이 많아서가 아니라 부모 된 도리를 다하려는 것입니다!" 라고 말하는 게 바로 그것입니다. 이것이 '타협bargaining' 의 단계입니다.

아무리 기도를 하고 마음을 추슬러도 병에 전혀 차도가 없다는 것을 확인하면 환자는 깊은 우울의 수렁에 빠지게 됩니다. 이때는 말도 거의 안 하고 혼자 씨름하는 시기입니다. 증상이 더 뚜렷해져가고 정신쇠약과 함께 몸 또한 현저하게 쇠약해져 회복에 대한 소망마저 상실하는 이 '우울depression' 의 단계에서는 통곡과 한탄과 자포자기가 이루어집니다. 많은 환자들이 죽을 때까지 이 단계에서 벗어나지 못하고 임종을 맞습니다. 성숙한 신앙인이라면 죽음에 이르기 전 '수용, 승화' 의 단계까지 이르게 되는데 그런 분이야말로 주위 많은 사람들에게 좋은 영향을 미치게 되지요.

퀴블러 로스의 이 심리 이론을 처음 접했을 때 '나라면 어떨까' 하고 매우 깊이 생각해본 적이 있습니다. 그리고 나라면 부정부터 우울까지의 네 단계를 거치지 않고 바로 수용과 승화의 단계로 갈 것이라고 호언장담을 했습니다.

그런 생각을 한 지 1년 4개월이 지났을 무렵 청천벽력 같은 소리를 들었습니다. 그토록 젊고 생기 넘치던 제가 자궁내막암 2기라는 진단을 받은 것입니다. '설마, 그럴 리가…. 의사가 잘못 진단한 거겠지'라고 애써 마음을 달래보았지만 열쇠로 문을 잠그는 것과 같은 단순한 행동도 할 수 없을 정도로 완전히 얼 빠진 사람이 되어버리더군요. 그러고는 이 세상에 나라는 존재가 없어질지도 모른다는 생각에 뭐라 표현할 수 없는 공포가 밀려왔습니다.

'내가 없다면 우리 집은 어떻게 될까? 귀여운 내 아이들은? 남편은? 그리고 우리 부모님은? 아, 부모님께 하나도 잘해드린 게 없는데…. 휴, 왜 하필 나일까. 도대체 내가 무슨 잘못을 했기에. 하나님은 어찌하여 내게 이렇게 많은 것을 요구하실까. 내가 어떻게 해야 하나님이 만족하실까.'

하늘이 무너지는 느낌이 바로 이런 것인가 봅니다. 죽음이라는 초자연적인 현상에 맞닥뜨리자 인간이 그토록 나약해지더군요. 퀴블러 로스의 이론을 뒤엎고 바로 수용과 승화의 단계가 되리라는 자신감은 어디로 갔는지, 저 스스로가 깜짝 놀랄 정도로 부정과 분노의 단계를 빠르게 거치며 하나님을 원망하고 있었습니다.

자궁내막암이란 질병은 발견하기가 힘들어 일단 발견했다 하면 손도 못 쓸 정도로 전이되어 있기가 쉽답니다. 그러나 제 경우는 비교적 일찍 발견되었다며 의사는 무척 운이 좋은 편이라고 했습니다. 그러면서도 제가 그 질병에 걸렸다는 것에 무척 의아해했습니다. 왜냐하면 자궁내막암은 평소 육류를 즐겨 먹는 50대 이상의 비만 여성에게서 자주 나타나는 질병이기 때문입니다.

저는 나이도 젊고, 고기라면 거의 입에 대지 않는 채식주의자인 데다 비쩍 마른 체형에 자궁암 가족력도 없어 의사가 정말 알 수 없는 일이라며 고개를 절레절레 흔들었습니다. 자궁내막암에 걸릴 가능성이 희박한 조건이었지만 부룬디에서 유산한 경험이 있다고 하자 의사는 유산 후 부적절한 처치로 인한 발병 가능성을 배제할 수 없다고 하더군요.

2004년 어느 날, 딸 둘만 낳아서 기르겠다던 저의 결심이 흔들려 셋째를 계획했습니다. 아프리카 오지에서 너무나도 사람이 그리웠나 봅니다. 그래서 원하던 대로 셋째를 가졌는데 뭐가 잘못되었는지 임신 6주 만에 그만 계류유산을 하고 말았습니다. 유산되었을 때 지체 없이 병원에 가서 자궁을 깨끗이 비워야 했는데 그걸 몰랐던 저는 마냥 기다리고만 있었습니다. 그렇다고 죽은 아이가 살아나는 것도 아닌데 말이죠. 나중에야 유산 후속 조치를 해야 한다는 것을 알고 부룬디에서 제일 큰 병원에 가게 되었습니다.

말이 병원이지 그곳은 빈민가나 난민촌의 형국이었습니다. 쥐와 바퀴벌레가 심심찮게 출몰하고 벽의 구석진 곳에는 어김없이 거미줄이 있었습니다. 입원 환자와 가족들이 각자 음식을 해 먹고 병원 뜰에 오물을 쏟아내는 통에 쓰레기 하치장 같은 역한 냄새가 천지에 진동을 했습니다. 사람들은 병원 복도에 앉아 신음하고 있었고 청진기 하나로 수십 명의 의사가 돌려가며 사용하는 그런 곳이었습니다. 위생 관념이라고는 눈을 씻고 봐도 없는 곳, 에이즈나 에볼라 등의 온갖 병균과 바이러스가 창궐하는 그곳에서 저는 죽음 각오로 전신마취를 하고 수술대에 올랐습니다. 수술 후 불편한 몸을 끌고 집으로 왔던 그날 밤, 저는 진통제 처방을 깜빡 잊은 의사 덕분에 생사를 오가는 고통으로 몸부림쳐야 했습니다.

그때는 몰랐는데 잘못된 소파수술로 자궁내막암이 생겼을 수 있다고 하자 의외로 마음이 편해졌습니다. '그래, 나는 여태껏 죽어도 몇 번은 죽었을 텐데…. 지금까지 살아 있는 것만으로도 기적이다. 나의 앉고 일어섬을 하나님이 아시고, 나의 머리털까지 세고 계신 하나님이 아니신가! 나를 살려주셔도 주님의 뜻, 나를 죽이셔도 주님의 뜻이다. 내가 살고자 한다고 사는 것이 아니고 내가 죽고자 한다고 죽는 것이 아니다. 생사화복生死禍福은 내 마음대로 되는 것이 아니라 오로지 하늘의 뜻이다' 라는 깨달음이 왔습니다. 머리로만 알고 있던 것이 가슴으로 와 닿게 된 것입니다.

암 수술을 받고 회복하는 단계에서 나 자신을 바라보는 시각이 주관적인 눈에서 객관적인 눈으로 바뀌었습니다. 평소에 늘 하던 기도대로 '하나님의 마음' 으로 세상을 보는 것이 어떤 것인지도 조금이나마 알게 되었고요.

지금 '나는 이미 죽은 사람이다' 라는 각오로 살고 있습니다. 벌써 죽었는데 두려울 게 뭐가 있겠습니까. 목숨을 다해, 정성을 다해, 힘을 다해, 뜻을 다해, 겸허하고 충성스러운 마음으로 생을 살아가려 합니다. 인생은 어디로 가야 할지 모르는 사막이지만 그 사막을 인도하시는 분은 하나님이기에….

행복한 떠남

1판 1쇄 인쇄 2009년 12월 24일
1판 1쇄 발행 2010년 1월 1일

지은이 | 새라 안

발행인 | 김재호
편집인 | 이재호
출판팀장 | 김현미

편집장 | 이기숙
기획·편집 | 송기자
사진 | 새라 안, 김명환
디자인 | 땡큐마더
마케팅 | 이정훈·유인석·정택구·이진주
교정 | 한정아
인쇄 | 우성인쇄
펴낸곳 | 동아일보사
등록 | 1968.11.9(1-75)
주소 | 서울시 서대문구 충정로3가 139번지(120-715)
마케팅 | 02-361-1030~3 팩스 02-361-1041
편집 | 02-361-0858 팩스 02-361-0979
홈페이지 | http://books.donga.com

ISBN 978-89-7090-762-8 03810
값 13,000원